NA LUZ SELVAGEM

TAMBÉM DE JEFF ZENTNER

Dias de despedida
Juntos somos eternos
Sessão da meia-noite com Rayne e Delilah

JEFF ZENTNER

NA LUZ SELVAGEM

Tradução
GUILHERME MIRANDA

SEGUINTE

Copyright © 2021 by Jeff Zentner

O selo Seguinte pertence à Editora Schwarcz S.A.

Grafia atualizada segundo o Acordo Ortográfico da Língua Portuguesa de 1990, que entrou em vigor no Brasil em 2009.

TÍTULO ORIGINAL In the Wild Light
CAPA E ILUSTRAÇÃO DE CAPA Nik Neves
PREPARAÇÃO Luisa Tieppo
REVISÃO Adriana Bairrada e Thiago Passos

Dados Internacionais de Catalogação na Publicação (CIP)
(Câmara Brasileira do Livro, SP, Brasil)

Zentner, Jeff
   Na luz selvagem / Jeff Zentner ; tradução Guilherme Miranda. — 1ª ed. — São Paulo : Seguinte, 2024.

   Título original: In the Wild Light.
   ISBN 978-85-5534-261-5

   1. Ficção juvenil I. Título.

24-217111   CDD-028.5

Índice para catálogo sistemático:
1. Ficção : Literatura juvenil   028.5

Cibele Maria Dias – Bibliotecária – CRB 8/9427

Todos os direitos desta edição reservados à
EDITORA SCHWARCZ S.A.
Rua Bandeira Paulista, 702, cj. 32
04532-002 — São Paulo — SP
Telefone: (11) 3707-3500
www.seguinte.com.br
contato@seguinte.com.br

Para minha mãe e meu pai

Para Nellie Zentner (1921-2019), que me mostrou que alguém poderia me amar tanto a ponto de chorar toda vez que eu partia

VERÃO

1

O olho humano é capaz de discernir mais tons de verde do que de qualquer outra cor. Minha amiga Delaney que me disse isso. Ela explicou que é uma adaptação da época em que os nossos antepassados viviam em florestas. A evolução dos nossos olhos foi um mecanismo de sobrevivência para identificar predadores escondidos na vegetação.

Existem tantos matizes de compreensão quanto tons de verde na floresta.

Algumas coisas são fáceis de compreender. Há uma lógica natural, com causa e efeito claros. Como o funcionamento de um motor. Quando eu tinha onze anos, o vovô tirou o motor da picape Chevrolet, o desmontou e me deixou ajudar a refazer o mecanismo. Ele espalhou as peças — fedendo a óleo sujo e aço queimado — em um lençol rasgado e encardido, como os ossos de um dinossauro encontrados em uma escavação. Enquanto trabalhávamos, ele explicou a função de cada peça e como cada uma contribuía para o funcionamento do motor. Fazia sentido, como ele disse.

Ele não estava doente na época. Mais tarde, porém, ele adoeceu, e, quando falou "Ninguém vive para sempre" ao aceitar mais um pedaço da torta doce da irmã, Betsy, compreendi que aquela não era só mais uma frase que ele dizia. Isso foi quando ele ainda tinha apetite.

Agora o apetite dele foi todo para os pulmões, que estão sempre ávidos por ar. Sua respiração tem a nota pungente do vento passando por algo pontiagudo. É sempre assim, o que significa que tem algo pontiagudo ali dentro. As pessoas não podem viver por muito tempo com algo pontiagudo dentro de si. Isso eu compreendo.

Algumas coisas compreendo sem compreender. Que o rio Pigeon corre e pulsa como uma criatura viva, por exemplo, diferente a cada vez que entro nele, o que faço sempre que posso. Ou que às vezes você pode estar num estacionamento vazio numa tarde quente e imaginar perfeitamente como aquele lugar foi antes de a humanidade existir. Faço muito isso também. Me reconforta mas não entendo o porquê.

Outras coisas não compreendo nem um pouco.

Como a mente de Delaney Doyle funciona, por exemplo. Tentar entender isso é como tentar criar um raciocínio coerente em um sonho. Quando você pensa que está chegando perto, fica tudo confuso.

Você está conversando com ela e, de repente, Delaney some dentro de si mesma. Se esconde no lugar onde o mundo faz sentido. Onde enxerga fractais nos arbustos de madressilva e formas elegantes nas nuvens que flutuam sem rumo e nos flocos de neve que caem serpenteantes. Substância na parte escura das chamas. Equações no pó de asas de mariposas. A lógica dos ventos. Sinais e símbolos. Uma ordem invisível no mundo. Coisas complexas fazem sentido e coisas simples, não.

Ela já tentou explicar como a própria mente funciona. Mas como explicar o gosto do sal para alguém? Tem coisas que ou você sabe ou não sabe. A culpa não é dela se os outros não entendem. Mas algumas pessoas ainda a tratam como se fosse.

Há pessoas que não aceitam não compreender tudo. Mas eu não tenho medo de um mundo cheio de mistérios. É por isso que consigo ser o melhor amigo de Delaney Doyle.

2

Um carro cheio de meninas está tentando sair do estacionamento do Dairy Queen. Paro para dar passagem. Então entro com minha picape — o cortador de grama chacoalhando na caçamba —, a mesma cujo motor eu e vovô remontamos.

O sol de fim de tarde de julho brilha como a luz de uma fogueira acima dos morros atrás do Dairy Queen. Eles são de um verde suave, como se pintados em aquarela. Nuvens brilhantes feito espuma se erguem por trás. Delaney me disse certa vez que as montanhas do leste do Tennessee estão entre as mais antigas do mundo, mas o tempo as desgastou. Parece verdade.

Delaney está do lado de fora; sua sombra comprida e esguia se projeta na lateral do prédio. Ela está com o uniforme do trabalho — um boné de beisebol azul, camisa polo azul e calça preta — e segura um copo com uma colher. Com a outra mão, enrola o rabo de cavalo castanho-avermelhado e aperta a ponta, fazendo um penacho que lembra um pincel. É um de seus muitos tiques nervosos.

A expressão é a de sempre — seus olhos parecem ter mil anos e ser capazes de ver tudo de uma vez, sem se apegar ao tempo e ao espaço. É como imagino que tenha sido o rosto de Deus ao criar o mundo a partir do éter.

Se Deus estivesse usando um boné de beisebol do Dairy Queen, claro.

Não tenho pressa, então espero, por curiosidade. Leva mais tempo do que se poderia imaginar para ela se dar conta de que estou aqui.

— Tudo bem. Não tinha nenhum plano para sábado à noite além de ficar esperando no estacionamento do DQ — digo pela janela quando ela finalmente se aproxima. Tento parecer sério, mas nunca consigo com ela.

Ela entra, me dando o copo para segurar enquanto afivela o cinto.

— Você está atrasado.

— Dois minutos. — Faço menção de devolver o copo.

Ela o recusa.

— É pra você. Começou a derreter porque você se atrasou. Seu castigo.

— Pela sua concentração enquanto me esperava, deu pra ver que estava muito preocupada. Oreo Blizzard?

— Seu favorito.

— Boa. — Tomo um pouco e observo o rosto dela por um momento. — Como foi o trabalho?

— Você está cheirando a gasolina e grama recém-cortada. Sabia que o cheiro de grama cortada é um sinal de socorro?

— Sério?

— É por causa das voláteis de folhas verdes. Elas ajudam a planta a formar células novas para se curarem mais rapidamente e impedir a infecção. Os cientistas acham que é um tipo de linguagem química das plantas. Então você está coberto de grito líquido da grama que massacrou.

— Eu poderia ter tomado um banho para limpar o sangue de grama do corpo antes de buscar você, mas aí me atrasaria ainda mais.

— Não falei que achava ruim — ela murmura, sem fazer contato visual. — Gritos vegetais têm um cheiro bom.

— Você está fedendo a batata frita — digo, me inclinando na direção dela e dando uma fungada exagerada. — Sabe o que o cheiro de batatas fritas significa? Batatas gritando para salvar os bebês batatas.

— Não vejo mal em massacrar batatas.

— Você vai simplesmente fingir que não perguntei como foi o trabalho? — Engato a primeira e saio.

Ela torce a ponta do rabo de cavalo.

— O Cagão Fantasma atacou novamente.

— *Cagão Fantasma?*

— Tem um cara que vem mais ou menos uma vez por semana e destrói completamente o banheiro masculino. Ninguém nunca o viu entrar ou sair. Já olhamos até as imagens de segurança. É um fantasma do cocô.

— Imagina morrer e assombrar a Terra com a missão de conspurcar o Dairy Queen de Sawyer.

— *Conspurcar.* De onde você tirou essa palavra?

— Sei lá. Tirando o Cagão Fantasma, como foi o trabalho?

— Me deram bronca.

— Por quê?

— Dei uma entrevista para a NPR no intervalo e acabou demorando.

— Caramba, Ruiva, está ficando ainda mais famosa.

— Você também — Delaney diz com um sorriso travesso.

— Como assim? — pergunto com a boca cheia de Blizzard.

— Comentei de você.

— Comentou nada. — Olho para ela, horrorizado.

Ela sorri de novo.

Balanço a cabeça.

— "Eu não poderia ter feito essa descoberta sem Cash Pruitt." Foi isso que você disse? "Ninguém mais no planeta Terra poderia ter me levado de barco até uma caverna secreta no rio Pigeon para eu encontrar umas bactérias…"

— Bolor.

— Tanto faz.

— Grande diferença biológica.

— Tá. "Bolor que mata as bactérias mais nocivas."

— Sem falar que me levou até Nashville para mostrar meus resultados para a dra. Srinavasan. Falei isso.

— Ah, claro. Ninguém mais poderia ter feito isso.

— Ninguém mais *fez* isso. Enfim, é, foi basicamente o que eu disse. Passo a mão no rosto.

— Deus do céu.

— Para de ser dramático.

Ergo o dedo do meio.

— Qual é a principal coisa que você sabe sobre mim?

— Sei que você me perguntou uma vez se amendoins são um tipo de madeira. Não são.

— Que eu gosto de conseguir as coisas por mérito próprio.

— Certo. Cash Pruitt: famoso defensor da meritocracia.

— Então você sai por aí espalhando para as pessoas que fiz uma coisa que não foi mérito meu.

— Se isso te deixa feliz, eu ainda levo o crédito por ter feito os experimentos e descoberto as propriedades antibióticas do bolor.

Baixo o quebra-sol para proteger os olhos. Um raio bate em uma rachadura no para-brisa e a ilumina inteira, como um cometa minúsculo. Sempre amei como a luz encontra lugares quebrados no mundo e os torna bonitos.

Olho para Delaney. Ela se voltou para dentro, estreitando os olhos cor de mel sob a luz laranja que atinge a pele pálida, coberta de sardas que pontuam seu nariz e as maçãs do rosto como um atlas de estrelas. Ela tira um fio de cabelo do rosto.

— Acho que você conseguiria um trabalho melhor do que o DQ agora que aparece no jornal e dá entrevistas para o rádio — digo.

— Trabalhar no DQ não gasta energia mental nenhuma, então posso pensar em outras coisas e receber por isso.

— Você que sabe. Quer dar uma volta, depois assistir a *Longmire: O Xerife* com o Pep?

— Não posso. Vou ficar de babá do Braxton e do Noah mais tarde — Delaney diz.

— Ele vai ficar chateado.

— Pede desculpas por mim e diz que na próxima conto para ele da *gympie-gympie.*

— Que isso?

Nada a deixa tão feliz quanto a oportunidade de apresentar um factoide horrível sobre o mundo natural. Está irradiando alegria pura agora.

— Um arbusto australiano. Li sobre ele ontem à noite. As folhas são cobertas por pequenas pontas de sílica. Sílica é o material com que fazem vidro, e essas cerdas expelem uma neurotoxina que provoca uma dor terrível por dias, meses e até anos. Então, se você encostar nela, os pelinhos pontiagudos se cravam na sua pele e a dor é tão intensa que faz você vomitar.

— Meu *Deus.* Parece coisa do espaço sideral.

— Enquanto os pelinhos estiverem em você, a dor continua. É como ser queimado vivo. E é difícil tirar. Seu sistema linfático inteiro incha. Axilas. Garganta. Virilha. É um pesadelo.

— *Por que* você está me contando isso?

— Você vive em guerra contra o mundo vegetal. Pensei que gostaria de saber que eles têm uma arma de vingança.

Aponto para o cortador de grama na caçamba.

— Corto grama e aparo arbustos. E eles sempre voltam a crescer. É como dizer que barbeiros estão travando uma guerra contra barbas e bigodes.

— Existe uma história apócrifa sobre alguém que tentou limpar a bunda com folhas de *gympie-gympie* e... não acabou bem. Sacou? Fim.

— Por favor, me diz que *apócrifa* quer dizer "completa e inteiramente falsa".

Ela ri.

— O *gympie-gympie* vai te pegar — ela cantarola.

— Vai nada.

— Vai subir pela sua bunda. Dar uma gympada no seu rabo.

— Vou dormir com meu cortador de grama do lado. Se eles tentarem alguma coisa, ligo o cortador e acabo com aquela merda. Vou ficar tipo: "Quem está sofrendo agora, *gympie-gympie*? Manda seus amiguinhos ficarem espertos".

— Quero contar essa pro Pep. Não estraga a surpresa — Delaney diz.

— Você acha que a vida dele vai melhorar se ficar sabendo dessa planta?

— Ele ama meus fatos.

— Não sei por quê. Dá tempo de parar para abastecer?

— Não preciso chegar na casa do Noah e do Braxton tão cedo.

Entro no posto, estaciono e começo a abastecer a picape. Cigarras vibram como um pensamento que se recusa a sair da cabeça. O cheiro de aguarrás da seiva de pinho aquecida pelo sol e da fumaça distante de churrasco é denso no ar, misturado ao cheiro de gasolina e óleo vazando dos motores quentes. Na frente da loja, duas meninas de biquíni néon e short jeans justo estão sentadas na traseira do jipe com a cobertura do teto aberta, conversando e rindo alto, fazendo pose e tirando selfies. O rádio toca "Florida Georgia Line" no volume máximo.

A noite começou a dar seus primeiros sopros frescos. É como a água do rio no meu rosto. Os dias de verão aqui terminam como uma criança que passou a tarde correndo, depois entrou e pegou no sono na frente do ventilador.

Vou pagar. Quando saio, o baixo pulsante tocando no rádio de um carro vibra em meus pulmões até meu diafragma. Uma Dodge

Challenger roxa com as calotas tunadas está estacionada atrás de mim. É uma visão desagradável. Jason Cloud. Odeio esse tipo de gente — que vende maconha, metanfetamina, heroína, fentanil, oxicodona, hidrocodeína, Valium, gabapentina e tudo mais para fazer as pessoas dormir ou acordar. Não foi ele quem vendeu as merdas que tiraram a vida da minha mãe. Mas foi alguém que nem ele. Que destrói vidas em troca de uma Dodge Challenger com calotas tunadas.

Cloud está na janela do passageiro do meu carro, conversando com Delaney, parando de tantos em tantos segundos para soprar uma nuvem de fumaça de vape para o alto. Ele está com uma camiseta branca larga, uma corrente dourada grossa, um short preto enorme e chinelos da Nike com meias que vão até os joelhos. Seu cabelo loiro descolorido está preso em tranças nagô, e sua boca brilha com um grillz de ouro.

Ele só tem alguns anos a mais do que eu, mas parece bem mais velho. Seus olhos têm um tom que é entre o cinza das armas e o amarelo das cascavéis. Não há qualquer compaixão ou inteligência neles. Apenas a astúcia de quem mede você de cima a baixo em busca das fraquezas. Embaixo de cada olho tem uma tatuagem de lágrima malfeita da cor de jeans desbotado. Ouvi dizer que significam que a pessoa já matou alguém.

Ando mais rápido, o coração subindo pela garganta furiosamente.

— O que você não sabe, menina? — Cloud pergunta para Delaney quando me aproximo o bastante para ouvir a conversa. — Não tem *nada* para saber.

Delaney está olhando para a frente, depois vira e me encontra. Parece assustada e aliviada. *Socorro*, seus olhos dizem.

Cloud me vê se aproximar e dá um aceno breve.

— E aí, cara.

Retribuo o aceno tenso.

— Tudo certo?

Cloud solta uma vaporada de seu vape de dragão. Os músculos do pescoço se contraem sob uma tatuagem com a cara do Coringa de Jared Leto em *Esquadrão Suicida*, e ele solta uma nuvem de vapor branco com aroma de cereja na minha direção.

— Tudo certo. Só trocando uma ideia em particular.

— A gente precisa ir — Delaney diz, a voz tensa.

— Vai ser menos de um minuto — Cloud diz com a voz arrastada. Sua boca sorri. Seus olhos, não.

— A gente já está atrasado — digo com a voz grave.

Cloud se aproxima de mim e cospe. Sinto o cheiro dele — colônia cara, maconha, fumaça de vape de cereja e alguma coisa velha e azeda.

— A gente tá conversando.

Tento passar por ele para entrar na picape. Cloud entra na minha frente, e quase dou de cara com ele.

— Dá licença — murmuro. — Tenho que...

— Você é pai dela? — Seu tom é entre sarcástico e ameaçador.

— Não.

— Humm? Namorado? Vocês estão se pegando? — Ele abre um sorriso cadavérico com seu grillz e dá umas estocadas no ar.

— Cara, não estou a fim de confusão.

— Não? — Cloud chega bem perto de mim, me encarando de cima a baixo. — Qual é seu nome, mano? — Ele está tão perto que consigo sentir o suor que evapora de sua pele.

— Cash — digo, evitando seus olhos.

Cloud ri com desprezo. Parece o som de um urubu que veio se banquetear de uma carcaça.

— Cash. Porran. — Ele ergue a corrente de ouro pesada com os dois polegares e a solta no peito com um baque surdo. — Eu é que deveria me chamar Cash. Esse mané é um duro.

Olho bem nos olhos dele. Sei do perigo, mas faço mesmo assim.

— Meu nome é meu nome. Não tenho vergonha dele.

Não tenho medo de briga. Cresci tendo que brigar, e essa não seria a primeira vez que brigaria pela Delaney. Mas provavelmente seria a última. Eu o enfrentaria se soubesse que seríamos só eu e ele, corpo a corpo. Que nós dois apanharíamos e apertaríamos as mãos depois. Mas haveria facas tiradas dos bolsos ou pistolas sacadas da cintura. E, se eu sobrevivesse a isso, *sempre* teria que tomar cuidado nessa cidadezinha, até ele finalmente ser morto ou preso.

Baixo o olhar em sinal de rendição.

Cloud dá uma longa tragada no vape e sopra fumaça na minha cara, bem devagar.

— Cash Grana. Vai lá com a tua mina. — Então ele se aproxima, até seus lábios encostarem na minha orelha. Com intimidade, mas a intimidade com que um lobo lamberia o sangue do pescoço de um cervo. — Se fizer essa mina dizer não pra mim, tu vai se arrepender, cara. Te juro.

Com uma última encarada, ele sai andando, entra no carro rebaixado e barulhento, e sai do estacionamento em uma nuvem de fumaça preta de borracha, a traseira de seu carro derrapando nas curvas.

Estou trêmulo e nauseado quando volto a sentar ao volante da picape. Tiro alguns minutos para respirar fundo, acalmando a adrenalina crepitante.

Delaney murmura algo. Não escuto de primeira.

— Ei. — Sua voz finalmente me alcança em meio ao redemoinho de pensamentos.

— Quê?

— Obrigada.

— Por que ele está perturbando você?

Delaney suspira e afunda no banco.

— Alguma coisa sobre *fazer negócios* juntos. Bem vago. Como se a polícia estivesse ouvindo. Ele está em cima de mim desde que saiu tudo no jornal.

Alguns segundos de silêncio tenso se passam entre nós.

Balanço a cabeça.

— O que ele está achando? Que depois que você salvar a humanidade das bactérias resistentes a antibióticos vai ajudar ele a fabricar uma metanfetamina melhor e criar fentanil à base de detergente?

— Disse que eu ficaria rica. Esse merdinha.

Dou uma risada amarga.

— Ah, *claro*. Ano que vem promete.

— Talvez não — Delaney murmura, observando a lateral do polegar esquerdo, depois o levando à boca.

Seguro a mão dela e puxo até mim. O dedo está sangrando, dilacerado. Faz um tempo que Delaney se diagnosticou com "transtorno de comportamento repetitivo focado no corpo". Ela cutuca e rói a pele em volta das unhas até sangrar. Acontece quando está estressada ou ansiosa. Não consegue se controlar, então o melhor que pode fazer é deixar que eu a impeça.

— Ruiva — sussurro.

Ela puxa a mão de volta e ataca o polegar.

Pego de novo e a abaixo.

— Delaney.

Ela suspira e senta em cima da mão.

— Está feliz?

— Odeio ver você se machucar.

— Não consigo evitar.

— Faz seus exercícios de respiração. — Ela pesquisou mecanismos de enfrentamento. Minha função é lembrar deles. — O que está rolando? Cloud?

— Não só ele.

— Que mais?

— Não falei um segundo atrás que talvez a gente não tenha que lidar com ele no ano que vem?

— Você não vai envenenar o cara, vai? Não que eu seja necessariamente contra.

— Só vou trocar a maconha dele por *gympie-gympie*.

Nós dois damos risada.

— Seria bom — digo. — Mas fala a verdade.

— Recebi uma proposta para estudar num internato no norte.

Meu coração aperta. Com todas as notícias saindo sobre ela, eu sabia que esse dia chegaria.

Engulo em seco, então faço sinal para ela continuar.

— Ah, uau. — O mal-estar em minha voz fica óbvio até para meus ouvidos assim que as palavras saem da minha boca.

— Instituto Middleford. Em New Canaan, Connecticut.

— Parece chique. — Fico tonto.

— É uma das cinco melhores escolas preparatórias dos Estados Unidos. Uma moça do Alabama chamada Adriana Vu, que ganhou centenas de milhões em biotecnologia, estudou lá. Ela doou uma caralhada de dinheiro para financiar um laboratório incrível e um curso de ciência e tecnologia na escola. Entrou em contato comigo e disse que conversou com a Middleford e que pagaria para eu estudar lá.

Nós nos permitimos esquecer da inevitabilidade das coisas. Acho que isso nos dá a sensação de controle sobre nossa vida. E eu me permiti esquecer que ninguém com uma mente como a de Delaney Doyle fica em um único lugar para sempre. Muito menos um lugar como Sawyer, Tennessee. A única coisa pior do que ela partir seria ela ficar.

Ela leva o polegar para a boca. Para. Fecha bem os olhos e volta a se sentar em cima da mão.

— Falei que não aceitaria a não ser que ela conseguisse fazer o mesmo por você. Disse que éramos um pacote. Então ela disse que tudo bem, e a Middleford também.

Meu cérebro repete as palavras dela, como acontece quando você está assistindo à TV meio dormindo e não sabe bem se ouviu alguma coisa direito.

— *Quê?*

— Eu disse que não iria a não ser que você fosse comigo. Disse que seria muito difícil entrar no penúltimo ano do ensino médio em um internato, onde todos já têm seus amigos. Então ela aceitou. Bolsa integral. Assim como a minha. Middleford aceitou. Você pode ir junto.

Observo o rosto dela em busca de algum sinal de piada. Mas nem o momento nem a natureza da piada fazem o tipo de humor dela.

— Até parece.

— Queria escolher um momento melhor para contar, mas...

— Isso é sério?

Delaney desvia o olhar, vira para a janela. Observa as pessoas andando na frente da loja.

— É.

— Você vai, certo?

— Não quero ir sozinha. Eu estava falando sério com ela.

— Está dizendo que, se eu não for, você não vai?

— Eu disse que não *quero* ir. — Delaney brinca com a ponta do rabo de cavalo.

— Foi por isso que você disse que talvez não tivéssemos que nos preocupar com Cloud.

— Sim.

Fico olhando pela janela pelo que parece um bom tempo.

— Você sabe que o vovô não está bem.

— Sim — Delaney diz baixo. — E isso seria um problema mesmo se você ficasse.

O silêncio cai entre nós como um machado se cravando na madeira.

— Não fiz por merecer isso — murmuro.

— Bobagem — Delaney responde. — Sem você, eu nunca teria encontrado aquele bolor. Você foi tão importante quanto o microscópio em que olhei.

— Isso é comum? Pessoas que realmente mereceram uma bolsa conseguindo bolsa pros amigos que não mereceram?

— Atletas fazem isso. Aquele jogador de beisebol fodão chamado DeMar DeRozan falou para a USC que não aceitaria a bolsa a menos que dessem para o melhor amigo dele. Então deram. Não é que você não mereça estar lá. Você tem notas boas.

— Na *Escola Sawyer*.

— Mesmo assim.

— Isso está *longe* de fazer parte do meu plano.

— Você tinha um plano?

— Bom... não.

Depois que paramos de rir, digo:

— Sabe aonde foi o mais longe que já cheguei ao norte? Bristol, na Virginia. Vovô me levou para uma corrida da Nascar quando eu era pequeno.

Delaney dá uma risadinha.

— Johnson City, no meu caso.

Um comboio de três vans Dodge Sprinter pretas entra no posto de gasolina. Faz algumas semanas que anunciaram a descoberta de Delaney, e Sawyer está cheia de vans alugadas com homens e mulheres equipados com materiais de espeleologia. Não dá exatamente para patentear algo que cresce em uma caverna, Delaney explicou, então todos estão vindo atrás de uma fatia: universidades. Indústrias farmacêuticas. A Gates Foundation. Outro dia, Delaney me contou que serviu uma equipe de biólogos franceses no DQ. Eles não faziam ideia de quem ela era.

— Não me diga que você só vai topar se eu topar. Não me fala isso — digo.

Delaney observa as pessoas saindo das vans.

— Eles deveriam experimentar amendoim cozido enquanto estão aqui. Aposto que não tem amendoim cozido na terra deles.

— Ruiva.

— Não sei o que vou fazer.

— O sr. Hotchkiss é um bom professor de ciências, e faz o que dá, mas você precisa de mais do que a chave do laboratório da escola onde o professor compra os microscópios com o próprio dinheiro. Você *precisa* ir.

— Você também. Existe um mundo além do leste do Tennessee. Se você não curtir, sempre pode voltar. Tudo ainda vai estar aqui. Você sabe disso.

— Sou feliz aqui.

Às vezes Delaney me olha como se meu crânio fosse transparente e ela fosse capaz de ver os pensamentos se formando no meu cérebro.

— Existem fantasmas aqui — sussurra ela.

Existem mesmo.

Fico atordoado, como se tivesse acabado de acordar de um daqueles longos cochilos das tardes de domingo, quando você demora um momento para se lembrar onde está ou como se chama. A luz está ficando mais fraca. Espio a hora no celular.

— É melhor levar você para casa do Noah e do Braxton. — Ligo a picape e engato a primeira. Saio do estacionamento.

— Você está puto — Delaney murmura.

Ela começa a erguer o polegar na direção da boca, mas nossos olhares se cruzam e então ela resolve apertar o rabo de cavalo.

— Só não sei o que pensar.

— Você ainda não me agradeceu — Delaney diz depois que seguimos por um tempo sem falar nada.

Balanço a cabeça, derrotado.

— Valeu. Eu acho.

A ficha ainda não caiu. Sei disso porque estou entorpecido, em vez de completamente em pânico com a possibilidade de perdê-la.

Delaney fica olhando para a frente com uma expressão difícil de interpretar.

Sempre achei que ela tinha uma beleza estranhamente elegante. De algo que tende ao mesmo tempo ao perfeito e ao despedaçado. Uma vez vi um pássaro atropelado na estrada. Ele estava lá caído, pulverizado. Mas o vento balançou duas penas de seu corpo destruído, soprando a vida de volta para elas. Observei aquelas penas dançando ao vento por um tempo, tanta graciosidade inesperada em meio à ruína.

Delaney me faz lembrar dessa cena. Não sei por quê.

3

Nos conhecemos em uma reunião do Narateen alguns anos atrás. Não foi a primeira vez que a vi. Estudamos juntos no ensino fundamental. Ela era considerada uma esquisitona solitária. Nenhum amigo. Todos sabiam, por alto, que ela tinha uma inteligência fora do comum. Ela não era conhecida por ter notas incríveis, mas, quando ia às aulas, se dava tão bem nas provas que — como me contou depois — os professores a acusavam de colar. Definitivamente não era famosa por suas habilidades sociais nem nada do tipo, mas sim por passar muito tempo na internet da biblioteca e no laboratório de ciências. Diziam os boatos que ela tinha uma memória fotográfica (verdade). Em outros tempos, talvez ela tivesse sido chamada de bruxa (poxa, talvez nestes tempos também).

Havia boatos maldosos de que sua mãe era usuária, das mais barras-pesadas. O estado bagunçado de suas roupas, e dela como um todo, e sua frequência irregular na escola não nos davam motivo para duvidar. Delaney era daquelas pessoas que aparentam ter mais que a própria idade porque são obrigadas a cuidar dos pais. E esse era um aspecto que eu reconhecia de olhar no espelho. Fazia com que eu fosse tão pouco enturmado quanto ela. Nenhum dos adolescentes populares da escola precisava sobreviver como nós, e todos evitavam a mácula de se juntar a nós.

O cheiro do porão da Primeira Igreja Batista no centro de Sawyer era um misto do amadeirado levemente medicinal de Pinho Sol e mofo úmido de concreto velho que não consegue manter as chuvas mais pesadas longe. Fiquei feliz em ver que havia só mais uma adolescente lá, sentada no semicírculo de cadeiras dobráveis de metal. Delaney. Era tão anônimo quanto uma reunião do Narateen poderia ser em Sawyer. Eu e uma menina da escola que nunca falava com ninguém. Sentei a algumas cadeiras de distância. Nossos olhares se cruzaram brevemente e trocamos um sorriso tenso de constrangimento.

Conversamos pela primeira vez comendo biscoitos velhos do Food Lion e tomando um ponche aguado de laranja servido em jarras de leite. Falei que meus avós haviam me levado. Ela tinha vindo sozinha. Me encheu de fatos sobre a ciência do vício em drogas, falando como se sua mente estivesse fugindo de alguma coisa. Descobrimos que nossas mães estavam no Narcóticos Anônimos juntas. Minha mãe perderia a batalha depois. A mãe dela ainda não perdeu, mas as coisas não parecem muito promissoras.

Na reunião seguinte, sentamos um ao lado do outro. Naquela semana na escola, sentamos juntos no almoço.

Desde que descobri que o mundo contém mistérios e maravilhas incompreensíveis, busco viver como testemunha deles. Conforme íamos nos conhecendo, comecei a ver algo em Delaney que nunca tinha visto em outra pessoa. Não consigo dar nome a essa coisa. Talvez não tenha nome, assim como o fogo não tem forma. Era algo feroz e fulminante, como o fogo.

E eu queria estar perto daquilo, como as pessoas querem ficar perto do fogo.

4

Paramos na casa do pai dos meios-irmãos de Delaney. O pitbull cinza coberto de cicatrizes, Duke, força a corrente de balanço que o prende a um carvalho adoecido em meio à grama alta do jardim, dando uma série tensa de latidos hostis. Uma lava e seca enferrujada está encostada no pórtico afundado da entrada. Uma piscina de plástico incrustada de algas está jogada num canto do jardim. Parece tão divertida de nadar quanto uma privada com a descarga quebrada.

Nós dois começamos a falar ao mesmo tempo.

— Fala você — Delaney diz.

— Obrigado — digo. — Minha hesitação não é ingratidão.

— Tá.

— Ainda não estou dizendo não.

— Você ainda não está dizendo sim.

— É muita coisa para pensar.

— Você é inteligente. Vai pensando — Delaney diz.

Ficamos ali por um segundo, ouvindo o zumbido dos insetos que cercam a casa na grama alta. Vagalumes amarelo-néon pálidos dançam sua valsa luminosa de fim de tarde. Delaney me explicou uma vez como eles fazem luz. Eu esqueci. Às vezes, minha mente permite que eu me apegue a magias frágeis no lugar de explicações práticas.

— Valeu de novo pelo sorvete — digo.

Delaney abre a porta.

— Valeu pela carona. Tchau, bunda gympiada.

— Você não pode impor um apelido novo em mim. Não é assim que funciona. Eu rejeito.

— Vai vendo. — Ela começa a descer.

— Ei, Ruiva?

— Quê? — Delaney para no meio do caminho e volta a sentar no banco.

— Eu sempre soube.

— O quê?

— Que você faria alguma coisa importante.

Ela fica feliz.

— É?

— Você merece tudo isso. Sua vida vai mudar muito.

— Não a parte de sermos amigos.

— Não estou preocupado com isso. Mas. — Eu não sabia aonde queria chegar. Só parecia algo que precisava ser dito.

— Mas — ela diz —, vai ser mais fácil manter contato se estivermos na mesma escola.

Ergo a mão e baixo a aba do boné do Dairy Queen sobre os olhos dela.

— Vai ficar de babá, vai.

Ela tira o boné e ajeita os fios de cabelo. Mais uma vez começa a sair.

— Ruiva?

Ela volta a entrar na picape.

Não sei por que está sendo tão difícil para mim deixar que ela saia.

— Como você sabia que aquele bolor estaria naquela caverna?

— Você nunca perguntou isso antes.

— Faz um bom tempo que estou curioso.

— Como eu sabia? — Ela olha para mim e então para a meia-
-luz cheia de gorjeios e zumbidos, depois de volta para mim. — Porque, para cada vez que o mundo tenta nos matar, ele também nos
dá uma forma de sobreviver. É só encontrar.

5

Pego o caminho mais longo para casa para tentar acalmar a órbita dos meus pensamentos. Está quase completamente escuro quando entro na garagem, o cascalho estourando sob os pneus.

Quase todos chamam o vovô de "Pep" — abreviação de Phillip Earl Pruitt. Ele está contemplando o pôr do sol no alpendre, em uma das cadeiras de balanço de cem anos caindo aos pedaços que ele restaurou. O cilindro de oxigênio está ao lado. Nosso redbone, Punkin, está sentado com ele.

Vovô se sente solitário. Nossa casa fica numa colina com vista para a estrada, cercada pela floresta. Ele fica sentado no alpendre na esperança de que alguém passando de carro pare para jogar conversa fora. O que quase nunca acontece hoje em dia, por vários motivos.

Suas posições políticas nem sempre foram um grande impedimento para amizades. Ele e seus parceiros de pesca ficavam horas sentados no McDonald's, tomando copos de café, falando merda e tendo discussões políticas bem-humoradas que acabavam com todos dizendo: *Mas sou só um caipira velho. Eu lá sei de alguma coisa?*

Mas as coisas começaram a ficar difíceis quando Lamont Gardner, pastor e advogado negro de Nashville, virou governador do Tennessee. O ódio dos amigos do vovô contra o governador Gardner ultrapassou diferenças amigáveis e se transformou em algo mais barra-pesada. As caricaturas racistas do governador Gardner que seus amigos mandavam para ele por e-mail não o deixaram contente, e ele não teve medo de dizer.

Andre Blount foi a gota d'água. Ele assumiu o governo do estado depois de Gardner. Blount era de Nova York e enriqueceu depois de se mudar para Nashville e abrir uma empresa de presídios privados com o dinheiro que recebera do pai depois de uma série de falências. Prometeu trazer de volta ao leste do Tennessee os empregos bem remunerados na indústria. Mas estava mais preocupado em aparecer na TV e fazer insultos grosseiros contra seus rivais no Twitter. Vovô o considerava um charlatão nascido em berço de ouro que nunca teve um dia de trabalho honesto na vida, um fanfarrão cheio de bazófia, promessas vazias e veneno contra todos que fossem diferentes dele. Para vovô aquilo foi contra tudo que ele achava certo. Isso também não o deixou contente. E vovô falava o que pensava.

Um a um, seus amigos foram parando de vir.

Ele era popular na igreja — sempre com uma história boa ou uma piada pronta. Com seu corpo largo e sua barba branca desgrenhada, ele era perfeito para fazer o Papai Noel na festinha de Natal, e fazia com prazer, dizendo às crianças que traria para elas um galho de nogueira ou um pedaço de carvão em vez de uma "bugiganga de video game". Então por um tempo ele ainda teve o povo da igreja ao seu lado.

Mas isso também não durou muito. Vovô sempre teve uma postura de "cada um que cuide da sua vida" e "todos somos filhos de Deus" em relação a pessoas gays, não muito diferente de seu posicionamento geral de evitar julgamentos e ser generoso com todos. Isso o colocava em conflito com os amigos da igreja, mas nada irreconciliável.

Até que Blake, o neto de sua irmã Betsy — e seu sobrinho-neto —, morreu em um acidente de carro em Nashville. Tia Betsy depois soube por um dos amigos de Blake que Blake era gay. E isso mudou tudo para vovô. Nem três semanas depois que vovô descobriu, o pastor passou a discursar sobre como a homossexualidade estava destruindo o país e como as pessoas gays eram culpadas pelos tiroteios e ataques terroristas, porque aceitá-las havia jogado a fúria de Deus sobre nós.

Eu estava sentado ao lado dele. Podia sentir vovô tremer como uma sanfona conforme respirava mais e mais forte. Seu rosto ficou vermelho. A raiva irradiava, um calor perigoso a poucos centímetros da sua pele. Se conseguisse dar um pulo do banco, era o que teria feito. Em vez disso, levantou com dificuldade, os joelhos estalando, se empertigando o mais rápido que suas costas endurecidas por uma vida de trabalho árduo permitiam. E saiu andando. Eu e vovó saímos atrás.

Vovô quase não falou no caminho de volta para casa. Até que disse: "Passei a vida toda estudando a Bíblia. Jesus falou sobre atirar a primeira pedra, não sobre quem as pessoas amavam". Então ficou em silêncio por alguns minutos antes de balançar a cabeça e murmurar: "Blake nunca fez mal a ninguém. Não fez nada além de tornar este mundo melhor". Nunca mais voltamos à igreja. E o pessoal da igreja também não vai bater na sua porta pedindo desculpas quando você sai daquele jeito.

Mesmo assim, ele espera sentado por alguém com quem conversar.

Saio da picape, e vovô me cumprimenta com um aceno preguiçoso. O tipo que resulta de um estado de exaustão constante. Punkin late com entusiasmo e tenta saltar do alpendre. Vovô o segura.

— Deixa só guardar o cortador — grito para ele.

Equipamentos de jardinagem deixados ao léu costumam desaparecer e ser trocados por drogas aqui onde moramos.

— Não vou a lugar nenhum. Punkin, quieto. — O esforço vocal o faz ter um acesso de tosse a ponto de deixar seu rosto vermelho.

Tranco o cortador no barracão e passo pela escultura de urso--negro que vovô entalhou com uma motosserra em um toco de árvore. Toda vez que passo por ela, não consigo deixar de pensar em como a doença dele o desgastou, o diminuiu, o transformou. Subo os degraus do alpendre até onde ele está sentado.

Vovô me lança um olhar.

— Quê?

— Esqueceu alguma coisa?

— Esqueci?

— Cadê minha Tess? Não vamos ver *Longmire* hoje? — Tess é abreviação de Tesla, que é como ele começou a chamar Delaney depois que ela contou que Nikola Tesla era seu cientista favorito. Antes disso, ele a chamava de Einstein.

— Cuidando dos meios-irmãos.

— Vocês querem é destruir meu sábado à noite.

— Eu assisto com você. — Sento em uma das cadeiras de balanço.

A madeira desgastada foi tão alisada pelo tempo que é como tocar o braço de alguém. Me inclino para fazer carinho em Punkin.

Vovô estende a mão áspera, as unhas azuladas por falta de oxigênio, e apanha meu braço.

— Vem aqui, Mickey Mouse. — Ele me puxa da cadeira para perto.

Vovô sempre foi carinhoso, mas agora não perde a chance de me abraçar. Delaney pesquisou sobre enfisemas, disse que não era um diagnóstico terminal. O médico do vovô disse o mesmo. Vovô não parece tão certo disso.

Ele pode já não ter a força de antes, mas ainda encontra o bastante para me dar um abraço apertado, beijando minha cabeça. Vovô cheira a remédio, como bálsamo esfregado nos músculos doloridos com o lamento mentolado forte de vick vaporub para abrir as vias aéreas. Por baixo há o aroma denso de óleo de pinho e o vestígio vago de tabaco não fumado, embora ele não consiga trabalhar com madeira há certo tempo e não fume há anos. Seu tubo de

oxigênio plástico tem um toque artificial e frio em minha bochecha. Ouço seu chiado, o tremor fundo em seus pulmões.

— Como foi a cortação de grama? — ele pergunta.

Sento e coloco o boné de volta na cabeça.

— Quente. Mas tranquilo. Vovó está trabalhando?

— Sim.

Vovó é gerente da pizzaria Little Caesars. Ela normalmente trabalha nas noites de sábado para deixar que os funcionários, adolescentes em sua maioria, aproveitem a juventude em liberdade.

Ficamos sentados quietos por um tempo. Nossas cadeiras ran-
gem e trinam enquanto balançamos de leve. Há o sopro periódico
do cilindro de oxigênio, o ronco de motor a diesel de sua respiração, e a respiração fungada de Punkin, que cochila aos pés do vovô.

Passei muito tempo na vida me sentindo inseguro, incerto e hesitante. Sentar no alpendre da casa do vovô em sua companhia sempre foi minha fortaleza contra o mundo.

Três cervos saem da floresta e entram em nosso quintal, pastan-
do a grama. Ficamos imóveis, observando até eles saírem.

— Por falar em Delaney — digo, finalmente, a voz murmura-
da como se os cervos ainda estivessem lá. — Ela me contou uma
coisa interessante hoje.

— A menina é uma bendita enciclopédia. — Sempre que Delaney vem para assistir a Longmire com ele, uma das tradições dos
dois, vovô pede: *Tess! Me conta alguma coisa que não sei!* E ela sempre conta.

— Essa era diferente. Ela entrou numa escola preparatória chique no norte e uma milionária vai pagar tudo para ela.

Vovô absorve a notícia e ri baixinho.

— Quer saber? Aquela menina não era para esta cidade. Sempre imaginei.

— Pois é.

— Ela vai? Acho bom que vá.

— Parece que sim. — Balanço por alguns segundos, depois digo: — Mas essa nem é a parte engraçada.

— Qual é?

Eu me ajeito. Estou perdendo a coragem de contar para ele.

— Fala — ele insiste.

Suspiro, ergo as mãos e as deixo cair no colo.

— Parece que ela falou para essa milionária que só aceitaria ir se *eu* também ganhasse uma bolsa. — Rio comigo mesmo.

Vovô não ri. Ele se inclina na minha direção e balança a cabeça como se estivesse tentando segurar as lágrimas.

— Como é que *é*? — pergunta em voz baixa.

— E a moça e a escola aceitaram.

Vovô estreita os olhos.

— Vocês *dois* receberam uma oferta de bolsa para...

— Middle-qualquer coisa. Middleton? Instituto Middleford? Não lembro. É em Connecticut.

Vovô se recosta devagar, com uma expressão mista de fascínio e surpresa. Ele assobia baixo.

— É ridículo, né? Eu não deveria...

Ele ergue a mão para me interromper, a testa franzida.

— Só...

— É loucura — murmuro.

— Bolsa *integral*? — ele pergunta com um ceticismo otimista.

— É o que parece.

— A escola é boa?

— Pelo visto uma das melhores do país. É por isso que estou dizendo...

— Fica quieto, agora — ele diz, firme, mas com delicadeza, como se eu o estivesse fazendo perder a conta.

Depois de um tempo seguro, digo:

— É óbvio que não vou…

— Esse não é o tipo de oportunidade que aparece todo dia.

— Eu sei, mas…

— Sem dúvida não é o tipo que eu e sua avó poderíamos dar para você. Por mais que a gente quisesse.

— Isso nunca me incomodou.

— E aí? O que você acha disso tudo?

Inspiro fundo.

— Não sei. Fiquei sabendo faz umas duas horas.

Uma longa pausa.

— Olha, desculpa dizer, não sei todas as informações. Mas acho que você precisa ir. — Seu olhar é intenso. Como o de Moisés depois de descer a montanha, tendo falado com Deus. Ele assente, refletindo. — Acho que você precisa ir — murmura, como se tivesse medo de espantar a oportunidade, como o cervo.

Pensei que ele daria risada comigo. *Vai saber o que se passa na cabeça de Tess?* era o que deveria dizer. *Fala que é muita gentileza da parte dela, mas que precisamos de você em casa.* Ele seria o equilíbrio robusto e são para a eletricidade errática e pulsante do pensamento de Delaney, que a leva a fazer algo tão perturbador como o que ela fez. Um pânico cresce em meu peito, sobe pela minha garganta.

— Sou feliz aqui — digo, hesitante.

— Quero acreditar que sim. Mas, vez ou outra, Deus abre uma porta.

— Não posso ir para uma escola assim.

— Pelo visto eles discordam disso.

— Não, quero dizer. Não sou como os alunos de lá.

— Escuta aqui. Você é praticamente um dos rapazes mais inteligentes que já conheci.

— Todos os avôs pensam o mesmo sobre eles.

Vovô tosse por um tempo e depois continua:

— Você tira boas notas. E como usa as palavras? Lembra daquela redação que escreveu para a aula de inglês sobre a vovó? Ela caiu em prantos. Você abriu seu próprio negócio de cortar grama. Sua melhor amiga é a bendita gênia da cidade. Acha que ela andaria com você se você não fosse inteligente?

— Não sei o que ela acha.

Vovô está sem fôlego e arfando. Essa exaltação toda. Ele tem um ataque de tosse seca e espera passar.

— Aquela menina Tess é especial — vovô diz, mascando um dos palitos de canela caseiros que começou a carregar para todo lado para ajudá-lo a parar de fumar. Ele o tira da boca e o aponta para mim. — Já falei que ela me faz lembrar de sua mãe? — Coloca o palito de volta na boca.

— Em que sentido?

— Sempre fazendo perguntas. Tentando entender como o mundo funciona.

— Minha mãe não era assim comigo.

— Naquela altura, as drogas já tinham tirado muito dela. Mas quando ela era pequena? Caramba. Vivia com um livro.

— Para onde eles foram?

Vovô balança a cabeça e baixa os olhos.

— Ela vendeu. — Esfrega uma mancha no alpendre com o pé, como se estivesse tirando uma rebarba. — Tudinho. Não eram livros caros, e não estavam em ótimo estado depois de tanto serem lidos. Acho que não valeram muito.

— Queria ter conhecido minha mãe antes.

— Também queria — ele murmura. Seu olhar fica distante, os olhos turvos e perdidos. Ele tosse. — Você tem o raciocínio rápido dela. É por isso que você e Tess são Butch e Sundance.

Ele achar que sou excepcional parte meu coração. Isso é pior do que *ser* medíocre. Tenho um flash de mim mesmo em uma biblioteca

38

enorme, usando a camiseta suja e suada de cortar grama com a calça e as botas cheias de mato. Ao meu redor estão jovens da minha idade, vestidos como celebridades, refinados e reluzentes. Eles têm mãos sem calos, são esclarecidos, sem preocupações na mente. Estão em pequenos grupos, conversando tranquilamente sobre férias luxuosas — casas de veraneio na praia ou nas montanhas — de costas para mim.

Suas histórias de vida não têm capítulos sobre mães tentando a todo custo ficar chapadas e sucumbindo a uma overdose de heroína, fentanil e Valium. Nenhum pai que foi embora trabalhar numa plataforma de petróleo pouco antes de nascerem. Nenhum avô morrendo lentamente de invalidez nem nenhuma avó exausta de tanto trabalhar no Little Caesars para tentar manter certa dignidade e qualidade de vida e refazer o pé de meia que a filha viciada dizimou. Nenhum cortador de grama — usado para tornar a vida dos avós mais fácil — na caçamba de uma picape que precisa sobreviver mais um ano, sempre mais um ano. Nenhum encontro humilhante com traficantes de drogas em estacionamentos do RiteQuik. Nada disso. Eles vivem livres.

A vida me deu poucos motivos para me sentir grande, mas não vejo por que ir atrás de algo que faça com que eu me sinta ainda menor.

Uma luz crescente surge na beira do terreno, e um par de faróis ilumina a garagem. O Chevrolet Malibu azul da vovó sobe ruidosamente sobre o cascalho.

— Olha quem chegou — vovô diz. — Vamos ver o que ela acha.

Já estou descendo a escada para ajudar vovó com as coisas.

— Oi, meu amor — ela diz, saindo devagar do carro, tentando equilibrar uma caixa grande de pizza.

— É só isso? — Pego a caixa, a abraço e dou um beijo na bochecha dela.

Seu cabelo grisalho curto cheira a massa de pizza quente e rosas artificiais. Ela está usando uma polo preta, parecida com a de Delaney, e calças cáqui.

— Obrigada, meu bem. Acho que sim. Vocês estão a fim de uma pizza?

Sorrio com a piada, como sempre.

— Talvez.

Ela se apoia nos joelhos enquanto sobe a escada do alpendre. Vai arrastando os pés até vovô, se abaixa e dá um selinho nos lábios dele.

— Puxa uma cadeira, Donna Bird — ele diz.

Pego uma cadeira de balanço do outro lado do alpendre e a arrasto para perto.

Vovó desaba na cadeira com um suspiro, inclinando a cabeça para trás e fechando os olhos.

— Hummmm, quer saber — ela diz, perdendo a voz.

Assim já dá para saber que ela está exausta. Quando está apenas relativamente cansada, termina a frase com: *Quer saber. Estou um trapo que só.*

Seguro a caixa de pizza no colo. Depois de alguns instantes, os olhos dela se abrem como se ela estivesse acordando de um sonho.

— Vão comendo. A pizza vai esfriar.

Ela oferece um pouco para o vovô, mas ele faz que não. Espero que tenha comido alguma coisa hoje. Seu apetite agora é só uma sombra do apetite colossal de antigamente.

— Sobre o que vocês estavam conversando? — vovó pergunta, como se não esperasse muita coisa. E normalmente não era para esperar mesmo.

Vovô acena para mim.

— Quer contar para ela, Mickey Mouse, ou quer que eu conte?

— Qualquer um está valendo — ela diz.

Inspiro fundo. Parece insensível fazer isso perto do vovô.

— Delaney ganhou bolsa numa escola preparatória no norte. E conseguiu para mim também.

Vovó observa o rosto do vovô em busca de algum sinal de piada, um brilho nos olhos. Ele não sabe mentir para ela, então seria descoberto rápido. Ergue as sobrancelhas como se dissesse: *Eu sei, mas dessa vez não.* Ele mata um mosquito.

Vovó se vira para mim. Conto tudo que contei para o vovô.

Ela fica em silêncio por um tempo, o cilindro de oxigênio pontuando o silêncio com bufos sussurrantes. Por fim, ela pergunta:

— Então, o que acha?

Encolho os ombros.

— Vou falar o que falei para ele — vovô diz. — Ele tem que ir.

Vovó continua sentada, olhando no fundo dos olhos do vovô. Então assente.

— Concordo com você. Acho que ele tem que ir.

Começo a falar, mas vovó me interrompe:

— Agora espera e me deixa falar. Tentamos dar para você tudo que pudemos, e nem sempre foi muito. Agora você está tendo uma oportunidade que a gente nunca poderia ter te dado. Está caindo do céu.

— Esse é o problema. Eu não mereci isso.

Vovó se inclina para a frente na cadeira, energizada. A exaustão dela desapareceu.

— *Não*, o que você não mereceu foi perder a mãe. Muita coisa que você não mereceu caiu do céu. Essa não é uma delas. Deixe o Senhor te abençoar com uma coisa boa para compensar todo o resto.

— E vocês? — pergunto.

— A gente sobrevive. Você já não tinha planos de ir para a faculdade daqui a alguns anos mesmo? — vovó pergunta.

— Sim, para a East Tennessee State, talvez.

— Então.

— Mas a ETSU é perto. Adoro aqui. Adoro o rio. Adoro vocês.

Vovô tosse e cospe para fora do alpendre.

— E você ainda pode adorar isso tudo enquanto conhece mais o mundo. Se tivessem me dado essa chance? Eu teria topado. Donna Bird, você teria topado?

— Com certeza. — Vovó tamborila os dedos no braço da cadeira para dar ênfase. — Sabe o neto da tia Betsy, Blake? Ela o levou para Nashville para que ele pudesse estudar numa boa escola de artes.

— Não acabou muito bem.

— E a Tess? — vovô diz. — A gente não falou dela ainda.

— Você não disse que Delaney conseguiu a bolsa para você? — vovó pergunta.

— Isso mesmo.

— Imagino que ela esteja apavorada de ir para aquela escola sozinha.

— E se ela não for porque você não quer ir? Ou se for e não conseguir se concentrar nos estudos porque se sente sozinha demais? — vovô diz. Ele para um pouco para recuperar o fôlego. — Aquela menina vai descobrir a cura do câncer um dia se tiver a oportunidade. Mas aí está a chave. — Ele tosse. — A *oportunidade*. Parece que ela acha que precisa do seu apoio. Senão não teria feito tudo isso por você.

— Você não sentiria falta dela? — vovó pergunta.

— Com certeza.

— Você tem a oportunidade de fazer algo ótimo por si mesmo e por sua melhor amiga — vovô diz.

— Eu sei — murmuro, e olho fundo para a escuridão.

— Sempre sei quando você está pensando em alguma coisa mas não quer falar — vovô diz depois de um longo tempo.

— E a sua situação? — pergunto, baixinho.

Ele arfa, tosse e cospe lá embaixo de novo.

— Tem algum problema comigo?

Rimos. Mas nossos risos passam logo.

— Preciso ficar aqui — digo.

— Por acaso vou viver para sempre se você ficar?

— Eu te devo uma.

Ele bufa.

— Pelo quê?

— Por tudo.

— Vou te falar uma coisa, menino. — Ele para e faz algumas respirações rasas. Seu tom é sério. — Eu te amo. Mas nunca vou me perdoar se eu for o motivo de você perder uma oportunidade dessas. — Pausa para respirar. Ofegar. Tossir. — A morte está ao nosso redor. Vivemos a vida toda à sombra dela. Ela vai fazer o que tiver que fazer. Então precisamos fazer o que *nós* temos que fazer enquanto pudermos.

Depois disso, a conversa acaba.

Balanço e sinto no rosto a carícia do ar frio da noite, com o aroma verde úmido de trepadeiras cortadas e grama aparada. Ao meu lado, vovô e vovó dão as mãos mas não falam nada.

Acima de nós há um caos imaculado de estrelas brancas e nuvens flutuantes prateadas pelo luar. Lembro de ficar sentado sob o santuário do céu noturno, até altas horas, esperando minha mãe voltar. Ou fugindo enquanto ela gemia e se debatia, chapada. Ou evitando o olhar vermelho e turvo de uísque do namorado novo dela. Ou porque precisava sentir que havia algo bonito nesse mundo que nunca poderia ser tirado de mim.

Vovô tosse. Depois de um tempo, se recompõe.

Escuto sua respiração superficial e irregular. *Peça-me para numerar as respirações que desejo para você. Mais uma. Pergunte-me mil vezes. A resposta sempre será mais uma.*

Por um tempo, parece que vovô está prestes a dizer alguma coisa, mas não diz. Finalmente, diz "Bom", e se inclina para a frente.

Eu o ajudo a sair da cadeira de balanço e a deitar na cama.

6

Eu nem sabia que ela estava lá.

Ela entrava e saía em momentos tão imprevisíveis. Eu tinha chegado da escola e fiquei vendo TV por umas duas horas, esperando que ela voltasse de onde quer que estivesse. Não era sempre que tínhamos TV. O aparelho desaparecia misteriosamente e era substituído algum tempo depois por um modelo pior. Além disso, tínhamos acabado de pedir para religar a energia, e eu precisava aproveitar.

Foi só quando levantei para fazer xixi que a encontrei. Ela tinha desmaiado no banheiro minúsculo e esquálido do nosso trailer minúsculo e esquálido e caído com o corpo apoiado na porta trancada. Bati e, quando ninguém atendeu, bati e gritei, berrando "mãe" e o nome dela também. Eu estava com medo de ligar para a emergência porque não queria que ela fosse presa, as evidências de seu uso de drogas por todo o lado. Também estava com medo de ir para um orfanato.

Quando arrombei a fechadura e tentei entrar, encontrei o peso orgânico de um corpo humano sem vida. Ela não era grande, mas eu não sabia seu estado e estava com medo de a machucar mais, então levei certo tempo para abrir a porta. O fedor feroz de merda e decomposição iminente encheu minhas narinas quando entrei. Era a única coisa viva naquele cômodo.

Passei duas horas em uma tumba com ela.

Tentei chamar minha mãe de volta do mundo dos mortos para conseguir abrir a porta do banheiro.

Então agora às vezes sonho com um corredor infinito com portas idênticas. Tento abri-las por algum motivo. Atrás de todas elas está o terrível peso inerte da morte. Tento gritar de frustração mas minha voz sai rouca no sonho. Acordo do pesadelo, suando frio, lágrimas quentes secando no rosto, os músculos do maxilar doloridos de tanto ranger os dentes.

Olho o celular: 3h36. Vou demorar para pegar no sono de novo. Até meu cérebro ter expurgado temporariamente o veneno que causa esse pesadelo em particular.

Visto uma camiseta e uma calça e passo na ponta dos pés pelo quarto dos meus avós. O aparelho CPAP do vovô está zumbindo atrás da porta dele. Punkin vem atrás de mim. Sento em uma das cadeiras de balanço. Punkin se enrola ao meu lado, encostando o nariz no rabinho, e pega no sono imediatamente. O luar é tão radiante que parece um fantasma da luz do dia. O ar frio e úmido está sonolento, sem nenhuma brisa, e cheira a orvalho e ao almíscar tênue de jaritataca. É uma das minhas combinações de cheiro favoritas. Delaney acredita que, se fosse possível diluir o cheiro de jaritataca em um milhão, seria o perfume mais vendido do planeta. Ela acredita que os humanos secretamente sentem atração por tudo aquilo que repugnam.

Eu sentiria uma falta terrível dela se ela fosse embora.

Sentiria uma falta terrível de vovó e vovô se eu fosse embora.

Depois de encontrar minha mãe, a lembrança seguinte que ficou registrada foi a polícia me trazendo aqui, praticamente catatônico. Vovô me colocou no colo. Eu era grande demais para isso mas coube de alguma forma. Ele chorou baixo no meu cabelo e chorei de soluçar em seu peito.

Este alpendre, com eles, é o único lugar na vida em que me sinto seguro de verdade.

Tento imaginar como seria não ter isso. Minha vida é pequena e simples, mas é a melhor que eu poderia pensar em ter. Tenho o que amo: meus avós, a satisfação de trabalhar com as mãos para deixar um quintal em perfeita ordem, o ritmo de remar minha canoa. Não estou muito disposto a trocar isso por uma vaga promessa do desconhecido.

Então imagino Delaney, vestida com uma saia xadrez e uma blusa branca, caminhando timidamente até os portões imponentes de ferro fundido de uma escola coberta de hera. Os polegares sangrando, dilacerados. A ponta de seu rabo de cavalo desfiada de tanto ela puxar. Ninguém se esforça para ficar amigo dela. Eles invejam o que para ela é tão fácil, o que o dinheiro da família deles não poderia comprar.

Ela se encolhe, em busca de um refúgio. Talvez desista e volte, recuperando o emprego no Dairy Queen. Não realize o potencial de sua mente grandiosa na melhor das hipóteses. Na pior, segue o caminho da mãe e busca substâncias para anestesiar a dor de ver o mundo de uma forma que ninguém mais vê.

Penso na vez em que Jaydon Barnett inventou que a mãe de Delaney a estava prostituindo em troca de dinheiro para comprar drogas e que ele sabia disso porque seu primo tinha transado com ela. Eu o encontrei no estacionamento da escola. Mandei ele pedir desculpa. Ele mandou eu me foder. Algo em mim acendeu e apagou, como uma lâmpada que brilha com força antes de queimar.

Parti para cima de Jaydon por reflexo, como alguém que desvia de uma chama. Eu o acertei com força na têmpora e o deixei atordoado. Ele cambaleou para o lado. Antes que ele pudesse tentar algum contra-ataque aturdido, e antes que uma plateia pudesse se formar, eu o joguei no chão e enchi a cara dele de porrada, deixando seu olho roxo e seu nariz sangrando.

Eu era bom de briga. Era forte por causa do meu trabalho, e tinha treinado minhas habilidades na primeira metade do fundamental, quando ouvia muita merda. Era comum chegar à escola sem banho, com roupas imundas ou lavadas de qualquer jeito em uma pia com o que quer que tivéssemos à mão — detergente às vezes. Meu cabelo era mal cortado em casa com tesourinhas. Eu tinha hematomas estranhos. Pegava no sono durante a aula. Aprendi a só me meter em brigas que não podia evitar.

O diretor me falou que daria para evitar uma suspensão mais longa se eu pedisse desculpas. Eu me recusei. Jaydon era popular e eu não, mesmo antes da briga. Meu prestígio social se afundou ainda mais depois disso.

Não sei exatamente quando Delaney se tornou o tipo de amiga por quem eu entrava na briga. Apenas aconteceu.

Lá dentro, ouço vovô tossir e se esforçar para tomar ar. Se eu partir, o que será dele quando eu voltar? Cada inspiração dele é como o tique-taque de uma contagem regressiva. O fato de eu ter vivido uma adolescência seminormal nos últimos anos, com algo semelhante a pais, parece ser sorte o suficiente para toda uma vida. Seria ganância desejar mais.

Pensei que a tranquilidade antes do amanhecer me ajudaria a ter alguma paz. Mas o silêncio é só mais um clamor na minha cabeça, me chamando para todas as direções sem que eu saiba para qual seguir.

47

7

Lydia Blankenship: Você está ouvindo o *Morning Edition* da NPR, a National Public Radio. Eu sou Lydia Blankenship, correspondente especial de juventude e cultura do *Morning Edition* e, hoje... sou correspondente especial em uma cidadezinha do Tennessee.

No começo da semana, a dra. Bidisha Srinavasan, microbiologista da Universidade Vanderbilt, anunciou os resultados de seu estudo de seis meses sobre as propriedades antibióticas de uma nova cepa de bolor de penicilina descoberta em uma caverna perto da cidade de Sawyer, no Tennessee. Os resultados são impressionantes. O bolor é capaz de matar todos os "supermicróbios" resistentes a antibióticos e faz isso com uma ferocidade que torna quase impossível a evolução e sobrevivência das bactérias, ao menos por enquanto. É uma descoberta monumental na guerra contra as bactérias que criaram resistência aos antibióticos, e vem sendo considerada tão importante quanto a descoberta original da penicilina pelos pesquisadores.

Mas a dra. Srinavasan, que ouvimos ontem, não descobriu o bolor e suas propriedades sozinha: recebeu ajuda de uma estudante do ensino médio chamada Delaney Doyle de Sawyer, no Tennessee. Estamos com ela na linha. Bom dia, Delaney.

Delaney Doyle: Oi.

Lydia Blankenship: Agora, muitos dos nossos ouvintes podem não ter ouvido falar da cidade de Sawyer, no Tennessee. Pode nos dizer onde fica?

Delaney Doyle: Hum. Sim. É logo ao leste de Knoxville. Perto das montanhas Smoky.

Lydia Blankenship: Vamos falar sobre a descoberta. Como você encontrou esse bolor?

Delaney Doyle: Então. Hum. Desculpa, estou supernervosa.

Lydia Blankenship: Você está indo muito bem.

Delaney Doyle: Então, eu e meu amigo Cash Pruitt gostamos de passear de canoa no rio Pigeon. E tem umas cavernas ao longo do rio, e perguntei para Cash se ele poderia me levar lá dentro, porque imaginei que uma das únicas ameaças naturais ao bolor em uma caverna seriam bactérias, então imaginei que talvez esse bolor pudesse ter evoluído para enfrentar essa ameaça. O avô de Cash era bombeiro voluntário e resgatava pessoas das cavernas, e tinha alguns equipamentos que usamos para explorar. Acho que o avô de Cash ensinou muito para ele sobre as cavernas e tal. Então encontramos o bolor em uma das cavernas, crescendo na parede. Isso foi no verão do ano passado.

Lydia Blankenship: Então vocês entraram na caverna e saíram com uma amostra do bolor?

Delaney Doyle: Muitas amostras diferentes, sim. Para testar. Ver o que funcionava.

Lydia Blankenship: Fala mais sobre isso.

Delaney Doyle: Eu, hum, desculpa. Então, eu ficava muito no laboratório de ciências da escola, e meu professor de ciências, o sr. Hotchkiss, me deixava entrar e usar o laboratório. Nossa escola não tem muito dinheiro, então ele usou o próprio dinheiro para comprar um microscópio bom.

Lydia Blankenship: Eu estudei numa escola pública em uma cidade de cinco mil habitantes no Tennessee, e sei como é.

Delaney Doyle: Sim. É um saco. Então, o sr. Hotchkiss me arranjou umas placas de Petri e me ajudou a arranjar algumas amostras de bactérias. Comecei a testar o bolor em bactérias e vi que ele estava matando todas as bactérias com que entrava em contato. Testei até em MRSA, e funcionou.

Lydia Blankenship: Para nossos ouvintes que talvez não saibam, MRSA é uma bactéria perigosa resistente a antibióticos. Como você conseguiu uma amostra de MRSA?

Delaney Doyle: É melhor eu não contar. Não quero arranjar problemas para ninguém.

Lydia Blankenship: Bom, vamos em frente. Agora, como a dra. Srinavasan entrou na história?

Delaney Doyle: Procurei no Google alguns cientistas que estudavam bactérias resistentes a antibióticos e mandei e-mails. A dra. Srinavasan foi a única que respondeu. Ela trabalha em Vanderbilt, que fica a poucas horas de distância. Acho que foi sorte. Então Cash me levou com minhas amostras e os registros que fiz para me encontrar com ela. Alguns dias depois, ela mandou alguns pós-graduandos para Sawyer para coletar mais amostras e levar de volta para... Desculpa, espera um segundo... Certo, valeu. Desculpa, estou no trabalho.

Lydia Blankenship: Onde você trabalha?

Delaney Doyle: No Dairy Queen.

Lydia Blankenship: O Dairy Queen tem ideia que uma de suas funcionárias fez uma das maiores descobertas científicas da década?

Delaney Doyle: Acho que sim porque, quando bato o cartão, sou a única que eles mandam lavar a mão duas vezes.

Lydia Blankenship: [Risos] Vamos deixar você voltar ao trabalho, mas só mais uma pergunta: a dra. Srinavasan nos contou o nome que deu para esse novo bolor milagroso, mas gostaríamos de ouvir de você também.

Delaney Doyle: *Penicillium delanum.*

Lydia Blankenship: Consigo ouvir que você está sorrindo pelo telefone.

Delaney Doyle: [Risos] Estou mesmo.

Lydia Blankenship: Delaney, em nome de todas as jovens e, em especial, das jovens de cidades pequenas no Tennessee, obrigada e continue com esse trabalho excelente.

Delaney Doyle: Obrigada, vou continuar sim.

8

É mentira que a água seja inodora. Água tem cheiro de água. Assim como o vento tem cheiro de vento e a terra tem cheiro de terra.

A fragrância musgosa e metálica do rio sopra ao nosso redor na umidade viscosa, se misturando ao aroma duro de pedra úmida e ao cheiro forte e fermentado de lama. O sol faz o rio penetrar em nossas roupas, deixando-as duras e coladas à pele, cobrindo com uma película tensa que lembra lágrimas secas.

Delaney se reclina com cuidado sobre o tronco caído em que estamos sentados. Ela protege os olhos da luz do fim de tarde.

— Não acho que um cachorro se qualifique como um bicho.

— É claro que se qualifica — digo. — Quando você passou protetor pela última vez?

— Não passei. E esqueci de trazer.

Jogo o frasco para ela.

— Você vai se queimar. Por que não?

— Porque um animal domesticado não pode ser um *bicho*. Ela chacoalha o frasco de protetor solar barato e solta as últimas gotas na palma da mão, depois passa no rosto, no pescoço e nos braços.

— Quem disse? Qualquer animal pode ser um bicho. Vem cá — digo.

Ela se arrasta para perto e passo o protetor onde ela não passou.

— Você chamaria uma vaca de bicho? — ela pergunta.

— Talvez.

— Mentira. Uma baleia é um bicho? Diz a frase: "Uma baleia é um bicho" em voz alta. Vê como parece bobagem.

Sorrio, sabendo que caí na armadilha de Delaney. Ela sempre ganha nossas discussões.

Ela se apoia no cotovelo e cutuca minha coxa com o dedo do pé enlameado.

— Hein? Estou vendo seu sorrisinho culpado. — Pouca gente vê esse lado zombeteiro e brincalhão de Delaney.

Tento segurar o pé dela, mas ela o puxa mais rápido.

— Baleias não são domesticadas — digo.

— Mesmo assim não são bichos.

— Vamos procurar a definição no dicionário.

— Perda de tempo, porque ou vai concordar comigo ou vai estar errado.

— Então defina *bicho* você.

Ela volta a deitar, colocando o antebraço sobre os olhos, balançando o pé para baixo do tronco.

— Um bicho é um animal não domesticado que pesa menos de dez quilos — ela diz com determinação e certeza. Mais uma parte do mundo natural que foi compreendida e catalogada em sua busca interminável.

Ergo o joelho junto ao peito e o abraço.

— Então é isso.

— É isso. Gambás e guaxinins são bichos. Gatos domésticos, não.

Ela tem razão. Faz todo o sentido. E definitivamente prefiro discutir isso do que o assunto que poderíamos estar discutindo mas que ainda não foi abordado hoje.

Delaney tira o celular do bolso, protegido por um saco hermético, e começa a digitar como se trocasse mensagens. Sei que é mais provável que esteja registrando alguma observação ou anotando uma pergunta para pesquisar depois. Deixamos os minutos passarem e ouvimos o borbulhar do rio. Insetos dançam logo acima da superfície da água, refletindo a luz do sol como pontinhos de ouro. Estamos em uma pequena ilha no rio, onde ele corta Sawyer. Não muito longe da ponte que vai para o centro. Carros passam de quando em quando.

Deito no tronco aquecido pelo sol. Existem dias em que seu coração fica tão preenchido pela beleza desse mundo que é como segurar coisa demais na mão. Dias com gosto de mel silvestre. Este é um deles.

Quando se cresce em meio à feiura e à destruição, você se entrega à beleza sempre que a encontra, onde quer que seja. Se permite ser salvo por ela, nem que seja pelo tempo que leva para um floco de neve derreter em sua língua ou para o sol se afundar atrás do horizonte em um fogo vivo de nuvens. Por mais que algo possa estar atribulando sua mente. Você reconhece a beleza como algo que não pode ser tirado de você. Algo que não pode morrer caído contra a porta, deixando você para fora em seu ato final.

Isso é tudo de que preciso. Nada mais.

Mas, nesse devaneio, existe espaço para a Conversa Indesejada surgir. Preencho o silêncio com uma distração, usando uma tática do vovô.

— Me conta alguma coisa que não sei.

— Me deixa pensar — Delaney diz. Alguns segundos se passam. — Ah, sei uma boa.

— Manda.

— Tem uma teoria de que os humanos descendem de macacos aquáticos. Tipo golfinhos, mas macacos.

— Sério?

— Uma mulher chamada Elaine Morgan é referência na teoria. Assisti ao TED Talk dela. Ela aponta todas as adaptações que os humanos têm que animais aquáticos também têm.

— Por exemplo?

— Não temos pelos, assim como as baleias e os hipopótamos. Todos os mamíferos terrestres sem pelos tirando o rato-toupeira-pelado tem um ancestral aquático. Temos uma camada de gordura embaixo da pele como os animais aquáticos. Sabemos falar porque podemos controlar nossa respiração. As únicas criaturas com o controle consciente da respiração necessário para a fala são animais que mergulham.

— Caramba.

— A comunidade científica acha que é lorota.

— Por quê?

— Porque prefere acreditar que descendemos de primatas caçadores-coletores. A teoria do macaco aquático é fofinha demais. Não é máscula o suficiente para a ciência.

— Acho que é boa. Eu e você gostamos de ficar na água. — O único momento em que vejo Delaney completamente em paz é quando estamos juntos no rio.

— Mas deve ser lorota.

— Você gosta da teoria?

— Gosto, mas não porque acho que seja verdadeira.

— Então por quê?

— Porque é herege. É assim que a ciência avança e faz a humanidade progredir. As pessoas precisam ter coragem para fazer papel de bobas em um campo em que fazer papel de bobo é a pior coisa que você pode fazer. — Ela pausa por um segundo. — Por falar em medo de fazer papel de bobo.

— Quê?

— Faz cinco dias.

— Desde quando?

— Você sabe. Middleford precisa de uma resposta.

— Para quando?

— Para ontem. Eles estão segurando a vaga.

Solto o ar em um sopro doloroso.

— Conversei sobre isso com vovô e vovó.

— E aí?

— Eles acham que eu deveria ir.

— Então?

— Então não sei direito — digo.

— Você quer ficar.

— Nem é questão de querer.

— Então é o quê?

— Meu vô é o único pai que eu já tive, e ele está bem mal, então... A voz dela é tensa.

— Não posso mais ficar aqui, Cash. Minha mãe está se drogando de novo. Certeza absoluta.

— Como você sabe?

— Achei um receituário no forro da bolsa dela. Ela vive saindo e fica estranha quando pergunto onde estava. Um carinha esquisito novo, Bo, vive lá em casa. Ela está usando blusas de manga comprida no calor de trinta graus. Não aguento mais. — Faz uma pausa pesada. — Além disso, tem o Cloud.

Fico tenso como uma mola.

— Ele está em cima de você?

— Veio no trabalho dia desses, me procurando. Não falaram para ele meu próximo turno. — Depois ela acrescenta: — Não vai fazer nenhuma bobagem. Ele é perigoso.

Aprendi com o tempo que certa impermanência nas coisas é inevitável. Mas sinto uma torção repugnante no baixo ventre com a ideia súbita de perder Delaney. Praticamente minha única amiga.

— Sua mãe tem que assinar alguma coisa para você ir?

Delaney senta.

— Falei que andei estudando a lei e que, se ela não assinar, vou pedir emancipação, o que automaticamente vai desencadear uma investigação do Serviço de Proteção a Crianças e Adolescentes.

— Sério?

Ela bufa.

— Eu lá sei. Ela acreditou. — Delaney agacha, pega uma pedra lisa e tenta fazer com que saia quicando na água. A pedra cai com um único *ploft*.

Abaixo, pego uma pedra e a lanço pelo rio. Salta quatro vezes. Delaney pega outra.

— Olha como eu faço — digo. Faço movimentos exagerados, mostrando como precisa atirar baixo. Vovô me ensinou. Ele é um mestre em fazer pedras saltitarem.

Ela tenta de novo. Não funciona.

— Quero que você venha, Cash.

Evito os olhos dela e observo o chão em busca de outras pedras lisas e planas.

— Eu quero ir. — É mais mentira do que verdade.

— Então vamos.

— Não sei. — Consigo um ângulo bom e a pedra salta sete vezes na água. — Viu?

— Estou com medo. Estar tão longe daqui. Estar em uma escola nova. — Ela atira uma pedra na água. Sem tentar fazê-la quicar. — Estar longe de você — ela murmura.

— À noite, repara só no som da respiração do vovô.

— E mesmo assim ele acha que você deveria ir. — Delaney para a mão um pouco acima da coxa, então acerta um tapa sonoro, obliterando um pernilongo e deixando uma marcha vermelha. — Desde quando Pep não fala o que pensa?

— É diferente.

Delaney volta para o tronco e senta.

— Então isso é um não. — Sua voz vacila, como se estivesse em uma corda bamba sobre uma piscina de lágrimas. — Acho melhor responder para a escola que agradeço mas não posso.

Sento ao lado dela e passo o braço em volta de seu ombro sardento e esquelético. Ela cheira a rio e poeira, suor fresco e aroma artificial de coco do protetor solar barato sobre a pele banhada de sol.

— Ei.

Ela não me olha nos olhos.

— Ei — repito, chacoalhando seu ombro de leve.

Ela olha para mim, mágoa nos olhos.

— Fizemos essa descoberta juntos. Somos uma equipe.

Viro o rosto.

— Vai saber o que podemos fazer se continuarmos sendo uma equipe? — Ela observa o polegar roído e começa a levá-lo à boca. Parece pior que o normal. Ela anda ansiosa.

Intercepto a mão dela.

— Você vai pegar um verme do rio e ficar com caganeira.

Ela solta a mão da minha e pega o rabo de cavalo, apertando a parte arredondada do polegar roído na ponta tufada.

— Ruiva.

Os olhos dela transbordam de súplica.

— Você é meu melhor amigo — ela murmura, perdendo a voz. — Quando eu for, minha mãe vai acabar morrendo. Sem mim lá com os Narcans na próxima vez que tiver uma overdose? Não quero estar sozinha quando isso acontecer.

Quase digo *Talvez você não devesse ir também*, mas acho melhor ficar quieto. Uma coisa é eu perder uma oportunidade como essa. Outra é impedir que ela vá. Sinto que ela está quase torcendo para eu pedir isso, assim ela teria uma desculpa para não ir. Não vou dar esse pretexto a ela.

Ficamos em silêncio por um longo tempo até ela dizer:

— Por favor, não diz não ainda.

— Certo.

— Mesmo se a resposta for não. Mesmo se já tiver certeza no seu coração. Só me deixa ter mais uns dias para nos imaginar lá juntos.

— Certo.

Sua expressão fica distante e sonhadora.

— Imagino nós dois andando na escola, usando uniformes cafonas de escola particular. Temos um grupo de amigos que não sabe nada sobre nosso passado. Eles nos entendem como ninguém aqui nos entende. Visitamos Nova York juntos em um fim de semana e vamos aos museus.

— Parece ótimo — digo, e não estou mentindo.

— O que você vai fazer da vida?

— Não sei.

— Você pensa sobre o assunto?

Eu me remexo, sem jeito. Nunca pensei muito. É o que acontece quando sua vida está sempre mudando sob seus pés. Você nunca tem equilíbrio suficiente para olhar ao longe.

— Não sei. Trabalhar muito. Conhecer alguém. Ter uma família. Abrir uma empresa de paisagismo.

— Parece normal — Delaney diz.

— Sim.

— Você não é normal. Você é extraordinário.

— Certo, obrigado, mas já tive uma vida anormal e daria tudo por uma normal.

— Uma vida de merda e uma vida normal não são as duas únicas opções.

Mato um pernilongo no antebraço.

— Estudar em uma escola de gente rica no norte ou ter uma vida normal não são as duas únicas opções.

— Eu não falei isso.

— Então por que você está pegando no meu pé? — Vou até o rio para lavar o sangue do braço.

— Pegando no seu pé? — Delaney franze o rosto, magoada. — Não seja burro.

Nós dois sabemos que Delaney é mais inteligente do que eu, então ela guarda essa para quando não se importa se vai me magoar ou quando quer especificamente me magoar.

— Tento não ser.

— Só pensei que esse poderia ser o tipo de oportunidade que nenhum de nós teve.

— Ah, tá. — Jogo água no braço e limpo o sangue e as vísceras do mosquito.

— Não estou dizendo que você não vai ter uma vida boa se não for. Estou dizendo que não vai ter a *mesma* vida se for.

— Tá. Vamos mudar de assunto. — Volto para perto de Delaney. Ela está com uma expressão contrariada.

— O que digo para a escola? — Leva o polegar à boca.

Pego a mão dela.

— Estou falando sério sobre você pegar diarreia da água do rio. Para. E fala que ainda estou pensando.

— Certo.

Mais um longo silêncio.

— Promete que não vai me trocar por um melhor amigo novo — digo.

— Se eu conhecer alguém melhor em aparar grama, vou.

— Isso nunca vai acontecer.

— Alguns daqueles alunos são treinados nos melhores institutos de aparar grama. Eles cresceram trabalhando nos campos de golfe do pai.

Bufo.

— Eles têm empregados e tudo mais.

Delaney abre um sorriso diabólico.

— Vou escrever uma carta para você. *Querido Cash. Sinto infor-*

mar, mas o cargo de melhor amigo foi preenchido pelo sr... Fala um nome bom de gente rica.

— Hum... Remington.

— Como a espingarda?

— Tá... Chauncey.

— *Preenchi o cargo de melhor amigo com o sr. Chauncey T. Ikea.*

— *Ikea!* Tipo a loja?

— Sim. *Com o sr. Chauncey T. Ikea, herdeiro da fortuna Ikea...*

— Você já foi a uma Ikea?

— Para de me interromper com perguntas irrelevantes. *Com o sr. Chauncey T. Ikea, herdeiro da fortuna Ikea e graduado no Instituto Wellington de Artes e Ofícios de Cortar Grama.*

— *Querida Delaney. Sinto informar que sou o rei de cortar grama e sou obrigado a jogar você no rio Pigeon.* — Rosno e corro na direção dela, os braços abertos, como se estivesse perseguindo uma criancinha.

Ela grita, ri baixo e pula alguns passos para trás.

— Acabei de me secar, seu bostinha! — Ela ergue os punhos minúsculos como uma boxeadora e salta na ponta dos pés. — Vou acabar com a sua raça.

Finjo cuspir na palma das mãos e ergo os punhos, como um pugilista de antigamente, movendo-os em círculos, balançando e socando o ar.

— Certo. Vem. Vamos lá. Vem.

Ela esquiva e corre até a água, se abaixando para pegar um pouco com as duas mãos e jogando em mim, gargalhando. Depois abaixa de novo e joga mais.

Desvio e corro para o rio, para revidar. Ela chuta água em mim. Continuamos até os dois estarmos ensopados como se tivéssemos nos jogado no rio, rindo até perder o fôlego e soluçar.

— Certo, trégua — digo, estendendo a mão.

— Trégua. — Ela aperta minha mão.

— Vou mostrar para você como atirar uma pedra direito. Você é péssima. Já era para ter calculado todos os ângulos e trajetórias e tal.

— Porque o estudo das rochas saltitando na água é o que mais me intriga.

Ficamos em silêncio por alguns minutos enquanto Delaney treina sua técnica. Então ela diz:

— Quero ir ao zoológico no verão.

— Você nunca foi ao zoológico de Knoxville?

— Não. Quero ver suricatos. E um bicho-preguiça.

— Vamos.

Mais alguns minutos fazendo as rochas saltarem pela água (ou tentando pelo menos).

— Já imaginou ir a algum lugar onde não vivemos à sombra da doença de nossas mães? — Delaney pergunta, baixinho.

A pergunta me atinge bem no meio da cara.

— Tipo. Seria legal. — Aceno por alguns segundos enquanto a ideia ganha fôlego dentro de mim. — Sim — murmuro.

Atiramos rochas por mais um tempo, sem conversar sobre nada em particular, até dar a hora de ir. Delaney assume sua posição na frente da canoa e entro na água fria do rio para empurrar o barco.

Por um segundo ou dois, contemplo as costas curvadas dela, que olha para longe, perdida em si mesma e em alguma grande pergunta que corrói aos poucos seus pensamentos. Ela apoia os cotovelos nos joelhos, o queixo na mão, brincando com a ponta do rabo de cavalo com a outra. Já parece uma memória sob a luz dourada e turva de verão.

Como se sentisse o peso do meu olhar, ela vira para trás.

— Vamos ou não?

Levo um segundo para entender que ela está falando sobre ir agora, e não sobre a escola.

— Vamos.

O rio passa insistente em volta das minhas panturrilhas, me puxando com delicadeza, como se me abraçasse. Olho os turbilhões rodopiantes do rio, depois para ela.

Não sei me despedir de nenhum de vocês. Recito em minha mente como uma oração a qualquer Deus que se importe o suficiente comigo a ponto de me ouvir — não para pedir algo que eu queira, mas para saber o que quero.

9

— Já pararam para pensar em qual deve ser a taxa de homicídio no condado de Longmire em relação à população? — Delaney pergunta, enquanto os créditos passam.

Ela está sentada de pernas cruzadas no sofá entre vovô e mim.

Vovô ri baixo e arfa.

Delaney continua:

— Um condado rural minúsculo no Wyoming e, mesmo assim, todo episódio tem *pelo menos* um assassinato. Walt Longmire deve ser o pior xerife do mundo.

Vovô tosse de tanto rir. Ele aponta para mim.

— É dessas sacadas dela que eu gosto.

— Ela está destruindo a série — digo, incrédulo.

— Não está, não.

— Você chorou quando o cavalo morreu no final do episódio — Delaney diz. Ela adora provocar meu avô. Ele adora as provocações dela.

— E qual é o problema, Tess? — Vovô limpa a garganta e tosse. — Aquele cavalo fez uma ótima atuação. Ele merecia um Oscar equino.

— Acho fofo — Delaney diz.

— Escuta, antes de ir ficar de babá, quero falar que estou muito orgulhoso de você por ter entrado naquela escola.

— Ah, Pep. — Delaney encosta a cabeça no ombro dele e o abraça de lado.

— Vai praquela escola chique lá e vê se encontra alguma coisa para acabar com essa coceirinha na minha garganta, hein? — Vovô diz como se fosse uma piada, mas há um traço de seriedade na frase.

— Sim. Eu prometo — ela diz, sem ironia nenhuma na voz, apenas a determinação inabalável de alguém que jura sair em batalha e enfrentar a Morte.

Não há ninguém em quem eu confiaria mais para lutar por ele.

Saímos para o alpendre e ficamos sentados por um tempo papeando. Envergonhada, Delaney pede para usar o chuveiro antes de ir. Seu aquecedor de água quebrou e ela tem medo de tomar banho na casa dos meios-irmãos. Não se sente segura perto do pai deles nem dos amigos dele.

Ela volta, o cabelo avermelhado úmido sobre os ombros como folhas de outono grudadas na janela depois da chuva, cheirando a aroma artificial de maçã-verde e sabonete Ivory. Ela conta para o vovô sobre a *gympie-gympie*. Ele fica devidamente horrorizado, e ela, indevidamente encantada. Sua carona chega e ela sai para cuidar dos irmãos.

Começa um chuvisco, cujas notas abafadas fazem pensar em alguém que tenta abrir devagar e em segredo um saco plástico num quarto cheio de gente dormindo. O ar fica denso pelo perfume cintilante da chuva, madressilva orvalhada e grama cortada.

Vovô tosse, arfa, cospe para fora do alpendre. Cai um trovão ao longe, um relâmpago brilha e a chuva fica mais forte.

Vovó chega de carro, os faróis iluminando as gotas que caem. Sinto que tem alguma coisa errada assim que ela sai do carro. Quem sabe as pessoas emitem uma substância química de socorro, assim como a grama cortada.

Corro até ela. Não sirvo para proteger da chuva, mas pelo menos sou mais um par de mãos se ela precisar.

— Estou com tudo — ela murmura, quase inaudível.

Ela está sem nada além da bolsa, sem nem sinal da pizza de sempre.

Eu a seguro pelo cotovelo até chegarmos ao alpendre e sairmos da chuva.

— Chegou cedo — vovô diz. — Vem sentar com a gente.

Vovó suspira e desvia os olhos.

— Acho que preciso de um minuto ou dois sozinha, para me recompor. — Sua voz é tênue e frágil.

Vovô fica preocupado. Ele levanta e dá alguns passos na nossa direção.

— Senta, Pep. Vou ficar bem.

— O que aconteceu? — pergunto.

— Noite ruim, só isso. Deve ser a lua cheia. — Sua voz é um pouco engasgada. Ela não olha para nenhum de nós.

— Donna Bird? — vovô diz.

Observo o rosto dela. Noto uma mancha rosada ao lado do olho esquerdo. Ela tem algumas gotas do que parece molho de tomate seco no lado esquerdo dos óculos. Estendo a mão para tocar, e ela pega minha mão com delicadeza e a abaixa.

— Desculpem por ter esquecido a pizza — murmura, e volta a andar até a porta. — Vou fazer a janta.

— Vovó, pode, por favor, contar o que aconteceu para a gente não ficar preocupado?

— Não queremos ser enxeridos — vovô diz — mas...

Ela faz uma inspiração longa e trêmula.

— Não quero nenhum de vocês fazendo nenhuma besteira, hein.

Meu coração zumbe. Vovô volta devagar para a cadeira de balanço ao seu lado, mas eu continuo em pé.

— Foi uma noite cheia e estou treinando uma menina nova, e ela errou o pedido do neto da Ruthie Cloud. Não lembro direito o nome dele. Tem os dentes de ouro, tranças no cabelo e tatuagens.

— Jason? — Meu coração bate contra o peito como um animal se debatendo contra as grades da jaula.

O que quer que ela me conte é culpa minha. Ele prometeu que eu me arrependeria se entrasse entre ele e Delaney. Meus joelhos tremeram. Um gosto amargo sobe pelo fundo da garganta.

— Jason. Ela errou o pedido. Deu uma de calabresa em vez de bacon. Jason começou a provocar a menina, berrando. Falou uma coisa feia atrás da outra. Fui ver qual era o problema. Ele me contou. Eu disse: "O senhor é nosso cliente. Sua satisfação é nossa prioridade. Vamos fazer uma pizza nova para você". Mas não foi suficiente. Então eu disse: "Vamos reembolsar seu dinheiro. Fica com a pizza". Claro que nem *isso* foi suficiente. Ele disse que queria uma pizza nova, o dinheiro de volta *e* vinte dólares pelo transtorno.

— Pelo *transtorno*? Caramba. — Vovô balança a cabeça, indignado.

— Falei para ele: "Senhor, ofereci o que posso. Estou tentando consertar as coisas. Não posso simplesmente te dar o dinheiro do caixa. Vou acabar perdendo o emprego". Então ele abriu a caixa de pizza e... — O rosto dela se franze. Ela tira os óculos e tapa os olhos. Começa a choramingar. — Ele bateu uma fatia na minha cara, bem no olho. Recém-saída do forno. Bateu com força na minha cara. — Ela desata a chorar.

Eu e vovô gritamos ao mesmo tempo com uma indignação sem palavras. Ficamos em pé ao redor dela, as mãos em suas costas como curandeiros. Vovô ofega. Tosse até seu rosto ficar vermelho.

Eu e vovô a abraçamos com força de cada lado por um momento enquanto ela esconde o rosto queimado entre as mãos, uma haste dos óculos bifocais precariamente entre dois dedos. Pego os óculos dela com delicadeza e entro para lavar. Minha barriga é um caldeirão incandescente de ferro fundido. Vovô ainda está abraçado a ela quando volto a sair.

Devolvo os óculos para ela.

— Obrigada — ela diz, a voz ainda trêmula. Balança a cabeça. — Esse mundo ficou tão horrível. As pessoas estão perdendo a noção de tudo.

— Como ele se atreve. Ele merece levar um tiro. — Vovô está rouco. — A gente devia denunciar esse menino para o xerife. — Ele tosse furiosamente e se esforça para recuperar o fôlego.

Vovó faz que não com firmeza.

— Sou contra chamar a polícia por qualquer coisinha. — Ela levanta e respira fundo, se recompondo. — Vou ficar bem. Só preciso esquecer isso. Quando aconteceu, deixei uma das meninas no comando e saí. E a verdade é que não esqueci a pizza. Não queria que meus meninos comessem alguma coisa que tinham batido na minha cara. Vou entrar e preparar um jantar de verdade. Estou cansada de ver vocês comendo essas porcarias em caixa de papelão.

— É melhor tomar um banho quente, descansar. Você trabalha demais — digo. — Deixa que a gente cuida do jantar.

Ela abre um sorriso abatido.

— Preciso fazer isso. Existe certa dignidade em servir as pessoas que amo, e estou precisando de uma boa dose de dignidade.

— Eu te amo. — Dou um longo abraço nela.

Vovô dá um beijo na bochecha dela e a abraça.

— Te amo, Donna Bird.

Ela não diz nada, mas encosta a mão na bochecha dele por um segundo. Depois entra.

Eu e vovô voltamos a sentar. Ele não para de balançar a cabeça. Seu rosto carrancudo está vermelho, e o maxilar, cerrado.

Alguma coisa começa a acontecer comigo. A preocupação com vovó em instantes é tomada por uma torrente que cresce em meu peito. Algo animalesco e feroz, sombrio e selvagem. Vai ficando grande demais para meu corpo, prestes a rasgar a pele. Um tumulto turbulento de ódio e fúria me domina, e uma névoa de estática preta e cinza envolve meu cérebro. Vejo o sorriso cintilante e maldoso de Jason Cloud zombando de mim. Minha cabeça lateja no fundo do crânio.

Uma voz bestial da escuridão me chama e diz: *Levante*, e obedeço.

Diz: *Desça do alpendre*, e obedeço.

Diz: *Vá até o barraco e tire o machado da parede — aquele que você usa nas manhãs de outubro para cortar lenha para o inverno.* E obedeço.

Passo a mão na lisura desgastada pelo trabalho do cabo. Avalio o peso de sua cabeça cintilante, afiada como um caco de vidro. Cuido bem dele como vovô me ensinou.

E a voz serpentina me diz: *Crave isso na cara do Jason Cloud.*

A voz me comanda: *Faça isso.*

E vou obedecer.

Jogo o machado com um estrondo na traseira da picape e abro a porta.

Estou entrando quando vovô corta o zumbido maligno no meu cérebro.

— Aonde você vai com isso?

Olho para ele.

— Matar Jason Cloud.

— *Vai coisa nenhuma* — vovô urra.

Sua voz ressoa com uma velha autoridade.

Mas o que quer que esteja me dominando é forte demais. Hesito apenas por um segundo antes de sentar ao volante.

— *Vem aqui agora se é que você me ama* — vovô grita, com o que devem ser suas últimas forças. Sob a luz fraca do alpendre, vejo seus olhos, ardentes com um amor furioso. O sentimento atravessa a escuridão dentro de mim. Me tira do redemoinho e me solta, pingando e tremendo na praia. Volto arrastando os pés até o alpendre, com a cabeça baixa. Sento. Todas as células do meu corpo pulsam de ódio.

Vovó abre a porta da frente.

— Ouvi gritos.

Vovô arfa.

— A gente pensou ter visto um coiote na estrada e Cash foi ver. Chamei o menino de volta porque vai que o bicho tinha raiva.

Olho nos olhos da vovó por um segundo, mas logo desvio o olhar.

— Certo — ela diz, sem certeza, e volta a entrar.

Ela sabe que vovô está mentindo. Mas fico feliz que ele tenha tentado.

Vovô senta ao meu lado e tosse muito, como se estivesse pagando por seu momento de força de antigamente. Enquanto ele tosse, escuto a chuva cair e sinto a maré vermelha de adrenalina baixar em meu peito, me deixando enjoado e exausto. Leva um longo tempo para vovô recuperar as forças. E, quando recupera, deixa o silêncio se estender até ficar prestes a estourar.

Minha voz treme quando falo, e uma raiva incandescente volta a entrar em meu corpo. É como jogar água quente nos dedos dormentes pelo frio.

— Quero matar aquele filho da puta. — Fico com vergonha do que digo. Nunca falo palavrão na frente deles dois.

Vovô apenas escuta.

— Ele a humilhou — digo.

— Eu sei — vovô diz.

— Alguém como ele matou minha mãe. Um bosta de um traficante.

Vovô expira fortemente pelo nariz.

— Você disse que Cloud merecia levar um tiro — digo.

Vovô baixa os olhos, depois se volta para mim.

— Foi maneira de dizer. Você acha que é visitando você na cadeia que quero passar o tempo que me resta?

De repente, uma nova emoção rara toma conta de mim. Coloco o rosto entre as mãos e começo a chorar de soluçar. Estou morrendo de vergonha.

Vovô acaricia minhas costas, sua mão áspera raspando em minha camiseta. Ele me puxa com carinho para junto do ombro e me abraça enquanto choro.

— Vem cá. Ei, ei.

Depois de alguns minutos, me recomponho e recosto na cadeira de balanço, os olhos inchados.

— Sabe um motivo para eu achar que você deveria ir para aquela escola?

Faço que não.

— Aqui é um bom lugar de se viver. Terra bonita. Gente decente. Mas é muito fácil crescer aqui achando que só tem um jeito de ser homem. Ter uma vida dura. Olho por olho, dente por dente. Não acha que é o que está acontecendo aqui?

Baixo os olhos e concordo com a cabeça.

— Quero que você vá para o mundo e veja que existem outras formas de ser homem. Vamos receber Betsy e Mitzi para jantar daqui a uns dias.

— Eu sei.

— A gente falou que era para comemorar os dois anos de sobriedade da Mitzi… — Vovô para um momento para tossir. — Mas na verdade era para colocar você e a Betsy na mesma sala para conversar sobre essa oportunidade da escola. Você sempre deu ouvidos a ela.

— Dou ouvidos a você e à vovó.

— Dá nada. Entra por um ouvido, sai pelo outro. Estamos trazendo reforços.

Dou um sorriso discreto de canto de boca.

Vovô estende o braço, aperta a ponta de cima da minha orelha e puxa minha cabeça junto a ele, bagunçando meu cabelo.

— Acho que vi um ninho de passarinho no seu cabelo. Me deixa tirar.

Ficamos sentados e balançamos, ouvindo o tamborilar da chuva enfraquecendo, o céu se abrindo devagar.

O aroma amanteigado de biscoitos caseiros quentes chega a nós por entre as frestas da porta da frente. Estamos prestes a levantar quando vovó abre a porta e nos chama para entrar para comer. Ela tem um ar de contentamento sob a queimadura recente, como se tivesse canalizado toda a humilhação para criar algo que alimente e console a si mesma e às pessoas que ama.

Minha barriga ainda está revirada e enjoada pelo que aconteceu, e minha mente resmunga que não estou com fome, mas meu coração diz o contrário.

— Lembra de não deixar o machado na picape — vovô diz enquanto entramos. — Alguém vai acabar roubando e trocando por droga.

10

— Houve muitos momentos, durante os dias mais difíceis, em que nos imaginei reunidos em volta da mesa, comemorando sua sobriedade, sua volta da tormenta para a luz — tia Betsy desvia os olhos, piscando rápido, encostando o dorso da mão trêmula nos lábios enquanto se recompõe, a outra mão na da filha. — Pensei que o dia em que ouvi sua voz ao telefone para tentar contar sobre Blake fosse a última vez em que a ouviria. Deus entrou em nossas vidas, e agradeço a ele por isso. Obrigada por me dar esse presente que é você, Mitzi.

Lágrimas escorrem pelas bochechas de Mitzi, e seus olhos estão vermelhos e inchados, mas ela parece radiante se comparada às fotos que eu tinha visto da época que ela se drogava: coberta de cicatrizes; a pele escabrosa e funda; o cabelo rareando; magra como um espantalho, um brilho ferino e assombrado nos olhos.

Vovô ergue o copo de refrigerante.

— A dois anos limpa e sóbria. E a muitos mais.

Erguemos nossos copos. *A dois anos limpa e sóbria. E a muitos mais.* Fazemos a oração e devoramos o banquete diante de nós. O frango e os bolinhos e a caçarola de batata-doce de tia Betsy, o feijão-branco, o bolo de milho e as verduras da vovó. Eu e vovô nos juntamos para fazer macarrão com queijo. *Vai pondo manteiga e queijo; ninguém vai reclamar,* vovô dizia.

Nosso ar-condicionado velho não dá conta do calor que geramos de tanto cozinhar e conversar, então ficamos sentados, suando, em volta da mesa de carvalho riscada que vovô construiu. Olho ao redor.

Aqui estamos nós, sobreviventes de guerras silenciosas. Como árvores que sobreviveram a uma tempestade brutal, mas com os galhos quebrados e flores caídas enchendo o chão ao nosso redor.

Terminamos e recostamos em nossas cadeiras, explodindo.

— É melhor ficarem sentados um pouco para fazer a digestão. Temos pavê de banana — tia Betsy diz. — Não se preocupem com a bagunça. Eu e Cash cuidamos de tudo.

Vovô, vovó e Mitzi levantam devagar e se retiram para o alpendre. Meu peito se aperta como se eu fosse levar bronca, mesmo sabendo que não vou.

Tia Betsy liga a água quente e espumosa na pia. Levo um punhado de pratos engordurados para ela.

Ela os pega da minha mão um a um e os deixa de molho.

— Comeu bem?

Sorrio.

— Até que sim.

— Pensei muito na Cassie hoje — ela diz baixo.

— Eu também.

— Sinto falta dela.

— Eu também.

Tia Betsy esfrega uma mancha num prato.

— Mudando de assunto, Pep me contou que surgiu uma oportunidade ótima para você.

Vejo uma caçarola pela metade no balcão e reviro os armários em busca de um dos potes de manteiga Country Crock que vovó usa para guardar as sobras.

— Pois é.

— Ele disse que você está hesitante e não tem certeza se deveria ir.

— Verdade.

Tia Betsy chacoalha as mãos para tirar a água ensaboada, se apoia na beira da pia e olha para mim.

— Cash, você é um jovem brilhante e trabalhador. Você não tem como me convencer que não deveria aproveitar essa chance só porque não nasceu em berço de ouro.

Engulo em seco e viro o rosto, jogando os farelos do balcão na mão.

— Essa nem é a maior questão — murmuro.

— Qual é?

Baixo a voz e olho pela porta da frente.

— Ele. Se eu for, não vou estar aqui para cuidar dele. Ele é o único pai que já tive.

— Você tem razão. Eu sei disso. *Ele* sabe disso. E você provavelmente também está certo de achar que se for para a escola não vai estar aqui quando ele partir. E mesmo assim acho que deveria ir.

— Ninguém acha que eu ficar com ele é tão importante quanto eu acho.

— É claro que achamos importante. — Tia Betsy aponta para a mesa, puxa uma cadeira e senta. Faço o mesmo. — A morte é assustadora e sei que é tentador deixar o medo guiar nossos passos.

— Não é isso que eu...

— Espera um pouco. — Tia Betsy ergue a mão. — Peguei Blake e deixei minha vida toda de lado para me mudar para Nashville para ele estudar na escola de artes lá. Você sabe no que deu.

— Sei.

— Ele estaria naquele acidente de carro se não tivéssemos nos mudado? Não. Ele teria aproveitado as oportunidades incríveis que aproveitou, os amigos que fez, se não tivéssemos nos mudado? Também não. Você conheceu Blake.

— Sim.

— Eu e ele conversávamos sobre quase tudo. Então sei de uma coisa com muita certeza: Blake não teria deixado a morte tomar essa decisão por ele. Ele não teria trocado os amigos maravilhosos que fez lá, e a vida que construímos, só para adiar o inevitável. Acha que Pep está com medo de morrer longe de você?

— É óbvio que não muito — digo.

Tia Betsy levanta, vai até a geladeira e busca sua tigela de vidro de pavê de banana. Pega cinco potinhos e colheres. Volta para a mesa e me serve uma porção generosa.

— Acho que o verdadeiro problema é que você se sente tão sortudo de ter sobrevivido ao que sobreviveu que pensa ter gastado seu limite de sorte passando o resto da infância em uma casa segura e amorosa.

Encaro fixamente a mesa e brinco com a colher.

— Estou falando sério quando digo que me preocupo com a morte do vovô.

Tia Betsy dá uma colherada e pega com a mão um biscoito que está prestes a cair.

— Perder sua mãe foi uma coisa muito impactante. Sei que você tem medo de perder o que restou. Se você for, sempre vai poder voltar. Foi o que eu fiz.

Minha garganta se aperta.

— Estou com medo.

— Eu também estaria. Acho que não é uma decisão que você pensou que fosse tomar algum dia.

— Não.

— Confia em mim se eu contar uma coisa?

— Sim.

— Não tem arrependimento maior do que as decisões que você toma por medo. O medo torna sua vida pequena. O medo faz você pensar pequeno. O medo deixa seu coração pequeno. O medo tenta se preservar e, quanto maior você deixar que sua vida e sua perspectiva e seu coração se tornem, menos ar você dá para o medo sobreviver.

Eu e tia Betsy nos encaramos por um longo tempo. Ela e vovô têm os mesmos olhos. Doces, mas penetrantes quando necessário. Às vezes as duas coisas ao mesmo tempo, como agora.

— Você *tinha* que usar um exemplo sobre não conseguir respirar? — Deixo um sorriso despontar no canto da boca.

Tia Betsy bufa com a colherada de pavê de banana que acabou de pegar. Ela cobre a boca e treme e se engasga de tanto rir.

Começo a rir também.

— Vou para o inferno por causa dessa piada.

— Está de brincadeira? Conheço meu irmão. Pep ficaria muito orgulhoso.

Nossos risos passam.

— Não quero viver uma vida de medo — digo, sério.

— Então não viva. A oportunidade está aí. Aproveite. Você é um rapaz *corajoso*.

Tia Betsy é assim — de alguma forma consegue mexer com a gente. Vovô estava certo. Dou ouvidos a ela. Todos que mais amo e respeito estão me dizendo a mesma coisa.

Acho que talvez seja o seguinte: às vezes você fica sofrendo por alguma coisa. Trava uma batalha dentro de si tentando derrotar a incerteza. Então olha ao redor, e o campo de batalha está deserto e você está golpeando o ar em vão. E não existe nada diante de você além de um caminho com uma placa dizendo Incerteza. Acho que a incerteza nem sempre é algo a enfrentar. Às vezes é só um caminho que você precisa seguir.

E percebo outra coisa: Betsy está errada. Não tenho escolha quanto a isso.

Só preciso fazer.

— Acho que é melhor levar um pouco pros outros antes que a gente acabe comendo tudo — murmuro.

— Acho que é melhor — Betsy diz, olhando no fundo dos meus olhos.

Levanto, pego o pote de pavê de banana e sei que ela percebe que estou com a cabeça um pouco mais erguida.

11

Existe um lugar secreto com vista para a cidade, suas luzes enevoadas desabrochando na noite abafada. No céu, como em um espelho, as estrelas de verão flutuam brilhantes e cremosas em um mar cor de índigo.

Estamos sentados na traseira da picape, as pernas balançando devagar. Abro um sorriso irônico para Delaney enquanto ela lambe o pavê de banana da parte da frente da colher de plástico, depois da parte de trás, depois da parte da frente de novo.

— Quê? — ela pergunta.

— Falei alguma coisa?

— Estou sentindo seu olhar de julgamento.

— Acho que você deixou escapar uma molécula aí.

— Viu?

— Comi uns três potes enormes do pavê da Betsy. Só acho engraçado como você ama açúcar. Você trabalha com açúcar o dia todo; mesmo assim, se eu trouxer mais, sei que vai gostar.

Delaney dá de ombros.

— Não tem nada de errado no açúcar, tirando o fato de que muitos cientistas consideram que é literalmente um veneno de baixo grau. — Ela levanta o pote transparente, para visualizar o fundo, e busca vestígios de pavê de banana.

— Não vai prender a cabeça dentro do pote tentando lamber.

— Para de me constranger.

— Então. — Eu me ajeito e mexo em um graveto perto de mim. — Na verdade, tinha uma coisa que eu precisava falar para você.

— Então fala.

Meu coração tamborila no peito.

— Eu vou.

— Do que você está falando? — Delaney coloca o pote e a colher de lado e me observa com desconfiança.

Fico por alguns segundos parado com as sobrancelhas erguidas. Deixo que ela adivinhe.

— Vai o *quê*?

— Middleford. Eu vou. — Paro à espera de uma reação exultante.

Ela começa a chorar com o rosto escondido nas mãos.

Delaney nem sempre age como se espera, e essa reação é uma surpresa. Toco o ombro dela com delicadeza.

— Ruiva. Ei. Ei. Delaney. Ei. — Ela me deixa abraçá-la, e se derrama sobre mim como duas gotas de chuva se encontrando no vidro da janela.

Eu a balanço devagar de um lado para o outro. Isso ajudou em outros momentos e está ajudando agora.

— Está falando sério? — Sua voz é frágil e cheia de lágrimas.

— Sim.

— Você vai comigo para a escola no outono. — Ela diz como se me desafiasse a responder que não.

— Se ainda me aceitarem.

Ela choraminga.

— Não vou ficar sozinha?

— Não. — Eu a abraço apertado.

Suas lágrimas caem quentes na minha camiseta.

— Por que a mudança? — Ela seca os olhos com o dorso da mão.

— Você. Vovô. Tive uma conversa com a tia Betsy hoje que me fez decidir de vez.

— Você está com medo de ir?

— Claro que sim.

— Eu estava apavorada. Mas agora estou bem menos. — Ela faz uma inspiração profunda e trêmula, e seca os olhos de novo.

— Merda, espera aí.

Salto da traseira e vou até a cabine. Tateio embaixo do banco e encontro uma caixa fechada de bengalinhas doces. É a bala favorita dela; talvez a comida favorita dela. Compro uma caixa a mais todo Natal e a guardo caso um dia precise limpar minha barra. Dessa vez, trouxe para celebrar, mas hoje ela vai cumprir uma função dupla. Volto e entrego a embalagem para Delaney.

Ela abre um sorriso radiante e faz um buraco no plástico da caixa, enfiando o dedo para rasgar.

Fico olhando, incrédulo.

— *Agora?* Você acabou de comer um pote enorme de pavê de banana e sabe-se lá quanto açúcar no trabalho.

— Cuida de você que eu cuido de mim — ela diz, desembrulhando uma bengala doce e chupando a ponta.

— Elas acabam com os dentes e o fígado.

— É o pâncreas que regula o açúcar no sangue. — Ela me oferece a caixa.

— Não, obrigado.

— Você anda mudando muito de ideia ultimamente. Comemora comigo.

Suspiro.

— Dá logo essa maldita bengala. Meu Deus.

Ela me dá. Desembrulho e levanto a bala, com o mindinho erguido como se estivesse segurando uma taça de champanhe.

— Ao futuro.

— Ao futuro. — Ela ri baixo e ergue sua bengalinha. — Não estou acreditando.

— Não brinda com a ponta que você colocou na boca. Não preciso passar mal pelo gosto *e* pelos seus germes.

— Ah, faz favor, se a gente estivesse aqui para se pegar como adolescentes normais, você não veria mal nenhum.

— Não, mas valeria mais a pena do que passar mal por causa de uma bengala doce.

O engraçado é que sei que estou certo sobre isso. Eu e Delaney chegamos a nos pegar uma vez. Quer dizer, só nos beijamos. Foi quase exatamente um ano atrás. Estávamos inebriados pelo luar, e acho que estávamos muito bonitos aos olhos um do outro naquele momento. Da minha parte, eu não veria mal nenhum em repetir. Muitas vezes. Mas fiquei com a impressão de que Delaney deu uma surtada. Compreensível. Nenhum dos dois teve muitas experiências além da nossa amizade, e chegamos a um acordo mais ou menos tácito de que não valeria a pena colocar isso em risco por um lance. Sawyer era pequena demais para isso. Além do mais, sempre imaginei que Delaney acabaria com alguém muito mais inteligente do que eu, então por que me magoar à toa?

Mesmo assim, eu estaria mentindo se dissesse que não pensei naquele beijo algumas vezes. Para alguém que, até onde eu sei, nunca teve um namorado, Delaney beijava estranhamente bem. Sabe-se lá como, mas a genialidade dela se estendia a esse tópico.

Coloco a ponta da bengala doce na boca.

— Hummmmmm, pirulito de pasta de dente dura.

— Vai comer bosta, vai.

— Já estou comendo. Sabor hortelã. É estranho e nojento comer uma bengala doce quando o clima está tão quente e grudento.

Delaney encolhe os ombros e mordisca um pedacinho.

— É como ter um ar-condicionado soprando dentro da nossa boca.

— Ah. Está *aí* uma coisa que as pessoas curtem. Ter um ar-condicionado soprando dentro da boca. — Consigo chupar a ponta da bengala até deixá-la afiada antes de enjoar.

Delaney saboreia a dela como se fosse um charuto.

— Sabia que, em 2020, o ex-presidente John Tyler tinha dois netos vivos?

Olho para ela, incrédulo.

— Ele não foi, tipo, o quarto presidente ou coisa assim?

— Décimo. De 1841 a 1845. Nasceu em 1790.

Abano a cabeça.

— Tem pessoas vivas hoje com avós de *1790*? Como?

— John Tyler teve filho quando era supervelho. Esse filho teve filhos quando era supervelho também. Esses netos são supervelhos. Pensa bem. Se alguém teve um filho com oitenta anos, e esse filho tiver um filho com oitenta anos, e esse filho viver até os oitenta anos, você tem um período de duzentos e quarenta anos. É quase a idade dos Estados Unidos.

— Estou em choque. Acho que vovó e vovô tiveram minha mãe aos vinte e quatro. Minha mãe me teve quando tinha dezessete. Eu tenho dezesseis.

— Chama buraco de minhoca humano quando isso acontece. Quando as pessoas vivem tanto tempo que criam o que parece um elo impossível para o passado. Aqui vai mais um. Tinha uma testemunha do assassinato de Abraham Lincoln em um game show de tv em 1956. Ele estava no Teatro Ford quando tinha cinco anos.

— Uau.

— O juiz da Suprema Corte Oliver Wendell Holmes apertou as mãos do presidente John Quincy Adams e do presidente John F. Kennedy. — Delaney fica contemplativa. Desembala outra bengala e começa a roer, pensativa. — Comecei a pensar sobre meu futuro pela primeira vez.

— Ah, é?

— Nunca me permiti ter sonhos. Não queria me decepcionar.

— Todos aqueles projetos que você fez, aquela leitura toda...

— Eram coisas para passar o tempo que não envolviam tirar fentanil de um adesivo e injetar, nem ficar grávida. Só queria morrer com o cérebro saudável.

— E agora?

— Quero estudar no MIT. Quero virar epidemiologista dos CDC.

— Talvez eu devesse começar a ter sonhos um pouco maiores também.

— Mal não faria.

Ficamos sentados por um tempo sem falar nada, observando a fosforescência de luzinhas feito vaga-lumes lá embaixo.

— A gente devia visitar Nova York — Delaney murmura. — É perto de Middleford.

— Você disse que queria fazer isso. Ver todos os museus.

— Sim. — Ela ri baixo. Então começa a gargalhar com força. — Não acredito que isso é mesmo verdade. Está acontecendo. Com *a gente*. — Ela suspira e me abraça pela barriga, de lado.

Coloco o braço em volta dos ombros dela e a puxo para junto de mim. Temos uma intimidade física que as pessoas costumam confundir com romance se não sabem que sou a única fonte de abraços de Delaney.

— Vai saber aonde o futuro vai nos levar — ela diz com um forte bocejo.

Balanço a cabeça. *Qualquer dia, a vida vai nos levar por caminhos diferentes. Mas não agora.*

Em alguns minutos, a respiração dela fica mais devagar e ela cai no sono. Isso acontece às vezes quando estamos juntos. Ela guarda a vigilância para os momentos em que não se sente segura — é o que eu fazia — e sua energia cai quando ela está em um lugar seguro, um fardo que não precisa mais carregar.

Você é o porto seguro dela. Você é onde ela pode descansar. Eu sabia, em algum grau, o que significaria para ela se eu fosse junto. Mas a ficha só foi cair de verdade agora.

Ela estava sentada ao meu lado no funeral da minha mãe, segurando minha mão, com um tênue hematoma roxo na maçã do rosto, onde um dos namorados da mãe havia batido.

Sempre estivemos destinados a estar lado a lado neste mundo pelo tempo que pudermos. Sempre.

Deixo que ela durma pelo maior tempo possível antes de precisar ir para casa. Quando chega a hora, saio delicadamente dos seus braços — firmes mesmo durante o sono, como se ela tivesse medo de ser levada por uma inundação caso se soltasse — e carrego seu peso de ossos de passarinho até a cabine da picape, prendendo o cinto nela. Ela fica encostada na janela durante o trajeto de volta para minha casa. Dirijo com especial cuidado, para não balançar muito. Quando chego, eu a carrego devagar pelos degraus de entrada, me esforçando para não acordar vovô e vovó. Eu a deito na cama, tiro os chinelos desgastados dela e os coloco no chão. Eu a cubro, e ela entra em posição fetal ronronando baixinho e rangendo os dentes.

Por um segundo, considero ver se os polegares dela estão muito machucados. É um bom indicador de como ela está. Mas não faço isso porque Delaney se incomoda que eu faça isso mesmo quando está acordada.

A mãe não vai se importar nem notar que ela não voltou para casa. Esta não é a primeira vez que Delaney passa a noite aqui. Se as pessoas soubessem, comentariam. Elas que comentem. Vovó e vovô não veem mal. Eles sabem como é a vida dela.

Enquanto me acomodo no sofá a alguns metros de onde Delaney dorme, pondero: *Por que eu? Por que me foi permitido conhecer essa menina estranha e extraordinária e tudo que vem junto com ela?*

Vi que a vida é cheia de horrores inimagináveis. Mas também é perpassada por uma magia inimaginável.

Se você viver muito de um lado, talvez mereça um pouco do outro.

Contamos a vovó e vovô de manhã quando acordamos. Vovô tosse por dois minutos inteiros de euforia. Ele e vovó se alternam para esmagar Delaney de tanto abraçar. Vovó prepara um café da manhã rápido de comemoração — tenho gramados para aparar. Enquanto comemos, ela pesquisa a escola. Pelo visto, vou precisar de um guarda-roupa novo. O uniforme dos meninos é blazer azul-marinho, camisa de botão, gravata, calça cáqui e sapato social de couro.

— Vamos ter que fazer uma visita ao Sawyer Dry Goods quando cair minha aposentadoria — vovô diz. — Arranjar uns trapinhos novos para você.

— Não — vovó diz. — Ele vai para uma escola chique. Precisa de roupas melhores. Vamos a Sevierville, à Old Navy.

12

Passo o resto do verão trabalhando o máximo que consigo e economizando furiosamente. A bolsa cobre a mensalidade, o alojamento, as refeições e só. Todas as outras despesas são por minha conta. Além de cortar grama, consigo um trabalho de algumas noites por semana repondo o estoque na Tractor Supply Company.

Não encontro muito com o Jason Cloud. Ele deve ter ouvido falar que eu e Delaney estávamos indo embora e perdeu o interesse em nós. Afinal, nossa partida não prejudica em nada o tráfico dele. E, como Delaney comentou, quem precisa descobrir novos opioides bons para matar as pessoas quando se têm as indústrias farmacêuticas chinesa e americana inovando por você?

Mas cruzo com ele mais uma vez naquele verão. Paramos em lados opostos de um cruzamento e, quando nossos olhares se encontram, cravo os olhos nos dele. Por todo o tempo em que ficamos parados, não desvio o olhar. Não me esquivo. Seu olhar é vago e sem brilho, o olhar de um homem faminto cujo único pensamento é a própria fome. Acho que, quando se ama dinheiro como ele, se vive faminto.

A mãe de Delaney piora. Delaney precisa usar o Narcan para fazer com que ela volte à vida pelo menos uma vez, que eu saiba. Três horas mais tarde, a mãe sai de novo em busca de uma dose. A energia da casa delas é cortada. Depois a água. Elas começam a receber cartas de despejo. No fim do verão, Delaney está basicamente morando na nossa casa.

A saúde do vovô também se deteriora. Mas em uma manhã ensolarada algumas semanas antes da minha partida, ele acorda e está tendo um dia bom. Me pede para levá-lo ao rio. Ligo para meus clientes avisando que não posso ir aparar a grama deles e explico por quê. Eles entendem.

Vovô senta na frente da canoa, como eu fazia, com seu cilindro de oxigênio. Não rema. Não está tendo um dia assim *tão* bom. Sento na parte de trás, como ele fazia antigamente, e remo pelos dois.

Paramos na margem por um tempo para descansar, ainda sentados na canoa, a água batendo suavemente nas laterais como o som de um bebê batendo palmas.

Vovô olha em volta, raios de luz do sol cortando as nuvens, insetos voando pela superfície do rio. Um dia dourado.

— Esse mundo é lindo — ele murmura.

— É, sim.

— Vou sentir falta quando partir.

Começo a dizer: *Vou sentir sua falta também.* Mas perco a voz.

Felizmente, ele não olha para trás. Não consigo suportar contato visual com ele neste momento. Ele continua olhando para longe.

— Se eu for para o céu, espero que seja exatamente assim. Danem-se as nuvens e harpas. Quero um dia bonito na água com meu neto. Melhor do que isso não dá pra ser.

Minha garganta dói de tanto que seguro o choro.

Vovô vira e olha para mim. Seus olhos são antigos e cinzentos como um céu de fevereiro pesado pela neve.

— Espero que você traga seus filhos e netos aqui.

Faço que sim e tento falar, mas o quebra-mar cede e as lágrimas escorrem pelo meu rosto. Não consigo mais encarar o olhar dele.

Ele me abre um leve sorriso triste.

— Mickey Mouse? — diz baixo, e espera até eu voltar a olhar nos olhos dele. — Eu te amo. — Ele hesita enquanto fala isso, mas não como se duvidasse do que está dizendo. Mas como alguém que acredita tanto no que está dizendo que dizer não parece o suficiente. O peso das palavras tem suas limitações.

— Também te amo. — Escuto a mesma hesitação em minha voz.

— É melhor irmos para casa.

— Sim, senhor.

Enquanto viramos o barco para sair, tenho certeza de que esta é a última vez em que estarei no rio com o vovô.

Mas então ele vira e me pergunta num sussurro se vou espalhar suas cinzas no rio quando ele se for, como fizemos com minha mãe, e então sei que esta é a penúltima vez em que vou estar neste lugar sagrado com ele.

13

A semana antes de partirmos é um tornado de preparações. Vamos à Old Navy em Sevierville para comprar roupas para a escola. Delaney também precisa de roupas novas. Blusas. Saias. Compramos as dela também. As poucas economias que ela havia guardado usou para pagar o aluguel do trailer da mãe — um presente de despedida. Ela mandou o dinheiro diretamente para os locadores para que não pudesse ser gasto com drogas.

Pergunto a Delaney o que vai acontecer com a mãe dela quando ela se for. Ela não diz nada, mas encolhe os ombros de leve, depois baixa os olhos e olha de volta para mim, como se eu já soubesse. E eu sei.

Quatro dias antes de irmos, levo Delaney de carro até Nashville para tirar uma cárie. Eu a peguei procurando um tutorial no YouTube de como fazer isso sozinha. Entrei em contato com a dra. Srinavasan, que cobrou um favor de um colega de Yale odontologista de Vanderbilt.

Delaney se recusa a aceitar uma prescrição de Lortab.

— Não precisa levar a receita. Mas, se a dor ficar muito ruim, você vai ficar feliz por ter aceitado — o cirurgião diz.

— Eu sei. Não quero querer — Delaney diz. — Mesmo se a dor for insuportável. Mas obrigada por tirar o meu dente. Doeu pra caralho.

E fica por isso mesmo.

Dois dias antes de irmos, levo Delaney, ainda dolorida, até o zoológico de Knoxville. Passamos o dia lá, seu rosto maravilhado apesar do desconforto. Ela chora no caminho para casa e não pergunto o porquê. Sei que não é dor de dente.

Na véspera da nossa partida, vovó e tia Betsy dão um jantar enorme. Vovô pilota a churrasqueira até não aguentar mais, então tia Betsy assume. Convidamos Delaney, mas ela diz que quer ficar sozinha. Não parece muito que ela de fato quer ficar sozinha, mas sim que precisa ficar.

14

Acordo com o sol na manhã em que vamos embora. Vou de carro até o rio. A névoa sobe sussurrante de sua superfície na madrugada do começo de setembro. Tiro as botas e as meias, ergo as barras da calça jeans e entro. A água é como o lado frio de um travesseiro em minha pele. Fico parado por um tempo, a corrente passando por meus tornozelos e panturrilhas.

Mas ainda sinto falta de comunhão, então entro mais, enchendo os pulmões do ar orvalhado e mergulhando completamente no batismo.

Leve meu medo como se fosse um pecado.

Encha minhas reservas de coragem.

Lave minhas dúvidas.

Me dê forças para abrir um caminho pelo mundo, como você faz.

Me lembre que existem coisas que amo que podem durar.

Adeus.

Saio da água, deixando cada gota que cai de mim voltar ao seu percurso rumo ao oceano.

— Se consegue me ver, mãe, espero que esteja orgulhosa — digo para a correnteza que levou suas cinzas. Antes de ir, encho uma garrafa de vidro para levar comigo.

Essa deve ser a sensação de morrer. Você olha ao redor e vê quantas coisas que ama está deixando para trás.

15

Depois de tudo, não sobrou dinheiro para ir de avião para a escola. Vovô e vovó ficaram envergonhados, mas falei que tinha medo de viajar de avião porque nunca tinha viajado antes, o que não era mentira. Então compramos passagens de ônibus, vinte horas de viagem, de Knoxville a Stamford, Connecticut.

Vovó e vovô nos levam de carro até a rodoviária. Eles falaram para Delaney que a mãe dela podia vir. Ela disse que não deu para a mãe vir. Me pergunto se ela chegou a passar o convite adiante. Duvido ainda mais que a mãe dela teria aceitado.

Vovó e vovô abraçam Delaney e dão um beijo na bochecha dela.

— Vamos fazer uma boa festa de *Longmire* quando eu voltar nas férias de Natal — Delaney diz a vovô.

— Estou contando com isso. Vai lá encontrar um jeito de salvar o mundo, vai.

Delaney abre um sorriso torto para vovô.

— Vou, sim. — Ela para por um segundo. — Te amo, Pep — diz com a cadência insegura de uma pergunta.

Vovô abre um sorriso radiante e não hesita.

— Também te amo, Tess. Cuida para o meu neto não tropeçar nos próprios pés lá, hein.

Ela abre um sorriso fraco e embarca no ônibus.

Vovó me dá um abraço de urso e um beijo na bochecha.

— Estamos muito orgulhosos de você — ela diz, mantendo a compostura por um triz. — Você vai fazer coisas incríveis. Tenho certeza disso.

— Eu vou te abraçar, sim — vovô diz. — Mas antes vou apertar sua mão como apertaria a de um homem. Hoje você é um homem.

Ele me olha nos olhos e aperta minha mão com a palma firme e calejada. Começa a tossir mas se contém. Vejo que está lutando para recuperar suas antigas forças, jogando todo o peso contra as tosses que o fariam se curvar agora que ele mais busca manter a cabeça erguida, tentando não chorar. Então, me puxa junto a si, a mão na minha nuca, apertando a bochecha na minha cabeça. Sinto que está tremendo e então se rende. Meu avô treme com o choro abafado.

Ele encosta a bochecha molhada, coberta como um vale de rios, na minha e sussurra com a voz rouca em meu ouvido:

— Vai dar orgulho pra gente. Não vou partir sem antes me despedir de você cara a cara. Deus é minha testemunha. Eu te amo, Mickey Mouse.

16

Durante as primeiras horas de viagem, ficamos colados à janela, apontando todos os marcos.

Primeira vez que saímos do Tennessee.

Primeira vez que entramos em Virginia.

Primeira vez que vemos um pássaro em Virginia.

Primeira vez que comemos em Virginia.

Primeira vez que mijamos em Virginia.

O ônibus tem Wi-Fi e tomadas em nossos assentos para carregar os celulares, então lemos sobre Middleford até nossos olhos arderem. Montamos possíveis horários de aula, embora tenham nos dito que precisaríamos da ajuda de orientadores para isso. Pesquisamos professores. Pesquisamos ex-alunos famosos da escola (são muitos). Quando a noite cai e a viagem se torna menos panorâmica, assistimos a filmes no meu celular usando a conta da Netflix de vovô e vovó, dividindo um par de fones.

Em pouco tempo, só há escuridão lá fora.

Uma coberta densa e áspera de cansaço nos envolve e, sem a euforia e a exaltação do começo da viagem para resistirmos, surge uma névoa de medo e melancolia, uma sensação profunda de mau presságio e remorso.

Delaney consegue sentir essa nuvem emanando de mim. Ou talvez eu esteja absorvendo a luz, como ela me disse que os buracos negros fazem. Ela começa a falar sobre jornadas quase impossíveis. Como seria enviar humanos para Marte.

— Pensaram em mandar famílias inteiras, para combater a solidão e a incompatibilidade — ela me diz.

— Meio que tipo a gente agora — digo.

— Meio que sim.

Vai ficando mais e mais tarde e, um a um, as luzes de leitura e os brilhos de tablets e celulares vão desaparecendo. A família do outro lado do corredor cai no sono, amontoada.

Nossa conversa se torna mais bocejos do que palavras e, em pouco tempo, mais silêncio do que palavras ou bocejos.

Delaney se aninha ao meu lado e pergunta:

— Se pudesse saber quem são todas as pessoas que já te amaram, você gostaria de saber?

Penso na resposta por um momento. *Se eu gostaria? Seria melhor saber que alguém que você pensou que nunca te amou na verdade amou? Ou seria pior saber que alguém que você sempre pensou ter te amado não amou?*

Não é uma pergunta que eu saiba responder, como muitas outras que ela faz, e vou dizer isso a ela. Quando abro a boca, porém, ela já está dormindo pesado — e não demora para estar se contorcendo e tremendo enquanto o sono fica mais profundo. Com cuidado para não a acordar, tiro um moletom da mochila e o coloco sobre ela. Fico com a companhia do meu reflexo fantasmagórico na janela com manchas de dedos, enquanto a nova área rural enorme do país passa por nós na escuridão em alta velocidade.

OUTONO

17

Saímos do ônibus, com os olhos turvos, o fedor mecânico e espinhoso de exaustor de diesel fazendo o nariz arder. Setembro aqui parece o que outubro seria no Tennessee — o verão perdendo a força. Estamos quase no destino final, mas minhas glândulas adrenais secaram faz umas doze horas, então não consigo demonstrar muito entusiasmo. Minha boca está seca. Não bebi muita água porque não queria usar o banheiro do ônibus. Me fazia lembrar do banheiro do trailer em que eu morava com a minha mãe. Coloco um chiclete na boca. Ofereço um para Delaney.

Ela pega, desembrulha e começa a mascar.

— Oficialmente essa viagem teve vinte e quatro horas e cinco minutos.

— Pareceram três dias.

Pegamos nossas malas. Delaney dormiu melhor do que eu — ou pelo menos mais — mas também está com o ar zonzo de espanto. Um chumaço de cabelo está arrepiado no ponto da cabeça onde se aninhou em mim.

— Vem cá — digo, ajeitando. — Precisa ficar apresentável.

O celular de Delaney começa a vibrar. Ela atende.

— Alô? Sim, oi. Sou eu. Sim. Sim. Ele está comigo. Estou com elas. Certo. Van branca? Está bem. Entendi. Obrigada. Tá. Tchau.

— Nossa carona?

— Sim. Vamos nos encontrar na Station Place. Procure uma van branca com *Instituto Middleford* escrito.

Nos localizamos e caminhamos até a rua. Uma van branca para. Um homem de meia-idade corado e atarracado de boina e blazer azul-marinho com mangas grandes demais salta para fora com um gemido. Ele exala bom humor. Simpatizo na hora.

— São vocês que tenho que buscar? — Ele não nos dá a chance de responder antes de chegar ao nosso lado, pegar nossas malas e jogar na traseira da van.

— Tomara — Delaney diz. — Porque tudo indica que estamos indo com você.

Ele dá uma risada arfada.

— Vocês estão com cara de perdidos. Já busquei tantos alunos de Middleford que eu sei. — Ele estende a mão para ela. — Chris DiSalvo.

Eles apertam as mãos.

— Delaney Doyle.

Ele estende a mão para mim.

— Chris DiSalvo.

— Cash Pruitt.

— Prazer em conhecer vocês. — Ele abre a porta lateral para nós.

Ajudo Delaney a entrar e vou atrás. O interior tem cheiro de cereja.

— Você é a primeira pessoa de Connecticut que conheço — digo.

Chris ri enquanto abre a porta do motorista.

— Ah, não, quanta pressão. Meg Ryan. Ela é de Connecticut. Ela, sim, é uma boa embaixadora.

— Katharine Hepburn também. — Delaney afivela o cinto de segurança e continua. — Ethan Allen. Noah Webster. Annie Leibovitz. Charles Goodyear. J. P. Morgan. Suzanne Collins. P. T. Barnum.

Samuel Colt. Henry Ward Beecher. Dean Acheson. Christopher Lloyd. Karen Carpenter. Glenn Close. Paul Giamatti.

— Todos de Connecticut? — Chris engata a van na primeira marcha e se afasta do meio-fio.

— Foi o que eu li.

— Viu? Todos eles representam Connecticut melhor do que eu. E não conheço nem metade deles.

— Michael Bolton.

— Certo, talvez ele não. — Ele olha de soslaio para trás. — Você está falando todos esses nomes de cabeça?

— Sim.

Ele assobia.

— Nossa senhora. Guio alunos de Middleford faz uns quinze anos já, e realmente não deixam entrar nenhum burrinho nessa escola.

A não ser que ele seja amigo de uma gênia.

Gosto de como ele fala. Ele engole os *r* e troca os *a* por *o*. Eu só tinha ouvido o sotaque da Nova Inglaterra na TV antes.

Ficamos em silêncio por um tempo. Olho pela janela. Vi tantas paisagens passando pela janela nas últimas vinte e quatro horas que é difícil me obrigar a olhar, mas a curiosidade me compele. Folhagens verdes envolvem a beira da estrada de quatro pistas de uma forma familiar. Não é tão montanhoso quanto no Tennessee, mas fora isso é parecido. Já é alguma coisa. Ainda não comecei a sentir falta de casa, mas sei que vou sentir.

É como se Chris lesse minha mente.

— Agora, só de ouvir, sei que vocês não são daqui. — Ele aponta primeiro para mim e depois para Delaney. — Você mais do que você. Mas vocês dois, está bem na cara.

— Somos de Sawyer, Tennessee — Delaney diz.

Ela também está fixada na janela.

— Onde é isso?

— Perto das montanhas Smoky.

A ficha cai para Chris. Ele estala os dedos.

— Ei. Eles me falaram de vocês. Disseram que vocês inventaram um novo remédio, não foi?

— Meio que sim — Delaney diz. — Descobrimos um fungo antibiótico.

— *Ela* descobriu — intervenho.

— *Nós* descobrimos. — Delaney me olha feio.

Vamos precisar pensar na coreografia dessa discussão, porque imagino que vá acontecer muito nos próximos dias.

Chris dá sua risada arfada e ergue a mão, nos interrompendo.

— Olha, é mais antibiótico do que *eu* já descobri, hein? Enfim. Agora que vocês estão aqui, vão ter que experimentar sanduíche de lagosta. Pizza de mariscos. Passar a torcer para o Make Pats.

— O vovô me esfolaria vivo se eu torcesse para algum tipo de futebol americano além do time da Universidade do Tennessee — digo.

— Só o sanduíche de lagosta e a pizza de mariscos, então.

O silêncio volta a cair.

— Viagem longa? — Chris pergunta.

— Vinte e quatro horas — Delaney diz.

— Passaram por Nova York?

— Fizemos uma parada lá para trocar de ônibus — digo.

— Vocês chegaram cedo — Chris diz —, mas não foram minha primeira parada do dia. Peguei uma mocinha de Dubai. Veio de avião particular. Pensei em perguntar: "Você não tem uma limusine para esse tipo de coisa?". Mas ela me disse, vejam só, que preferia chegar à escola como uma menina normal.

Eu e Delaney nos entreolhamos. *Vamos conhecer um tipo de gente inteiramente novo. O tipo que realmente se encaixa em uma escola como essa. Um tipo diferente de nós.* O rastejar lento da ansiedade começa a passar pelo meu corpo.

Chris nota nosso silêncio e parece arrependido.

— Aviões particulares, ônibus interestadual. O bom é que vocês chegaram bem. Vocês vão adorar Middleford. Faltam só alguns minutinhos.

Passamos por uma placa da escola. Alguns minutos depois, honrando a palavra dele, o Instituto Middleford surge em nosso campo de visão. Morros arborizados cercam a escola. Respiro mais rápido, com uma energia nervosa zumbindo dentro de mim. *Por favor, que eu não desaponte vovô e vovó e Delaney aqui.*

Delaney está com o rosto pálido. Vai levar o polegar à boca. Intercepto gentilmente. Ela coloca as mãos embaixo das coxas e começa a balançar as pernas como se sentisse vontade de fazer xixi.

Diminuímos a velocidade e viramos em uma longa entrada para carros. No fim, fica um portão mecânico imponente com uma guarita. Chris vira para nós.

— Bem-vindos ao novo lar.

Um frio se espalha pela minha barriga enquanto olho pela janela para os prédios cobertos de hera. É exatamente como pensei: um lugar onde nunca consegui me imaginar.

Enquanto dirige, Chris vai apontando.

— Ali fica o dormitório Olmo. O dormitório Javits fica à direita. Todos são batizados em homenagens a árvores ou grandes doadores. O refeitório é ali. Aqueles são os prédios das salas de aula. Aquele é o centro esportivo. Você malha?

Estou tão ocupado olhando tudo com cara de bobo que não noto a pergunta.

— Eu o quê?

— O centro esportivo tem pesos e tal. Você malha? Parece que sim.

— Ah... não. Só trabalho. Jardinagem. Corto lenha.

— Corta lenha? Um verdadeiro Paul Bunyan aqui. — Chris aponta para a esquerda. — Ei, srta. Lembra-de-tudo, a biblioteca fica ali. Você tem alguns dias antes de as aulas começarem para decorar todos os livros.

Delaney abre um sorriso tímido.

— Bom saber.

Chris aponta para a direita.

— O auditório fica ali. Três vezes por semana tem uma assembleia lá antes da aula. No fundo fica o lago. Tem uma trilha gostosa que passa em volta dele.

Ainda não são nem oito da manhã e estamos na sexta-feira antes do início das aulas, mas até que tem bastante movimento. Duas meninas e dois meninos vão em direção ao centro esportivo com roupas de academia. Duas meninas de hijab estão sentadas em um banco, mostrando coisas uma para a outra nos celulares. Há uma miscelânea de pequenos caminhões de mudança e suvs de luxo estacionadas na frente dos dormitórios, com pais ajudando os filhos a carregar caixas.

Sinto uma pontada súbita pensando em vovó e vovô. Tiro umas fotos para eles.

— O que você acha? — murmuro para Delaney, que parece ao mesmo tempo petrificada e extasiada.

— Parece uma escola.

— Acho que isso está acontecendo pra valer. — Minha voz é insegura, como se andasse no gelo.

— Acho que sim.

Paramos na frente de um edifício de pedra imponente com uma placa dizendo "administração" no gramado da entrada.

— Senhoras e senhores… chegamos — Chris diz com o ar solene.

Saímos. Chris nos ajuda a colocar nossas malas na calçada.

— Eles vão registrar a chegada de vocês. Essa despedida é só temporária. Vou ver muito vocês ao longo do ano. — Ele estende a mão para Delaney e inclina a boina. — Srta. Lembra-de-tudo, foi um prazer. Eu diria boa sorte, mas acho que você não vai precisar. — Ele se vira para mim. — Paul Bunyan, boa sorte para você também. Entrem por essas portas. O escritório fica à direita. Eles vão cuidar direitinho de vocês. — Chris volta para a van, entra e vai embora.

Eu e Delaney ficamos parados por um segundo, cercados pelas nossas malas. Penduro a mochila nas costas e ergo as duas malas.

— Vamos lá, então. — Vou em direção à porta da frente.

— Espera — Delaney diz, a voz abruptamente aguda.

Viro para ela.

— Vamos deixar uma coisa clara agora porque não quero que isso se torne recorrente. Essa baboseira de "puxa vida, não mereço estar aqui". Já deu.

— Eles estão esperando a gente. — Tento avançar.

— Eles podem esperar. Vamos conversar sobre isso primeiro.

— Credo. É como me sinto.

— Então enfia esse sentimento no cu — ela diz alto.

Volto até Delaney.

— *Calma*. É assim que você quer chegar? Agindo como dois caipiras discutindo no gramado no primeiro dia? Porra. Quer que eu tire a camisa? Chame uns policiais para tentar separar a gente?

— Não me manda ficar calma.

— Fala mais baixo. — Toco o ombro dela.

Ela bate na minha mão.

— Não me manda falar baixo.

— O que deu em você?

Delaney me encara de perto.

— É que essa sua atitude faz a gente parecer idiota. Me faz parecer uma prefeita caipira nepotista que colocou o cunhado como chefe da polícia.

— Não acho...

— Não me interrompe. Faz *você* parecer alguém disposto a aproveitar meu sucesso e aceitar algo que não merece. É isso que você quer?

— Você está cansada.

— Não me trata com condescendência.

— Nós *dois* estamos cansados. A gente passou vinte e quatro horas no ônibus.

— Eu me arrisquei por você.

— Eu sei.

— Então para de agir como se não merecesse estar aqui.

— Desculpa. Beleza? Não pensei nesses termos. Falei besteira.

— Chega de dizer que não deveria estar aqui. Não posso impedir você de pensar isso, por mais que seja bobagem e não seja verdade. Mas, se pensar, guarda para si.

— Tá. Prometo. Está feliz?

Delaney pega as malas.

— Ruiva?

Ela inspira fundo.

— Estamos bem? — pergunto.

— Sim.

— A gente precisa ser uma equipe — digo. — Não podemos nos dar ao luxo de ficar brigando.

— Brigar com você costuma ser o *único* luxo que eu tenho.

— Estou falando sério, Ruiva. Sei que você vai ser você, mas precisa me dar uma folga de vez em quando.

— Tá. Só não faz bobagem. — Esse costumava ser o mais perto que Delaney chegava de um pedido de desculpas.

— Vou tentar. Abracinho?

Ela faz que sim.

Eu a abraço.

— Estamos aqui. Em Connecticut. Na nossa escola nova.

— Eu sei — ela diz, saindo do abraço e me empurrando. — É melhor a gente não ficar parado e começar a andar. — Ela se dirige ao prédio da administração, carregando as próprias malas. Tenta não me deixar ver, mas um sorriso se abre em seu rosto.

18

Liberam nossa entrada para o escritório administrativo, e uma mulher elegante e jovem nos recebe. Ela se move com uma eficiência concisa mas calorosa.

— Oi, oi! Bem-vindos a Middleford! Delaney e Cash?

Respondemos que sim.

— Sou Yolanda Clark, uma das diretoras adjuntas de admissões aqui. Vou ajudar vocês a se instalar. Como foi a viagem? Vocês vieram como?

— Ônibus — digo.

O rosto de Yolanda demonstra surpresa por um breve momento.

— Do... Tennessee?

— Isso — digo.

— *Nossa*, vocês devem estar cansados.

— Sim — Delaney diz. — Dormimos um pouco, mas acho que não cheguei a entrar em sono REM.

Yolanda não parece impressionada pela precisão científica de Delaney.

— Bom, vamos lá: estão com fome?

Eu e Delaney fazemos que sim.

— Vamos passar no refeitório para vocês tomarem um café, depois levo vocês para os seus dormitórios e deixo vocês dormirem

108

algumas horas antes de encontrarem seus orientadores para montar seus horários. Tudo bem?

— Sim — dizemos.

Yolanda faz um chamado pelo walkie-talkie e, pouco depois, um carrinho de golfe estaciona. Colocamos nossas malas no porta--bagagens e entramos. Nunca tinha andado em um carrinho de golfe antes. Imagino que Delaney também não.

No trajeto curto, Yolanda recita algumas informações sobre Middleford.

— Neste ano letivo, temos oitocentos e vinte e um alunos matriculados, representando vinte e um países de todos os continentes exceto Antártica, e vinte e nove estados dos Estados Unidos. Isso dá um índice aluno-professor de seis pra um. As turmas, que têm entre doze e quinze alunos, são ensinadas com o método Harkness, em que alunos e professores se sentam em um círculo ao redor de uma mesa e debatem... não é um professor em pé na frente da sala cheia falando enquanto os alunos trocam mensagens no celular e dormem.

O motorista nos deixa no refeitório. Yolanda o instrui a continuar e levar nossa bagagem para a recepção de nossos respectivos dormitórios.

— Imagino que vocês dois já sejam bem próximos?

— Melhores amigos — Delaney diz.

Yolanda sorri.

— Que ótimo. Sou ex-aluna de Middleford. Vim de Oakland, na Califórnia, e teria *adorado* vir com um amigo. Enfim, Delaney, você vai ficar no dormitório Bordo e, Cash, você vai ficar no dormitório Koch.

— Como o drinque?

— Como os irmãos. O filho de David Koch morou lá — Yolanda diz enquanto entramos no refeitório.

O lugar tem cheiro de restaurante. Traz lembranças do café da manhã em Cracker Barrel com vovó e vovô. Por um segundo a lembrança repentina me desequilibra.

Parece que Yolanda consegue ver.

— Vocês já ligaram para os seus pais para avisar que chegaram bem?

— Sim — Delaney diz.

Ela está mentindo. Eu saberia; ela não saiu da minha frente, nem para usar o banheiro, desde que chegamos.

— Ainda não — digo.

— Vamos fazer isso assim que estiver tudo mais calmo — Yolanda diz.

Pegamos pratos de ovos mexidos, panquecas e bacon. Tem muitas outras opções. Bagels. Burritos. Batata assada com pimentão. Juro para mim mesmo que vou variar mais. Mas hoje não. Sentamos.

Yolanda lembra de uma coisa.

— Espera aí. — Ela levanta e volta rapidamente para a cozinha. Volta alguns segundos depois, sorridente, um pratinho em cada mão. — Barrinhas de Middleford. Uma velha tradição. Na primeira semana de aulas, enviamos pelo correio para as pessoas que se formaram no ano anterior para que lembrem de como se divertiram em Middleford.

Só agora me dou conta de como eu estava com fome. Sinto que estou me afundando no chão de exaustão. Pequenos grupos de alunos estão sentados conversando animadamente. Ninguém usa uniforme, eles aparentam estar em casa, de pijamas de moletom, socializando com os amigos. Um ou outro senta sozinho, com fones de ouvido, grudado no celular ou no laptop.

Delaney observa o salão, processando, computando, deduzindo, carregando informações para sua memória, buscando padrões e fórmulas para decifrar seu novo ambiente, alguma grande teoria para prever algum grande fenômeno.

Yolanda saiu do escritório com um portfólio embaixo do braço. Ela o abre. Suas unhas estão pintadas do azul que fica no céu uma hora depois do pôr do sol.

— Gostariam de uma apresentação sobre seus colegas de quarto?

Delaney ainda parece mergulhada em pensamentos mas faz que sim, distraída.

— Sim, por favor — digo.

A ficha cai. *Você vai dividir o quarto com um total desconhecido. Dormir. Sonhar. Estudar.*

— Tentamos colocar alunos novos com outros alunos novos. — Yolanda passa os olhos em uma folha. — Então... Cash. Você vai dividir o quarto com Patrick McGrath III... O apelido dele é Tripp. Ele vem de Phoenix, no Arizona. O pai dele acabou de ser eleito para a Câmara dos Deputados dos Estados Unidos.

Meu estômago cheio revira. *Tomara que você seja um cara legal, Tripp. Rico e poderoso já sei que é.*

— Agora você, Delaney. — Yolanda folheia seus papéis. — Aqui. Viviani Xavier. Acho que estou falando certo. O *X* tem som de *ch*. Ela vem do Rio de Janeiro, Brasil.

— É melhor aprender um pouco de espanhol — digo para Delaney.

— Eles falam português no Brasil — Delaney diz. — É a língua mais falada da América do Sul.

— A Viviani fala um inglês perfeito — Yolanda diz. — Vocês não vão ter problemas para se comunicar.

— O Rio de Janeiro é mais perto de Boston do que de Houston — Delaney diz.

Yolanda olha para Delaney por um segundo.

— Isso é verdade?

— Sim — murmuro imediatamente. — Certeza.

— Mas Houston é *muito* mais ao sul do que Boston, e o Rio fica na América do Sul — Yolanda diz.

111

Delaney encolhe os ombros.

— Pode pesquisar.

Yolanda vira o celular que estava com a tela para baixo na mesa.

— Bem, eu acredito em vocês, mas preciso ver os números... Boston para Rio: 7797 quilômetros. Houston para Rio: 8082 quilômetros. Uau.

Delaney abre um sorriso sutil.

— Preciso aprender mais sobre o Rio. Queria ter descoberto antes com quem dividiria o quarto para poder ter estudado mais.

Partimos para nossas barrinhas de Middleford. São basicamente tortas doces em forma de barra. Dá para entender por que viraram tradição.

Enquanto come, Yolanda nos fala sobre a logística do dia a dia: nossos cartões de estudante funcionam como cartões de débito para comprar coisas no campus e usar a lavanderia, e temos que mostrar no refeitório. Ela nos dá uma previsão de como vão ser nossos horários diários e semanais.

Enquanto conversamos, estudantes sozinhos e grupos pequenos vão entrando. Alguns acompanhados pelos pais. Há um ar casual ensaiado que me incomoda nos outros alunos.

— É muito competitivo aqui? Entre os alunos? — pergunto.

Yolanda pensa um pouco antes de responder.

— É competitivo. Quando se coloca tantos superdotados em um só lugar, não tem como evitar. Mas nos esforçamos para criar uma atmosfera de coleguismo e colaboração.

Superdotados. Nunca pensei em mim usando esse termo. A carapuça não serve.

Yolanda percebe.

— Não admitimos ninguém que não consiga dar conta. Se você está aqui, quer dizer que tem o que é necessário.

Delaney me lança um olhar me desafiando a quebrar nosso acordo. Sei que é melhor segurar a língua, mas preciso conter o impul-

112

so de confessar meu desvalor. Vejo que a resposta de Yolanda deixa Delaney um pouco mais à vontade também. Delaney enche as pessoas de fatos e trivialidades quando está agitada.

Mas eu entendo que ela esteja à flor da pele. Quanto mais vejo Middleford, mais apreensivo fico, sentindo que estou mirando mais alto do que consigo alcançar.

Acabamos o café da manhã e me recosto. Yolanda chama alguns alunos tímidos e nos apresenta a eles. É estranho para mim que ela esteja se esforçando para nos apresentar a alunos que estão um ano abaixo de nós, mas não comento nada. Eles fazem uma cara de que preferiam estar fazendo qualquer outra coisa. Não fico ofendido. Seria bom ter algumas horas para esvaziar a cabeça. Além do mais, vovó e vovô vão ficar preocupados se eu não mandar notícias logo.

— Certo — Yolanda diz. — Vamos para suas novas casas.

19

Yolanda nos conta que os dormitórios são próximos, e não estamos mais carregando as malas, então vamos andando. Chegamos às portas do Dormitório Koch, um grande prédio de tijolinhos.

— Sr. Pruitt, seu novo lar. Vou levar você lá dentro. Só não posso levar você até o andar de cima, porque pode ter alunos andando de toalha.

Viro para Delaney.

— Bom. Lá vou eu.

— Espero que seu novo colega de quarto não seja um estripador — Delaney murmura.

— Porque o nome dele é Tripp?

— Exato.

— Acho que você não tem futuro como comediante, não.

— Eu sei.

— Boa sorte, Ruiva.

— Idem.

— Não... — Finjo roer o polegar.

Depois de uma olhada rápida para Yolanda, que está ocupada no celular e não está vendo, Delaney abre um sorriso torto e me mostra o dedo do meio.

— Vocês vão se ver de novo daqui a algumas horas — Yolanda diz —, então...

— Certo — digo. — Vamos ver minha nova casa.

— Tudo bem por você esperar um minuto? — Yolanda pergunta a Delaney.

Delaney voltou à observação. Ela faz que sim em silêncio.

— Ei, Cash — Delaney me chama depois que começamos a nos afastar.

Eu me viro.

— Até mais. — Ela faz o tipo de expressão suplicante que diz que não quer que a última coisa que eu lembre dela antes de nossa separação temporária seja ela me mostrando o dedo. Parece pequena e solitária.

— Tchau, Ruiva.

Entramos no prédio do dormitório. Tem um cheiro de limpeza, mas não forte ou antisséptico. Lembra mais um hotel chique. É como uma brisa morna soprando por um bosque de cedros e laranjeiras. Fico triste em pensar que vou ficar insensível a esse cheiro. Delaney me explicou algo chamado fadiga olfatória, que é quando você para de detectar aromas com que convive todos os dias.

O dormitório é arrumado e conservado, e claramente faz parte de uma instituição endinheirada, mas tudo é simples e funcional. Parece quase intencional, como se parte do objetivo do prédio fosse ensinar aos alunos — que viveram, e vão viver, em situações muito mais luxuosas — que é possível viver com menos.

Esse deve ser o pior lugar em que alguns dos meus novos colegas já moraram. Lembro do trailer que eu dividia com a minha mãe. O caos. A podridão. Tudo quebrado e descascando e torto. Portas inchadas pela umidade que não fechavam direito. Manchas esponjosas estranhas no piso desnivelado como feridas purulentas. Ralos eternamente entupidos. Manchas. Tudo pegajoso. O barulho de pequenas garras e patas nas paredes e no teto. O fedor pútrido de animal. Acho que não é sempre que a fadiga olfatória faz efeito, porque eu nunca escapava do fedor da nossa casa. Talvez a gente nunca se acostume aos odores que nos alertam de perigos e doenças. É por isso que eu passava tanto tempo fora. Quaisquer que sejam os desafios que me esperam aqui, tolerar condições de vida precárias não será um deles.

Pegamos minhas malas no saguão. Yolanda se vira para mim.

— Cash, foi um prazer. Você vai pegar o elevador para o quarto andar e vai ficar no quarto quatrocentos e treze. Pode se instalar. Desfazer as malas. Tirar um cochilo. Conversar com seu colega de quarto se ele estiver por aí. Às onze e meia vou mandar alguém buscar você de volta para o prédio administrativo para conhecer sua orientadora e se matricular nas aulas. Está bem?

— Certo. Obrigado.

Yolanda sai andando.

Pego o elevador para o quarto andar. Nunca me imaginei morando em um lugar com elevador. Meu coração acelera conforme os números das portas vão subindo. *410. 411. 412. 413.*

Coloco as malas no chão e bato.

— Pode entrar — uma voz grita.

Abro a porta devagar e dou uma espiada.

— Tem alguém pelado aí dentro?

— Tem não, mano — Tripp (imagino eu) diz.

Sua voz tem o ar confiante de um atleta.

Abro um pouco mais a porta, puxo as malas para dentro e olho meu novo lar. Um conjunto de janelas ocupa a maior parte da parede à minha frente. À minha esquerda há uma cama de solteiro básica e um colchão simples. Já dormi em piores. Ao pé dela, uma escrivaninha modesta e uma cadeira encostada à parede. Perto fica um grande guarda-roupa.

Do lado direito do quarto há uma imagem espelhada do esquerdo. Um laptop, um abajur e várias bugigangas enchem a escrivaninha. O que imagino ser um taco de lacrosse está apoiado à cadeira. Tripp está deitado na cama, digitando no celular, com os fones de ouvido na cabeça, uma perna cruzada sobre a outra. Usa meias brancas curtas, shorts de basquete e uma regata branca. O cabelo platinado e desgrenhado escapa do boné de beisebol. Ele tem o bronzeado de quem frequenta resorts e os olhos da cor e da frieza de uma garrafa de água azul. Os músculos perfeitamente definidos com certeza não vêm do trabalho, mas da academia. Um pote enorme de whey está no chão perto da cabeceira da cama dele. Ele é do tipo que exala privilégio. É o que os alunos bem de vida do meu antigo colégio tentavam ser mas não conseguiam.

Tripp não faz menção de levantar, então coloco as malas no chão, vou até ele e estendo a mão.

— E aí. Cash Pruitt. Prazer em conhecer.

Tripp bate na minha mão, um olho ainda no celular.

— E aí. Que bom que você fala inglês.

— Ah. Sim.

Não sei direito como reagir a essa frase, que Tripp disse com um leve sorriso sarcástico e um tom inconfundível de escárnio, sugerindo que, se eu não falasse bem inglês, estaria prestes a enfrentar um ano letivo difícil. Não que eu possa dizer com certeza que *não* vou enfrentar um ano letivo difícil.

— Só dizendo — ele continua.

Rio de nervoso.

— Ainda não sei se falo tão bem assim. — Espero que minha piada besta desvie a conversa para um território menos constrangedor.

— Na minha antiga escola, meu primeiro colega de quarto era taiwanês. Foi um saco.

— Esse é seu primeiro ano aqui também?

— Sim. A escola antiga era um lixo.

Espero ele elaborar. Ele não diz nada.

— Falaram que você vem de Phoenix — digo.

— North Scottsdale.

— Foi mal.

— O golfe lá é bom. — O celular de Tripp apita, atraindo o olhar dele.

— Sou do leste do Tennessee. Perto das montanhas Smoky. Uma cidadezinha de que você nem deve ter ouvido falar chamada Sawyer.

— Legal.

Se Tripp está tentando fingir interesse pela minha vida, está indo muito mal.

— Enfim. Vou deixar você em paz.

Tripp assente, distraído. O celular apita de novo.

Meu coração aperta. Eu sabia que essa experiência toda não seria fácil, mas ter um colega de quarto simpático e agradável tornaria as coisas um pouco mais fáceis.

Conhecer Tripp me faz pensar nas pessoas da minha vida que se *importam* comigo. Na confusão de chegar e me instalar, esqueci de ligar para vovô e vovó. Reviro a bolsa em busca dos fones de ouvido, mas não consigo encontrá-los.

— Ei, cara, tudo bem se eu fizer uma chamada de vídeo com meus avós? — pergunto.

— Fica à vontade — Tripp diz.

— Não estou achando meus fones e não queria te incomodar.

Ele dá de ombros e encara o celular com um leve sorriso sarcástico de quem diz: *Veremos*.

Sento na cama e ligo.

Vovô atende o celular com um ataque de tosse.

— Como você está, Mickey Mouse? Chegou bem? — Ele arfa.

— Ei, vovô. Cheguei. Acabei de comer e agora estou desfazendo as malas. Está fazendo o quê?

— Assistindo televisão.

— Vovó está aí?

— Acabou de ir para o trabalho.

— Tem um segundo para uma videochamada?

Acho que sim.

— Pega o tablet e as instruções que Delaney escreveu e me liga como a gente praticou, tá?

— Vou tentar não fazer besteira.

— Não vai fazer, não. É só seguir a folha.

— Tess disse que qualquer idiota consegue. Vamos tentar, então.

Desligo e espero alguns minutos. Estou quase ligando de novo para ver se ele está bem quando a luz do celular acende com a videochamada. Atendo, e o rosto do vovô enche a tela. A conexão da internet deles é lenta, e a imagem é de má qualidade, seus movimentos ficam travados. Ele segura o tablet em um ângulo estranho que distorce suas feições. A luz da sala de casa não é nada lisonjeira, e a pele dele tem um tom ceroso e amarelo. Olheiras azul-arroxeadas parecem hematomas em seus olhos. Ele parece muito mais doente na tela do que pessoalmente. Odeio como essa forma de conversar rouba a dignidade dele. Ele não nasceu para conversar por pixels e fios.

Mas meu ânimo melhora só de ver o rosto dele.

— Câmbio, câmbio — ele diz, usando o jargão que me ensinou. — Está na escuta?

— Em alto e bom som — digo, recostando no colchão sem roupa de cama, imitando a pose de Tripp.

— É bom ver sua cara, Mickey Mouse. Como foi a viagem?

— Longa. Cansativa.

— Imagino. Como é aí?

— É legal. O clima é gostoso. Quer ver meu quarto?

Ele espera uma tempestade de tosses passar.

— Mas é claro.

Ergo o celular e passo pelo quarto devagar.

— Aquele é meu colega de quarto, Tripp.

— Olá, Tripp! — Vovô grita, e acena. O esforço o faz ter outro espasmo de tosse.

Tripp, claramente irritado, olha vagamente para o celular e acena.

— E aí. — Ele não faz nenhum esforço para retribuir a simpatia animada do vovô.

Volto o celular para mim.

— Tenho algumas horas para me instalar, depois vou me encontrar com minha orientadora para ver meus horários. Parece que é mais complicado quando você se transfere.

— Quero ver você se matriculando em coisas que te desafiem, hein.

— Pode deixar. E aí. Como vocês estão?

Vovô tosse e arfa.

— Acabei de correr uma maratona.

— Ganhou?

— Cheguei em segundo.

— Vê se aumenta o ritmo na próxima. — Trocamos um sorriso.

Às vezes, um dia claro se enche de nuvens sem que você nem note, até uma rajada de vento com cheiro de chuva quase tirar seu equilíbrio. É assim que a falta deles atinge meu centro de gravidade neste momento.

Não era para eu estar deitado em um colchão sem roupas de cama neste quarto, neste lugar desconhecido, com um estranho antipático — com quem moro agora. Era para eu estar com vovô, sentado com ele e vovó, afundado no sofá velho, passando a manhã vendo episódios antigos de *Law & Order* com vovô enquanto ele fala com a TV.

— Já estou sentindo muito a falta de você e da vovó — digo, afundando na dor.

— A casa fica muito vazia sem você aqui.

— Delaney mandou oi.

— Fala para Tess que também sinto falta dela.

Tripp suspira alto. Ele não está olhando para mim, mas fica claro que esgotei sua pequena reserva de paciência. Deve ser melhor evitar conflitos desnecessários logo de cara com alguém com quem preciso morar.

— Certo — digo. — Vou desfazer as malas e tentar tirar um cochilo antes de montar meu horário.

— Se puder, liga depois para dar um oi para sua vovó.

— Está bem. Te amo.

— Te amo, Mickey Mouse. Se comporte aí, hein.

Vou tentar.

— Pode deixar. Tchau.

— Tchau.

Desligo e fico olhando para o celular por alguns segundos até ele apagar, então olho meu reflexo na tela preta, me sentindo vazio. Estou em uma situação em que saio perdendo de todas as formas. Em casa, nunca havia nenhum risco de desapontar vovô e vovó. A Escola Sawyer era fácil. Eu era bom em cortar grama. Aqui, na melhor das hipóteses, me dou tão bem quanto me dava lá — e não parece haver muitas chances de isso acontecer. É mais provável que a última coisa que vovô me veja conseguir neste mundo seja uma série de C's (se eu tiver sorte) e D's.

— *Comporrrte* — Tripp diz, com um sorriso sarcástico.

Olho para ele por um segundo.

— Quê?

— *Comporrrte* — ele diz, como se eu não estivesse entendendo uma piada óbvia.

— Não estou entendendo.

— É como seu vô fala "comporte".

121

Ninguém nunca zombou dos meus avós na minha cara. Algo vulcânico sobe no meu peito. Cresce tão rápido que sei que vai detonar se eu não fizer nada. É a mesma onda que me dominou quando eu soube o que Jason Cloud tinha feito com vovó. Imagino vovô: Você vai para a escola e começa a agir que nem um brutamontes no primeiro dia? Caramba, Mickey Mouse, eu acreditava em você. Não falei que existem outras formas de ser homem? Imagino Delaney: *Você é expulso no primeiro dia da escola nova por meter um soco na cara do colega de quarto e me deixa aqui sozinha? Seu bosta.* Não quero decepcioná-la, assim como não quero decepcionar meus avós.

— Não tinha notado — digo, desviando os olhos, respirando para controlar o fervor da adrenalina.

— É engraçado.

— Talvez para quem não é de lá.

— Você chamou seu avô de vovô? — Ele ri com desprezo.

Não quero dizer. Mas digo, para manter a paz.

— A gente fala assim no leste do Tennessee. — *Eu deveria ter esperado até encontrar meus fones.*

— Você deve ter conseguido uma bolsa e tanto.

Porque a gente fala de um jeito simples e caipira. Quero que ele pare de se intrometer. Não estou a fim de explicar por que liguei para os meus avós e não para os meus pais.

Tripp vira, senta na beira da cama e levanta, espreguiçando e bocejando. Calça um par de tênis de corrida da New Balance.

— Vou para a academia. — Pega uma bolsa esportiva ao pé da cama, se movendo com uma arrogância tranquila. Ele está quase saindo quando vira.

— Aliás, seu vovô está com uma voz péssima. É melhor ele ir no médico, tipo hoje. — Não tem nenhuma preocupação na voz de Tripp, apenas o desprezo casual de alguém incomodado com a lembrança inconveniente de que nossos corpos decaem e que morremos.

— Sim — murmuro para a porta fechando. — Eu sei.

Depois que ele sai, arrumo a cama e tiro as roupas. Não demora muito. Escondo minha garrafa de água do rio embaixo das meias.

O preço emocional e físico das últimas mais de vinte e quatro horas me domina, e tento dormir, o cheiro familiar do sabão em pó Arm & Hammer que vovó usa perfumando meus lençóis e aliviando um pouco a agonia. Mas toda vez que estou prestes a pegar no sono, a zombaria de Tripp reverbera em minha mente, a pontada de raiva agindo como uma dose de cafeína. É sempre o suficiente para me manter acordado por mais dez minutos, me perguntando se alguma coisa vai ser fácil em Middleford, me perguntando se estou destinado a passar um ano sendo motivo de chacota e fazendo com que as últimas memórias que vovô vai ter de mim sejam de derrota.

Solitário, em meu quarto, em um prédio cheio de meninos, e a última vez que me senti assim tão sozinho e com medo do futuro foi sentado trêmulo no alpendre do meu trailer, ouvindo através do choro entrecortado na minha cabeça o crescendo distante das sirenes que vinham buscar o que restou da minha mãe.

20

Ouço alguém se aproximar pelo corredor e torço para que não seja Tripp. Fico aliviado quando escuto uma batida, e olho a hora — é mais ou menos quando vinham me buscar para ver a orientadora.

Atendo a porta e encontro um menino simpático com o cabelo escuro ondulado e óculos, que parece uns dois anos mais velho que eu.

— Você é o Cash?

— Sim.

— Sou Cameron, um dos inspetores do quarto andar do dormitório. Bem-vindo a Middleford. — Ele tem um aperto de mão firme. Exala uma generosidade bem-humorada.

— E aí, cara.

— A sra. Clark falou que você vem de Sawyer, no Tennessee.

— Sim.

— Sou de Nashville.

Abro um sorriso.

— Não acredito!

— Conheço Sawyer. Passei por lá com minha família em umas férias em Asheville. Bonita a região.

— Sem dúvida. — *Graças a Deus nem todos aqui são como Tripp.*

— Fique sabendo que o refeitório costuma ser ótimo, mas nunca acertam bem os biscoitos. E, cuidado, você vai ver gente colocando açúcar e xarope de bordo no mingau. Coitadinhos.

Sorrio.

— Valeu pelo aviso.

— Fiquei de levar você para sua orientadora. Está pronto?

— Bora.

Enquanto caminhamos, Cameron aponta para um pequeno espaço aberto com sofás e poltronas em volta de uma televisão instalada na parede.

— Essa é a área de convivência. Temos noites de filme, torneios de video game, esse tipo de coisa. Se um dia sentir falta de casa, a gente tem uma tradição de sábado à noite que é assistir a um programa engraçado chamado *Sessão da meia-noite* na TV pública de New Canaan. Duas mulheres que não tinham nada que estar na televisão, que é justamente a graça do programa, se vestem de vampiras e fazem esquetes bobas e exibem filmes velhos toscos de terror. Elas são do Tennessee. Nas noites de domingo, vemos *Bloodfall*.

— Maneiro.

Cameron aponta para o corredor.

— Em todos os andares, tem um apartamento grande de canto em que mora alguém do corpo docente. Neste prédio, eles ficam nos andares um e três. Então se tiver algum problema que os inspetores do dormitório não conseguirem resolver, é só descer para o terceiro andar. Eu e meu colega de quarto dividimos o apartamento de canto deste andar.

Lembro vagamente de ter lido sobre isso, mas não gravei a informação.

— Os professores moram *aqui*? No prédio?

— Assim, pregam algumas peças neles de vez em quando, mas são sempre umas coisas inocentes e profundamente nerds. Uma professora de canto, a sra. Torres, mora no primeiro andar com o marido, que dá aula de história. Eles moram aqui há vinte anos ou coisa assim. Criaram dois filhos aqui. O sr. Karpowitz do departamento de inglês mora no terceiro andar com a mulher.

125

Passamos por algumas portas abertas, com alunos sentados dentro dos quartos, conversando em pequenos grupos ou arrumando coisas.

— Ei, Cam — alguém chama. — Você tem fita adesiva?

— Quantas vezes vou ter que dizer que raspar o saco dói menos?

— Mas aí cresce duas vezes mais grosso. Mas falando sério.

— Sim, está num tubo embaixo da cama. Raheel deve estar lá, senão me encontra depois que abro para você.

Continuamos andando. Cam me olha, constrangido.

— Foi mal, cara. Eu e Atul vivemos nos zoando. Eu deveria ter perguntado se você não via mal nesse tipo de brincadeira.

Lembro de Delaney me mostrando o dedo.

— Não se preocupa.

Enquanto estamos no elevador, Cameron pergunta:

— Você assinou o serviço de lavanderia?

— Não estava no meu orçamento. — Esse assunto nem entrou nas conversas com vovô e vovó. Eram centenas de dólares por ano a mais do que minha bolsa cobria.

— Te entendo, cara. Então, a lavanderia fica no porão. Você opera as máquinas com seu cartão de estudante.

Eu e Cameron continuamos conversando enquanto andamos. Estou sentindo um leve desespero de pensar que vou passar o próximo ano aqui, dividindo o quarto com Tripp, mas saber que pelo menos tem *algumas* pessoas amigáveis além de Delaney (e até isso depende do dia) ajuda um pouco.

Enquanto subimos os degraus do prédio da administração, Cameron diz:

— Certo, cara. Conhece o caminho de volta?

Faço que sim.

— Me avisa se precisar de alguma coisa. Fita adesiva. Sei lá.

— Eu normalmente raspo — digo.

Cameron sorri.

— Boa, cara.

— Sei que é uma notícia desagradável — minha orientadora acadêmica, Victoria Kwon, diz. — Mas acredite quando digo que vai ser melhor repetir o antepenúltimo ano aqui do que ir para o penúltimo ano em uma escola normal.

Minha decepção deve estar estampada na testa.

— Então vou ter mais três anos de ensino médio agora? — *Mais um ano longe de vovô e vovó? Valeu pelo aviso, Delaney.*

— Isso. Também porque nosso esquema de séries é diferente. Você entraria no "quinto ano". Mas vai entrar no "quarto". Sei que isso não é um grande consolo.

— Não mesmo.

— É comum ter que repetir de ano quando se transfere de uma escola pública para uma particular como esta. Você não tem nenhum motivo para se envergonhar — Victoria diz enquanto volta a olhar meu histórico.

Esfrego a testa e solto um assovio baixo. Estou me imaginando ligando para vovô e vovó e contando para eles que o neto é praticamente um repetente. *Pelo visto vou começar a desapontar os dois logo de cara.*

— Aposto que você vai acabar contente por ter feito um ano a mais aqui. — Ela se volta para o monitor do computador e desce a tela. — Certo… certo… então todos os estudantes de Middleford são obrigados a praticar um esporte depois da aula. Pelo que vi, você não praticava nenhum na antiga escola.

— Não, senhora.

— Já quis tentar algum?

— Humm. — Eu tinha considerado entrar para o futebol americano. Pensei que me daria bem. Vovô teria adorado. Mas mencionei isso para Delaney e ela surtou e começou a me dar sermão sobre concussões e encefalopatia traumática crônica (ela me fez repetir o nome até eu memorizar) e recitar estatísticas até eu prometer que não jogaria.

— O que você gosta de fazer?

— Gosto de ficar ao ar livre. Andar de canoa. Me deixa pensar... Victoria se empertiga.

— Que tal remo?

— Isso é um esporte?

— Os treinos são pesados, mas acho que você dá conta. — Ela digita e faz sinal para eu dar a volta e olhar o monitor.

Abriu um vídeo no YouTube com um longo barco estreito cortando a água como uma faca. Os remadores remam com uma precisão hipnótica e mecânica. É estranhamente bonito.

Fico assistindo, hipnotizado. É profundamente relaxante — o que seria bom para mim.

— Claro.

— Oba! — Victoria bate palmas de alegria. — Quase lá. Você precisa de um crédito em inglês. Alguma preferência?

— Nenhuma. — Quase digo *Alguma coisa fácil*, mas me lembro do alerta do vovô.

Ela encosta a caneta nos lábios por um momento enquanto pensa.

— Acabou de abrir uma vaga na aula de introdução à poesia da professora Britney Rae Adkins. Ela é brilhante. A coletânea de poemas dela, *Vale*, acabou de sair pela Copper Canyon Press, e está ganhando vários prêmios. — Victoria se inclina com ar de confidência. — Aqui entre nós, eu ficaria surpresa se conseguíssemos mantê-la por aqui por muito tempo. É melhor você aproveitar.

Nunca na vida pensei em fazer uma aula de poesia.

— Não sei se sou um grande fã de poesia.

— É uma aula introdutória. Talvez você não seja um grande fã de poesia. Mas talvez seja. Com base nas avaliações da professora Adkins, você vai saber até o fim do curso.

Me recosto, os cotovelos nos braços da cadeira, encostando os dedos na frente da boca.

— Pode me matricular. — Tento parecer confiante e tranquilo.

Onde você está se metendo?

Victoria comemora e me dá um toquinho.

— Bom, Cash, parece que terminamos sua grade horária. Você tem todo o resto do fim de semana para se instalar. Vai ter uma festinha hoje à noite. Um ônibus vai para New Canaan amanhã se precisar ir ao mercado ou ao shopping. Posso conseguir o horário de cultos religiosos dentro do campus para você, ou temos vans que podem levar você fora do campus. O centro esportivo também vai estar aberto. Tente encaixar o máximo possível de lazer nesses dois dias porque, a partir de segunda, vamos trabalhar pesado.

Isso faz uma nova onda de ansiedade me perpassar. Saio da sala de Victoria. O ar está quente e marcado pelo cheiro verde e familiar de grama cortada enquanto os jardineiros cuidam do campus. Mais alunos estão circulando. Paro nos degraus de entrada do prédio da administração e dou um passo para o lado para deixar algumas pessoas passarem. Espero uma trégua no tráfego de pedestres, fecho os olhos, viro o rosto para o sol e vejo o interior das minhas pálpebras vermelhas e fluorescentes. Imagino a batida metronômica do remo do vídeo. Quero estar lá, deixar meus músculos sedentos queimarem minha ansiedade, uma remada de cada vez.

Escuto em minha mente o sussurro do barco cortando a água, o murmurar de algo que volta à perfeição assim que saímos dela.

Gosto de saber que há corpos cujas feridas cicatrizam completamente bem diante dos nossos olhos. Imagino que eu precise desse lembrete nos próximos dias.

21

Eu e Delaney sentamos com nossas bandejas. Uma cesta de frango frito para mim, um wrap de salada de frango para ela. Batatas fritas para os dois. O refeitório está mais movimentado do que no café da manhã. Estudantes preenchem o espaço com um burburinho animado; minirreuniões acontecem aqui e ali. Escuto uma estudante perguntar para a outra como foi Genebra no verão. "Um saco. Annika e meu pai ficaram se pegando toda noite, e dava para ouvir. Como foi Mumbai?", ela pergunta. "Quente pra caramba", a amiga responde. "Como foi Kuala Lumpur?" Vários lembretes novos de como estamos deslocados.

— Por que peguei um wrap? São sempre um saco de comer — Delaney diz.

— Você sabia que a gente ia repetir de ano? — pergunto.

— A gente vai para o quarto ano — ela diz de boca cheia. — E não. Pensei que havia uma possibilidade mas não tinha certeza.

— Por que não me contou?

Delaney encolhe os ombros.

— Como você lembra, foi meio difícil convencer você a vir. Para que dar mais um motivo para não vir se nem eu tinha certeza?

Aposto que vou ter mais raiva dela quando tiver tempo para pensar, mas não tenho energia para isso agora.

— Deixa quieto. Como é a sua colega de quarto?

Delaney sorri.

— Legal. Inteligente. Quer virar desenvolvedora de games. Como é o seu?

— O oposto.

— Dei uma pesquisada nele. Antes de virar deputado, o pai era dono de uma grande empresa de segurança privada. Fornecia mercenários para governos. Alguns dos funcionários deles foram processados por matar civis no Iraque.

— Meu colega de quarto da escola é herdeiro de um exército mercenário?

— Pois é.

— Que louco. Ele zoou o sotaque do vovô, aliás.

— *Como assim?*

— Pois é, fiz uma chamada de vídeo com o vovô sem fone, e Tripp ouviu. E ficou zoando como vovô fala "comporte".

— Que *lixo* de pessoa.

— Quis dar uma surra nele, mas não queria ser expulso no primeiro dia.

— Eu teria ficado muito brava. Mas poxa.

— Ele disse que a escola velha era um lixo. Aposto que foi expulso por alguma coisa e está puto por estar aqui.

— Eu odiaria estar aqui sozinha — Delaney murmura. — Que bom que você veio.

Balanço a cabeça e comemos em silêncio por um momento.

— Que esporte você acabou escolhendo? — Delaney pergunta.

— Equipe de remo. — Agora eu que estou com a boca cheia. — E você?

— Hóquei na grama.

Damos uma gargalhada. Mas Delaney provavelmente vai se revelar uma jogadora bem razoável de hóquei na grama, especial-

131

mente se a agressividade e a capacidade de levar um golpe, sacudir a poeira e voltar a se levantar valham de alguma coisa.

Comparamos nossas grades. Ela está na faixa especial de ciência e tecnologia. Então não temos nenhuma aula em comum, o que não é surpreendente, mas é decepcionante. Eu me sentiria melhor se tivesse pelo menos uma ou duas aulas em que Delaney pudesse me ajudar com a lição de casa.

— Introdução à poesia? — Delaney dá uma risadinha. — Vou comprar uma boina para você. Arranjar uma daquelas camisetas listradas de francês.

— Isso. Ri. *Batatinha quando nasce se esparrama pelo chão.*

Ela fica muito séria de repente.

— Acho ótimo. Por que vir até aqui se só fizermos as aulas que poderíamos ter feito perto de casa?

— Parece que a professora de poesia é ótima. — Pelo canto do olho, vejo três meninas com cara de nerd se aproximando timidamente.

— Ei, desculpa interromper — uma delas diz.

— Sem problemas — digo.

— Você é... — A menina aponta para Delaney e ergue os olhos com expectativa, esperando ela terminar. Depois que fica claro que Delaney não vai terminar a frase por ela, a menina continua: — Aquela do Tennessee?

— Tem mais de uma pessoa do Tennessee nesta mesa — Delaney diz.

Eu a conheço o suficiente para saber que ela não está tentando ser chata, só está sendo precisa. Mas a outra menina não tem como saber.

Lanço um olhar de "vai com calma, a gente é novo aqui" para Delaney, mas ela se recusa a fazer contato visual comigo.

A menina fica vermelha.

— Quis dizer, a garota da newsletter de Middleford.

— Ah — Delaney diz, baixando os olhos para a bandeja. — Talvez? Não li.

— Tinha uma foto que parecia você. Você descobriu uma planta ou coisa assim?

— Uma nova cepa de penicilina. Batizaram com meu nome. *Penicillium delanum.*

Uma das amigas da menina atrás dela intervém.

— A gente tem uma pergunta meio esquisita. Espero que não seja ofensiva nem nada.

— Tá — Delaney diz, apreensiva.

— A gente ouviu falar que vocês são, tipo, casados?

Eu e Delaney nos entreolhamos por um segundo, sem dizer nada. Desatamos a rir.

— Não — digo. — Somos melhores amigos e viemos juntos. Definitivamente não somos casados.

As três riem de nervoso. A curiosidade delas parece genuína e não uma tentativa de nos depreciar. Esta escola deve ser cheia de jovens curiosos e sem traquejo social.

— A gente só ouviu falar… deixa pra lá — a primeira menina diz.

— Então as pessoas estão falando que viemos juntos porque somos *casados*? — Delaney pergunta.

— Pois é, sei lá. As pessoas são estranhas — a menina diz. — Desculpa interromper. — As três começam a se afastar. — A gente se vê por aí?

— Até mais — Delaney diz.

As meninas saem, e eu e Delaney trocamos um olhar.

— Esta escola deve ser um mundinho muito pequeno — ela comenta.

— Quem lê a newsletter da escola?

— Alunos de Middleford.

Mexemos na comida por mais alguns segundos.

— Aposto que elas não teriam perguntado isso se a gente fosse de Los Angeles ou Paris — Delaney murmura.

— É melhor a gente ir se acostumando — digo.

Meu coração aperta mais.

Nós dois terminamos a comida, mas não nos movemos. Pela primeira vez, cai a ficha de como eu estaria solitário agora se tivesse ficado e Delaney tivesse vindo. Nenhum de nós sairia ganhando.

Delaney empurra a cadeira para trás e levanta.

— Aonde você vai? — pergunto.

— Dar motivo para eles falarem — ela diz com um sorriso travesso.

— Ruiva.

— Você vai gostar — ela acrescenta, enquanto sai andando.

— Estou preocupado.

— Não tem por quê.

Ela vai até uma grande máquina prateada com uma torneirinha, pega dois copos de plástico transparente e enche os dois com uma espiral branca enorme de sorvete de baunilha, com uma voltinha em cima e tudo. Parece que foram esculpidos em mármore branco. Seu treinamento da Dairy Queen em sua plenitude.

Ela volta com um copo em cada mão, escolhendo um caminho que passe pelo maior número de estudantes. Sorri com serenidade enquanto, atrás dela, aqueles que notam apontam discretamente e sussurram sobre sua obra de arte. Obviamente, nenhum deles teve um trabalho que exigisse aprender a servir sorvete de uma maneira visualmente agradável. Alguém diz: "Que maneiro". Outra pessoa fala: "Caramba".

Ela volta à mesa e senta, deslizando meu sorvete na minha direção como um bartender de antigamente. Pego antes que o copinho caia no chão.

— Viu? Eu mudei a narrativa. Agora não somos mais casados. Agora sou a Rainha do Sorvete e você é meu humilde servo. — Ela dá uma colherada enorme e franze o nariz. — Eles precisam limpar essa máquina.

Admiro sua obra por um momento.

— Quase odeio destruir algo tão perfeito.

Delaney aponta com a colher.

— Está vendo isso aí? Essa foi uma atitude alfa que acabei de ter. Os humanos são animais de matilha, como os lobos. Honramos demonstrações de força.

Nós dois estamos no meio de nossas respectivas torres antes de sucumbirmos a dores de cabeça de sorvete e overdose de açúcar. Recostamos nas cadeiras e suspiramos, o estresse, a exaustão e a ansiedade do dia finalmente nos derrubando.

Fico olhando para o meu copo.

— Você sabe que fazer um sorvete perfeito para mim só faz parecer *mais* que somos casados, né?

Ela ergue a mão esquerda sem anéis.

— É melhor ir atrás de uma aliança. Você está parecendo um mão de vaca miserável.

— Já ligou para sua mãe?

— Por falar em pessoas em relacionamentos perpétuos com mãos de vaca miseráveis?

— Vai ligar para ela?

— Ela sabe meu número.

— Certo. Está pronta?

— Sim.

Limpamos nossas bandejas e saímos do refeitório. Caminhamos pelo campus por um tempo para nos orientar. Andamos sem rumo, tentando projetar entusiasmo e imitar o ar de pertencimento que nossos futuros colegas têm. Comentamos sobre as pessoas e os prédios pelos quais passamos, tentando memorizar pontos de referência.

— Acho que nunca vou me casar — Delaney diz de repente, quando estamos na frente do Centro de Ciências, observando a brancura moderna, cintilante e angulosa do edifício sob o sol da tarde, protegendo os olhos estreitados com as mãos. — Mas até que não seria tão ruim casar com você.

Delaney consegue alguém melhor do que eu. Ela vai acabar com algum outro gênio algum dia. Mas é bom ouvir isso.

22

Tripp está de volta ao quarto, com dois novos amigos que se asse-
melham a ele tanto na aparência como no comportamento. Eu os
escuto do corredor, rindo de alguma coisa. Eles ficam em silêncio
quando entro.

Desta vez, faço questão de pegar os fones e vou para a sala de
convivência do quarto andar. Os rostos de vovó e vovô enchem
minha tela. Ver os dois juntos, lado a lado, espremidos na pequena tela luminosa, me trespassa com uma pontada ainda mais afiada
do que antes.

— Há quanto tempo — vovô arfa, sorrindo e tossindo.

— Pep falou que você está se instalando — vovó diz.

— Sim. Ei, tenho uma notícia engraçada. Vou ter que repetir
de ano. Acho que meus créditos não se transferem completamente
ou coisa assim. Eles explicaram.

Eles digerem a informação por um momento.

— A bolsa cobre? — Vovó pergunta.

— Falaram que sim — respondo. — Vai até eu me formar.

— Acho que é a vida — vovó diz. — E, se a bolsa cobre, que
mal tem?

— O lado bom é que vai ter mais tempo na escola boa — vovô diz.

— E mais um ano longe de vocês — digo.

— A faculdade já seria assim mesmo — vovó diz.

— Acho que sim — digo. — Ei, vovô, quer ouvir uma coisa engraçada?

Ele tosse.

— Quero.

— Vou fazer um curso de poesia. — Penso que vovô vai fazer alguma piada como Delaney fez. Mas não.

— Eu acho isso ótimo.

— Não acha engraçado?

Ele me lança um olhar de reprovação.

— Por que eu acharia?

Meu sorriso se fecha.

— Sei lá. Poesia. Eu.

— Por que seu lugar não seria em uma aula de poesia?

Começo a me mexer.

— Você me conhece. Não sou um grande fã de poesia.

— Penso em fãs de poesia como pessoas que amam coisas bonitas. — Ele para até recuperar o fôlego. — Você ama a beleza deste mundo. Não vejo por que seu lugar não seria em uma aula de poesia. Segura o troço, Donna Bird — vovô diz. Vovó pega o tablet. Vovô ergue as mãos cheias de cicatrizes e desgastadas pelo trabalho árduo em frente à câmera. — Está vendo essas mãos? Trabalhei duro com elas para te dar coisas que eu nunca tive. Um curso de poesia é algo que nunca fiz. Por Deus, quero muito que você tenha isso.

— Acho que não tem graça então — digo, baixinho.

— Pep não está te dando bronca — vovó diz.

— Não mesmo — vovô diz. — Mas estou dizendo mesmo o que penso.

— Certo, Pep, segura o tablet agora. Minha vez. — Vovó ergue as mãos para a câmera. — Está vendo essas mãos? Também trabalhei duro com elas para dar uma vida boa para minha família. Quero que você faça aulas que te deixem trabalhar com a mente.

— Vocês venceram. O que vão fazer hoje?

— Começamos um quebra-cabeças de um farol ontem à noite. É mais provável que a gente termine — vovó diz. — E você?

— Parece que tem uma festa hoje pros alunos. Mas acho que vou faltar. — Eu e Delaney normalmente faltamos nos eventos da escola para ficar juntos. — Ei, talvez vocês possam apoiar o tablet e podemos conversar enquanto vocês montam o quebra-cabeça.

— Bom, acho que você tem que ir para a festinha sim — vovô diz.

— Fazer novos amigos — vovó diz.

— Vou ter tempo de sobra para conhecer gente nova. Vamos ficar juntos só hoje — digo.

— Não, senhor — vovô diz. — Estamos botando você para fora do ninho. Pega a Tess e vão lá ser jovens. Vocês não precisam ficar andando com os velhos numa sexta à noite.

— Credo.

— É melhor dar tudo de si para essa experiência. Você não pode fazer isso com um pé em casa. Quando eu estava no exército, eu e os rapazes nos divertíamos muito juntos. Não tinha essas geringonças para ficar vendo o povo de casa.

— Eu vou. Nossa, vocês dois, hein.

Tomo um banho para me limpar da viagem de ônibus e dos últimos resíduos de casa. Minha antiga vida, indo pelo ralo.

Tenho certeza de que muitos adolescentes chegam aqui e se incomodam com a falta de portas nos banheiros. Acho que sou o único que acha isso um consolo. Mas, enfim, eles não têm as memórias que me fazem não gostar de ter portas no banheiro. Então acho que até nisso eles estão ganhando.

De volta ao quarto, o sol se põe pela janela. Tripp saiu, então aproveito o silêncio.

Visto minha melhor camisa de botão menos amarrotada e minha melhor calça jeans. Limpo algumas manchas das botas com um paninho. Arrumo o cabelo. Cortei na semana passada e fiquei admirado com a quantidade de cabelo loiro, clareado pelo verão, que cobriu o chão no fim.

Pensei em como seria engraçado se Deus tivesse um relatório de todas as estatísticas da nossa vida quando a gente chegasse ao paraíso. Quanto cabelo produzimos. Quantos resfriados vencemos. Quantas vezes ralamos os joelhos. Quantos pesadelos sofremos. Quantas panquecas comemos.

Todas as coisas corajosas que já fizemos.

Todas as mágoas que superamos.

Todas as mortes que lamentamos.

Todas as pessoas que já amamos.

Todas as pessoas que já nos amaram.

23

O sol vai se pondo levando consigo o calor, e o anoitecer anteci-pado de outono é como água fresca no rosto. Consigo sentir de al-gum lugar o cheiro de fumaça de lenha. A lua brilha no céu cor de lavanda antes de o sol terminar de se pôr.

Vou com Cameron e seu colega de quarto, Raheel, até o giná-sio, onde é a festa. Cameron e Raheel tinham feito uma varredu-ra em busca de retardatários para arrastar, e foi aí que me pegaram.

— Certo, voltando ao assunto — Raheel diz enquanto cami-nhamos.

— Acho isso uma doideira — Cameron diz. — E já odeio e adoro ao mesmo tempo, mas sou todo ouvidos.

— Já viu *Game of Thrones*? — Raheel me pergunta.

— Nunca tive HBO — respondo. — E não era o tipo de pro-grama dos meus avós. Meu vov... meu avô chamava esses progra-mas de "baboseira de feitiçaria".

Raheel abre um sorriso travesso e esfrega as mãos.

— Ahhhh, mas agora você tem seu novo amigo Raheel, com um box das oito temporadas, disposição para servir como seu guia e prontidão para rever a série toda.

— Então nos agracie com sua teoria — Cameron diz. Ele vira para mim. — Raheel acha que *A princesa prometida* acontece no uni-verso de *Game of Thrones*.

— *A princesa prometida* eu vi. Minha mãe adorava esse filme — digo, lembrando de mencionar minha mãe o mínimo possível.

Raheel limpa a garganta com o ar grandioso.

— Cameron, vai concordando com a cabeça. Começamos com Westley. Ele sai de casa e, quando aparece de novo, está todo de preto e saindo do mar. Ele é obviamente um membro da Patrulha da noite e foi nomeado para Atalaialeste-do-mar, onde foi sequestrado por piratas.

— Já é muita coisa para eu lembrar — digo.

— Raheel vai fazer você lembrar — Cameron diz. — *Pode acreditar.*

— Depois, temos Fezzik, Vizzini e Inigo Montoya. Está na cara que Fezzik foi resgatado das arenas de luta de Meereen. Vizzini? Um eunuco de Lys, como Varys. Inigo Montoya? Um esgrimista de Braavos como Syrio Forel...

— Nunca ouvi nada mais brilhante e idiota ao mesmo tempo — Cameron diz quando Raheel finalmente termina.

— Parece muito bem pensado.

Raheel coloca o braço ao redor de mim e fala para Cameron.

— Está vendo esse cara? Gostei dele. Agora finalmente conheço uma pessoa legal do Tennessee.

— Ainda estou para conhecer uma pessoal legal de Las Vegas — Cameron diz.

Raheel sopra o polegar como se estivesse enchendo uma bexiga e vai erguendo o dedo do meio devagar.

Chegamos ao ginásio, onde pequenos grupos de duas, três e quatro pessoas estão entrando, o som baixo de música saindo a cada vez que abrem as portas.

— Gente, obrigado por me trazer. Combinei de encontrar minha amiga Delaney e a colega de quarto dela aqui na frente — digo.

Raheel aponta para mim.

— Este fim de semana. *Game of Thrones*. O inverno está chegando. Isso vai fazer sentido mais tarde.

Faço um joinha para eles, que entram, os últimos resquícios de sua conversa desaparecendo pela porta — "Cara, a Callie não vai vir hoje". "Como você sabe?" "Só estou controlando suas expectativas para você não…"

Me sinto estranho em ficar parado enquanto as pessoas vão entrando ao meu redor. Estou prestes a mandar mensagem para Delaney quando ergo os olhos e a vejo se aproximando com outra menina. Enquanto elas chegam, noto algo diferente em Delaney. Ela está usando uma maquiagem rosa esfumada sofisticada. Está linda.

— Seus olhos. Uau — digo.

— Viviani que fez.

Viviani está atrás de Delaney. Ela é baixa, mais ou menos da altura de Delaney. Seus olhos anogueirados estão iluminados pela mesma maquiagem de Delaney. Covinhas marcam um sorriso incandescente. Um cabelo cor de cobre brilhante em cachos fechados emoldura seu rosto e sua cabeça. É rosa-dourado nas pontas, como uma tintura se espalhando. Ela veste uma camiseta do Capitão América e uma calça jeans preta para dentro das botas pretas. Ela acena.

— Oi. Sou Viviani. Vi.

Ela diz seu nome de uma maneira que efervesce na língua. Faz a maneira como eu o digo parecer cinzenta e mundana.

— Sou Cash.

— Reconheci você. Delaney disse que você parecia um River Phoenix jovem.

— Nem sei quem é esse.

— *Conta comigo. Quebra de sigilo. Garotos de programa.* Ele não fez muitos filmes porque morreu jovem — Delaney diz.

— Isso é bom?

— Morrer jovem?

— Não. Parecer o River Phoenix.

— Eu não compararia você com um ator feio, seu pastel — Delaney diz.

— Certo, então, tudo que Delaney falou sobre mim é mentira — digo para Vi.

— Ela disse que você era legal — Vi diz.

— *Nisso* você pode acreditar.

— Eu não disse isso — Delaney retruca. — Talvez tenha dado a entender.

— Vocês não querem... — Vi começa.

— Vamos lá — Delaney diz, suspirando.

Enquanto caminhamos com Vi, o cheiro do perfume ou loção que ela usa chega até mim. É uma combinação leve e cintilante de abacaxi com mel; um toque de limão e floral, como flores de magnólia; um toque verdejante, como hera; e lençóis de algodão recém-lavados secando na brisa úmida.

— Delaney me falou que não gosta de grandes multidões — Vi diz.

— Eu também não — respondo. — E você?

— Sou de uma cidade de seis milhões de pessoas, então não tive muita opção além de me acostumar com multidões.

— Eu e Delaney somos de uma cidade de seis mil, então tivemos muitas opções.

Meu coração acelera enquanto entramos no ginásio na penumbra, desviando de um par de meninas se filmando. A música toca alto. Há mesas postas com comidas e bebidas. Pequenos grupos de alunos se reúnem em círculos fechados, conversando com pratos e copos nas mãos. Às vezes um grupo manda uma pessoa para outro. Observo o salão, e não vejo Tripp nem sua nova gangue, o que sugere que esse não é o lugar mais descolado para estar. O que por mim tudo bem. Formamos um pequeno círculo fechado.

— Queria saber como convenceu Delaney a deixar você fazer a maquiagem dela — digo a Vi.

— Ela me falou que tenho olhos bonitos — Delaney responde. — É só me elogiar que as pessoas conseguem qualquer coisa de mim.

— Não é verdade. Já tentei isso muitas vezes — digo.

— As pessoas conseguem qualquer coisa de mim. *Você* só consegue uma ou outra.

— Legal que vocês dois vieram juntos — Vi diz. — Minha melhor amiga do Brasil, Fernanda, está em Phillips Exeter. Tentei trazer ela para cá.

Aponto para Delaney.

— Ela conseguiria convencer sua amiga.

— Precisei torcer o braço dele para ele vir — Delaney diz.

Vi fica em choque.

— É uma escola tão boa!

— E eu vim — digo, dando de ombros.

— Vou pegar uma coca. Querem alguma coisa? — Delaney pergunta.

— Coca — digo.

— Também.

Delaney vai em direção às mesas com os coolers, me deixando sozinho com Vi.

Sorrimos constrangidos um para o outro.

— Então, por que batizaram você de Cash? — Vi pergunta. — Tipo Johnny Cash?

— Minha mãe amava Johnny Cash. Meu vô ouvia muito com ela. Então, sim.

— Sabia!

— Seu inglês é ótimo.

— Quando eu era pequena, moramos parte do tempo em Miami, então deu para praticar. Além disso, eu via muitos filmes e séries americanas e joguei muitos video games on-line com os americanos.

Delaney começa a conversar. Vai ver é outra pessoa perguntando se ela veio com o marido.

— Quais são seus filmes e séries favoritos? — pergunto. — Vou chutar *Capitão América*.

— Filmes da Marvel. *Star Wars. Senhor dos anéis. Game of Thrones. Bloodfalll. Supernatural.*

— Nunca vi *Game of Thrones*. Quando estava vindo para cá, um dos caras do meu dormitório me convenceu a ver com ele depois.

— Que inveja de você por ver pela primeira vez. Posso ver também?

— Se for permitido. Não sei direito as regras todas ainda.

— Mas os filmes da Marvel você já viu, né?

— A maioria.

— Quem é seu personagem favorito?

Penso um pouco.

— Quem é o seu? Espera. Me deixa adivinhar.

— Manda ver.

Esfrego o queixo e estreito os olhos para sua camiseta.

— Vou chutar... Capitão América.

Ela ri.

— Boa tentativa.

— Não.

— Meu coroa sabe que adoro a Marvel e me deu essa camiseta de Natal.

Olho para ela sem entender.

— Seu...

Ela fica corada.

— Meu avô. "Coroa" é um jeito de chamar pessoas mais velhas em português, então é meu apelido carinhoso para o meu avô.

— Chamo o meu de vovô.

— Que fofo. Certo, tenta de novo.

— Todas as meninas gostam do Thor.

— O Thor é um gato. Mas não.

Às vezes ela fala o *th* do inglês com som de *t* e pronuncia o *t* no fim das palavras com um leve *tch*. Acho legal.

— Certo...

— Acho que você não vai acertar.

— É, desisto.

— Shuri de *Pantera Negra*. É com ela que mais me identifico.

— Por quê?

— Eu amo tecnologia. Quero ser desenvolvedora de jogos.

— Cara, isso é demais.

— Você é gamer?

— Não muito.

— Vamos mudar isso — Vi diz. — Sua vez. Seu personagem favorito da Marvel.

Penso por um segundo.

— Isso vai decidir se vamos continuar amigos ou não — ela diz.

— Sem pressão. Shuri também, nesse caso.

— Sério? — Ela ri.

— Quer dizer, ela é incrível, óbvio, mas...

— Eu estava brincando, não vou deixar de ser sua amiga se você escolher errado. Era "caô", como a gente diz no Rio.

— Certo, na real, então? Bucky Barnes.

— Boa escolha.

— Passei? — pergunto.

— Passou. Por que ele?

— Sei lá. Ele parece um cara normal. — *Bucky, que vive à sombra do melhor amigo. Bucky, que nunca vai ser tão importante quanto o Capitão América.* — Ele não tem poderes mágicos ou sei lá.

— Nenhum dos Vingadores é *mágico*. E ele tem um braço biônico.

De repente lembro de Delaney e procuro por ela na multidão. Eu a vejo, três latas de coca na mão — observando, atenta — no canto da reunião. Conheço bem sua expressão. Ela está coletando. Armazenando. Processando.

Ela me falou certa vez que passava tardes inteiras deitada no chão do trailer, estudando as formigas — o único recurso inesgotável que ela e sua mãe tinham. Ela via o surgimento de padrões, ao longo de horas, pelo que pareciam movimentos caóticos. Havia uma lógica global e uma inteligência no movimento delas e, se você conseguisse entendê-las, poderia ter uma pista para descobrir o segredo de interações aparentemente aleatórias de criaturas mais sofisticadas. Como os estudantes de Middleford.

A partir daí, dá para fazer previsões e formular hipóteses. Do tipo que pode ajudar você a sobreviver convivendo com uma viciada e trazer uma ordem subjacente ao aparente caos. Que vão ajudar a sobreviver a um lugar em que as pessoas pensam que você é casada com seu melhor amigo, um lugar onde os filhos das famílias mais poderosas do mundo vão questionar por que você nunca menciona seus pais.

Vi me vê olhando para ela.

— Ela é muito inteligente, né?

— Ela é uma gênia — murmuro.

— Ela sabe mais sobre a história do Rio de Janeiro do que eu.

— Ela aprendeu tudo na meia hora que se passou entre descobrir que vocês seriam colegas de quarto e conhecer você.

— É melhor eu pedir ajuda dela para a lição de casa.

— Uma vez ela me ajudou com a minha lição de matemática, e ela achou besta o tipo de conta que eu tinha que fazer. Então basicamente inventou um tipo novo de conta. Mas eu tinha que mostrar meu trabalho, então levei uma nota ruim porque a conta que era para eu estar fazendo não era a matemática da Delaney.

— Ela inventou um tipo novo de conta?

— Ah, foi o que pareceu para mim, mas sou muito ruim de matemática.

— Você deve ser muito bom em outras coisas para estar aqui, então — Vi diz.

Pode apostar. Canoagem. Explorar cavernas. Fazer os amigos certos.

— Acho que sim. — Preciso de todos os meus esforços para cumprir minha promessa.

Delaney vem e entrega nossas cocas. Enquanto abrimos as latas e damos um gole, ela volta a observar a multidão.

— Todos aqui vão estar mortos daqui a cem anos — ela diz, não para nós, para o ar. — Queria saber quem vai ser a última pessoa aqui a morrer.

Vi arregala os olhos. Ela olha para mim. Encolho os ombros como quem diz: *Você nunca vai entender Delaney por completo, mas pelo menos nunca vai ficar entediada.* Quero perguntar para Delaney quais inferências e deduções ela fez, mas ela vai me contar quando estiver pronta e nem um minuto antes.

Nos fechamos em nosso círculo estreito, conversando em espirais serpenteantes. O personagem favorito da Marvel de Delaney (Dr. Estranho). Que no Brasil colocam milho na pizza (não digo para Vi que a vovó é especialista em pizza). Nossas grades horárias (nenhuma matéria em comum). Nossos esportes. Vi me faz chutar o dela. Arrisco futebol, e estou errado (vôlei, também muito popular no Brasil).

Dois professores nos obrigam a nos misturar de maneira constrangedora com dois outros grupos de alunos novos. Batemos um papo forçado e voltamos a nos separar.

Não sei por que Vi fica do nosso lado. Ela é tão efervescente e extrovertida que poderia estar fazendo novos amigos facilmente. Mas não parece ansiosa por uma oportunidade melhor.

Delaney se fecha dentro de si mesma de repente.

— Tenho coisas para fazer. — Não é uma surpresa.

Eu sabia que ela precisaria de tempo para processar as informações e o ambiente novo.

A exaustão do dia e meu desejo de continuar conversando com Vi estão disputando braço de ferro, e o cansaço está ganhando.

— Também vou embora. — Mas ainda tem uma coisa na minha lista antes de dormir. Preciso do cheiro de água. — Vou dar uma passada no lago se quiserem ir também.

— Eu vou — Vi diz. — Ainda não passei perto do lago.

O barulho da festa vai diminuindo aos poucos atrás de nós, substituído pelo canto noturno dos grilos, enquanto saímos do ginásio. A lua está alta e quase cheia, banhando tudo com uma cor de fumaça de vela.

Esfriou ainda mais. Me arrependo de não ter trazido uma jaqueta. Um cheiro forte e familiar que lembra feno paira no ar depois de todo o trabalho de paisagismo para preparar a escola.

Antes de Delaney ir para o dormitório, planejamos tomar café da manhã. Vi fala que até quer ir, mas que a fraqueza dela é não conseguir acordar cedo nas manhãs de sábado, então talvez ela venha conosco, mas é melhor não contar com isso. Nós abraçamos Delaney e continuamos até o lago.

Fica silêncio enquanto caminhamos. Sinto o cheiro do lago antes de vê-lo, o aroma de lama e gramas pantanosas se decompondo, trazendo consigo o perfume da água que lembra casca de melancia. Esse cheiro me faz pensar no meu rio. *É aqui que você pode encontrar refúgio quando precisar. E você vai precisar.*

O lago é compacto — nada mais que uma lagoa. Mas é sereno e pitoresco e reflete o luar como eu esperava. Um ou outro sapo acrescenta sua voz à orquestra de grilos.

Uma trilha pavimentada, pontilhada por bancos, cerca o lago. A trilha é toda nossa, tirando uma menina que passa meio correndo por nós murmurando "esquerda" e ouvindo música tão alto que consigo escutar pelos fones de ouvido dela.

Vi pega o celular, tira uma foto da lua e a examina. Suspira.

— Nunca fica boa.

— Nada é tão decepcionante quanto tirar uma foto da lua. É tipo: "Olha essa foto que tirei de uma moeda num estacionamento".

Vi ri baixo, depois gargalha, começando a roncar.

— Que foi?

Ela leva um segundo para se recompor.

— Lembrei de uma vez que eu estava correndo na praia, e a lua estava alta, e pensei: "Vou continuar correndo e chegar mais perto da lua para tirar uma foto melhor".

Damos risada e depois ficamos em silêncio. Vi para e senta em um dos bancos.

Sento com ela.

— Do que você vai sentir mais falta lá da sua casa? — pergunto.

— Do mar. Eu adoro. Acho que sou meio sereia. — Sua voz é melancólica.

— Nunca vi o mar.

— *Não?* — Ela reage como se eu tivesse acabado de dizer que nunca experimentei chocolate.

— Não.

— Vou te levar para ver o mar um dia. Quero ver sua cara quando você olhar para ele pela primeira vez.

— Combinado.

— Do que você mais vai sentir falta lá da sua casa?

— Do rio onde moro. Eu e o vovô andávamos juntos de canoa.

— Nós dois vamos sentir falta das nossas águas. — Vi aponta devagar e sussurra: — Olha.

Um grande peixe branco e alaranjado — algum tipo de carpa ornamental, imagino — acabou de nadar para os baixios, onde fica praticamente imóvel, apenas balançando devagar para não sair do lugar. Ele parece brilhar sob o luar prateado. Ficamos o mais quietos possível.

— Oi, Peixe da Lua — Vi murmura. — Você veio dizer oi?

— Será que está botando ovos? Parece que está revirando na lama.

— Acho que é um bom... Ah, não sei a palavra em inglês.

— Presságio ou sinal?

— Presságio! Isso. Acho que quer dizer que vamos ter um ano bom aqui.

— Você está com medo de morar aqui? — pergunto.

— Um pouquinho. Você está com medo?

— Sim — digo.

— O que mais te assusta? — Vi pergunta.

Eu me ajeito.

— Sei lá. Desapontar meus pais. Desapontar Delaney. Parecer burro. E você?

— Também. Desapontar as pessoas que amo. Parecer burra.

O toque de recolher é às onze nas noites de sexta e sábado, e as luzes apagam à meia-noite. Entro no meu quarto às 22h50. Tripp entra às 22h57, trazendo consigo o cheiro azedo de álcool. O uso de qualquer substância é proibido em Middleford, uma infração punível por expulsão. Mas algo me diz que essa regra é ignorada com frequência, especialmente por jovens como Tripp que não precisam se preocupar muito em perder uma oportunidade ou dez. Trocamos cumprimentos em forma de grunhido e nos refugiamos em nossas respectivas telas de celular. Somos interrompidos alguns minutos depois por Cameron e Raheel fazendo a verificação do toque de recolher.

152

Encontro Vi no Instagram e a sigo. Dou uma olhada nas fotos dela. Ela na praia, sorridente. Com um grupo de colegas da escola, de calças cáqui e camisetas brancas idênticas, em uma pizzaria. Na fila do cinema. Abraçando um cachorro branco peludo que aparentemente se chama Pipoca, em português. Tem fotos dela de férias com o que imagino que seja a família — esquiando, reunidos na Times Square (?), sorrindo na Disney, posando com a Torre Eiffel ao fundo.

Seu pai é bonito e elegante e tem o cabelo grisalho cheio e um ar de CEO. A mãe parece muito mais jovem do que o pai e tem cara de ex-miss. Parece que Vi tem um irmão que é bem mais velho do que ela — uns quinze anos ou coisa assim. Não sei bem qual das fotos mostra a casa dela. Ou casas. Ou hotéis de luxo.

Sua vida é bem diferente da minha, Vi. Espero que você não veja mal nisso.
Meu celular se ilumina com uma mensagem de Delaney. Parece que você e Vi se divertiram.

Eu: Sim, foi bem divertido.

Delaney: Ela parece legal.

Eu: Você nunca me falou que eu parecia o River Phoenix.

Delaney: Você nunca perguntou.

Eu: Era para eu ficar perguntando do nada se parecia algum ator????

Delaney: Sim.

Eu: Eu pareço mais algum ator?

Delaney: Não, só ele. Tem um ônibus que vai para New Canaan amanhã. Está a fim?

Eu: Pode ser.

Delaney: Vou ver se a Vi quer ir.

Eu: Legal.

Delaney: Curtiu o rolê?

Eu: Sim.

Delaney: Está feliz por ter vindo?

Eu: Me pergunta quando começarem a encher a gente de lição de casa.

Delaney: Você acha que estamos perdendo alguma coisa em Sawyer agora?

Eu: Rodar de carro em círculos. Atirar em placas com espingardas.

Delaney: Hahaha.

A luz se apaga. Fico deitado no escuro, pensando no destino. Pensando onde eu estaria agora se não tivesse conhecido Delaney Doyle naquela reunião do Narateen anos atrás.

24

Sábado pela manhã descobri que Vi tinha me seguido de volta no Instagram. Uma sombra de insegurança me perpassa sobre a pequenez da minha vida exposta lá. Muitas fotos de Punkin, do meu rio, eu e vovô e vovó, eu e Delaney. Nenhuma viagem de esqui nem férias na praia nem hotéis chiques. Mas é melhor me acostumar a sentir que minha vida é minúscula em comparação a dos outros alunos daqui, e sigo para o refeitório para encontrar Delaney para o café da manhã.

— Dormiu bem? — pergunto enquanto Delaney se aproxima sozinha.

— Fazia anos que não dormia tão bem.

Entramos no refeitório.

— Vi não vem? — pergunto.

— Não sei. Ela estava dormindo quando saí.

— Ela estava acordada mais cedo porque me seguiu de volta no Insta.

— Deixa eu ver se agora eu sei. Não, ainda não sei.

— Ei, posso filmar você admitindo que não sabe alguma coisa? Delaney abre seu sorriso torto.

— Vai se foder. Eu digo quando não sei as coisas.

— Diz nada.

— Não disse que acontece com frequência.

— Por falar em Vi, você não vai mencionar para ela toda a minha situação familiar, vai? Não quero que todos os amigos novos saibam disso logo de cara.

Delaney enche uma tigela com um cereal açucarado e leite, e pega uma tortinha de cereja.

— Seu segredo está bem guardado comigo. Por falar nesse assunto tão divertido, depois do evento de ontem, tentei ligar para minha mãe.

— Sério? — Escolho alguns burritos matinais embrulhados em papel-alumínio. Depois que começar a remar, vou ter que comer comidas mais saudáveis.

— Ela não atendeu. Deve estar ocupada aperfeiçoando o semicondutor de novo.

— Quê?

— Estou brincando.

Sentamos.

— Vai tentar de novo?

Ela encolhe os ombros.

— Ela não dá a mínima para mim. É difícil ter forças para continuar tentando. — Ela ergue o polegar para roer.

Estendo a mão sobre a mesa para impedir.

— Você sabe que tem, tipo, psicólogos e tal aqui, né? — digo. Ela senta em cima da mão.

— E daí?

— E daí que talvez eles possam ajudar o seu polegar.

— Veremos. Depois que eu me instalar.

Vi não nos encontra no refeitório. Mas aparece para a excursão a New Canaan. Ela está usando um vestido amarelo vivo com uma jaqueta jeans e nos cumprimenta com um sorriso grande e ensolarado.

Pegamos uma das várias vans para a cidade. Delaney, Vi e eu escolhemos uma fileira, e sento ao lado de Vi.

— Queria usar meu colar favorito hoje, mas está todo enrolado — Vi diz.

— Enroscado? — pergunto.

— Sim, isso.

— Você está com sorte — digo. — Sou *muito* bom em desenroscar coisas.

— Ele é mesmo — Delaney confirma.

Ela leva a mão ao bolso da jaqueta.

— Estou com ele aqui. — Ela pega o colar e me entrega, uma rede delicada e intricada de correntes prateadas. — É para ser assim. — Me mostra uma selfie com ele.

Coloco o colar na palma da mão.

— Primeiro: eu o seguro por alguns segundos e respiro. Digo a mim mesmo: "Ele se enroscou sozinho. Ele vai se desenroscar sozinho". — Passo a mão por ele com delicadeza, virando-o e inclinando-o de leve. — Daí vejo como ele fica. Procuro um bom lugar para começar. E… aqui — murmuro, erguendo-o em um canto.

Vi se inclina para bem perto. Fica absolutamente imóvel, como se eu estivesse desarmando uma bomba, e consigo ouvir a respiração dela.

— O segredo é: não puxar nem forçar. Senão ele só vai se enroscar mais. E pode acabar quebrando. É só deixar que desenrosque sozinho com um pouco de ajuda. Deixar que venha até você. — Eu o suspendo e o chacoalho de leve, as espirais ficando folgadas. Vejo uma abertura e aproveito. Alguns movimentos e acabo. Ergo o colar com delicadeza, triunfante.

— Um de seus melhores trabalhos — Delaney diz.

Vi exclama, admirada.

— Você precisa montar uma empresa disso.

— Eu tinha meu próprio negócio durante o verão.

— Ah, é?

— De aparar grama.

— Parar grama?

— Corto a grama na casa das pessoas.

— Ah. Meu pai montou o próprio negócio quando tinha a nossa idade, entregando compras de bicicleta. Agora ele tem... Como é que diz quando você tem muitas lojas?

— Uma rede?

— Uma rede de supermercados no Brasil e na Argentina chamada Campos Verdes. Ele abriu as primeiras lojas na Flórida e no Texas no ano passado. Aqui se chama Green Fields.

Isso explica seu estilo de vida.

— Voltando ao assunto. — Ela vira no assento, pega o cabelo volumoso e o segura longe do pescoço. — Coloca em mim.

— Você quer que eu coloque em você?

— Sim. É mais fácil do que eu mesma colocar.

— Dá aqui pra mim — Delaney diz. — Você vai fazer besteira, Cash.

— Não vou, não, mas toma. — Entrego o colar para Delaney.

Ela envolve o colar com cuidado no pescoço de Vi, evitando um fio desgarrado de cabelo cor de cobre.

— Oba! Queria usar ele hoje.

Eles nos levam ao mercado. Eu e Delaney seguimos Vi enquanto ela faz algumas compras de material escolar de última hora. Nós não compramos nada.

Enquanto Vi está no caixa, Delaney vira para mim, piscando os cílios, e diz com a voz sussurrada:

— *Coloca em mim.*

Quando saímos da Target, fomos para o centro, que é pitoresco com suas calçadas de tijolos e lojas e restaurantes chiques. Algumas das fachadas já estão decoradas com enfeites de outono.

Delaney nos diz que New Canaan é uma das cidades mais ricas dos Estados Unidos.

— Acho que muitas pessoas moram aqui e têm empregos chiques em Nova York — ela diz.

Andamos sem rumo sob o sol e conversamos e rimos. Sentamos em uma cafeteria e tomamos copos d'água enquanto Vi bebe um cappuccino com uma pena desenhada na superfície do leite e comenta como New Canaan é tranquila e organizada (leia-se: sem graça) comparada com o Rio de Janeiro. Lembro de aprender na aula de estudos bíblicos que Canaã era o nome de uma terra prometida.

Sem dúvida esta parece uma terra prometida para Delaney. Já vejo algo mudando nela. Seus períodos de introspecção parecem mais plácidos do que o normal. Ela ainda tem atacado os polegares, mas sem a urgência furiosa de sempre. Está mais à vontade com risadas e brincadeiras. É como se ela estivesse com menos espinhos do que o normal.

Nossa carona está marcada para o fim da tarde, e o dia passa rápido demais. Antes de eu vir embora, vovô me disse que, se um dia estivesse passeando com um grupo, eu deveria ser a pessoa que sugere um sorvete, porque sorvete é sempre uma boa ideia e aí eu seria o responsável por ela. Então, antes de dar a hora de ir, sigo o conselho, e ele estava certo.

Voltamos e jantamos juntos no refeitório, depois seguimos caminhos separados. Estou cansado, mas é um cansaço de parque de diversões, não um cansaço de escavar valas. Faço uma chamada de vídeo com vovô mesmo assim. Dessa vez, vou até o lago, para longe de Tripp.

— A vovó não está aqui agora para me ajudar com essa gerin-gonça — vovô arfa enquanto entra, sua imagem se movendo en-trecortada pela internet lenta deles.

Ele tosse alto por um bom tempo. Quando penso que a tosse está controlada, começa de novo. Pode ser minha imaginação ou a câmera vagabunda do tablet, mas ele já está visivelmente mais ma-gro, e não faz nem quatro dias que estou fora. Enquanto falamos, me passa pela cabeça que vou assistir a *Sessão da meia-noite* com o pessoal do meu andar, mas ele vai ficar sozinho até vovó chegar. Delaney me falou que um alto percentual de pessoas morre logo depois do cônjuge ou parceiro. Foi o que aconteceu com Johnny Cash. Espero que isso não aconteça conosco, com a minha partida.

Conto da festa e de ter conhecido a Vi. Falo sobre Tripp. (Não menciono que ele tirou sarro do sotaque do vovô.) Pergunto se ele melhorou um pouco, embora não haja resposta boa que não seja uma mentira. Não dá para melhorar. Ninguém vence o enfisema. O que tem são dias bons e dias ruins, mas com o tempo os dias ruins passam a ser mais comuns, até chegar o fim de todos os dias, bons ou ruins. É como no dia em que comentei na frente de Delaney que es-tava fazendo frio e que, portanto, o aquecimento global devia estar melhorando. Grande erro. Ela explicou a diferença entre o tempo em determinado dia — um instantâneo isolado dentro de um sistema de tendências como um todo — e clima, o sistema como um todo. Vovô sofre uma mudança climática com alguns dias de tempo bom.

Ele começa a responder mas tem um ataque de tosse. O que já responde por si só.

Falo que espero não o decepcionar aqui. Ele diz que isso nunca aconteceria. Não tenho tanta certeza assim.

Conversamos por quase uma hora. Ficar ao ar livre perto do lago me dá a sensação de que estamos juntos no alpendre de casa. Quando minha bateria começa a acabar, encerro a ligação e man-do mensagem para Delaney perguntando se ela quer dar um oi. Ela desce correndo, e ligamos de novo para vovô. Nos primeiros minutos, ela está tão sem fôlego quanto ele.

— Ei, Pep!

— Tess! — Vovô sorri, radiante. — Você parece feliz.

— Eu estou. Também dormi mais do que o normal.

— Você e meu neto estão se mantendo longe de encrenca?

— No geral, sim. Fomos a uma festa.

— Cash falou. Agora me conta alguma coisa que não sei.

Ela conta para vovô que as árvores têm uma percepção de tempo — é assim que sabem que certos dias mornos são primavera e não o fim do verão, que conseguem trocar nutrientes entre si para ajudar árvores doentes e que enviam sinais químicos para atrair vespas para atacarem insetos que representam uma ameaça a elas. Ele pergunta se ela está trabalhando na cura dele com seu novo laboratório chique de ciências. Ela diz que ainda não; anda muito ocupada e ainda não teve tempo. Ele fala para ela parar de enrolar e começar logo. Ela diz que logo começa. Nós três conversamos até só restar um tantinho de bateria no meu celular.

Convido Delaney a vir assistir a *Sessão da meia-noite*. Ela recusa. Encontro os caras no meu andar. Tem algumas meninas no meio, umas doze ou treze pessoas ao total. Pessoas acolhedoras, nerds e engraçadas. Raheel e Cameron estão lá. Atul também. Sou apresentado rapidamente aos que não conheço.

Nos amontoamos em sofás e pufes e abrimos sacos de salgadinhos. O programa começa, e todos cantam juntos a música de abertura, com letras que eles mesmos inventaram. O programa é definitivamente cafona e de baixo orçamento. As duas apresentadoras estão vestidas de vampira e fazem esquetes e leem cartas de telespectadoras durante os intervalos do filme *Dawn of Dracula*. Elas não são profissionais da TV, mas parecem estar se divertindo, e nós também nos divertimos.

Em um dos intervalos, em que há uma leitura de tarô, as duas mulheres estão com um homem nada entusiasmado, representando alguém chamado professor Heineken, que as ajuda. Enquanto isso, dou uma olhada discreta no celular com meus três por cento de bateria e descubro que Vi me marcou em algumas fotos que tirou de nós em New Canaan. Fico feliz em ver que alguém como ela pensa que me encaixo em algum lugar de sua existência glamorosa. Talvez eu me dê bem aqui, afinal, e meu mundo se expanda. Talvez eu não seja tão diferente de todos e tenha um ótimo ano. Talvez seja agora que minha vida finalmente vai mudar.

Meu espírito navega nessa onda de esperança até as 23h55, quando Raheel e Cameron nos fazem desligar a TV antes dos créditos finais — mais uma tradição — para que possamos fazer uma corrida maluca para escovar os dentes e chegar aos quartos com o apagar das luzes à meia-noite. Eu e Tripp trocamos um "E aí" murmurado, mas não falamos mais nada.

Deito na cama sob o luar que entra pelas beiradas da cortina e me faz pegar no sono.

Eu tinha esperança de sonhar com dias ensolarados, rindo na companhia de amigos novos, cercado de amor e oportunidade.

Mas não escolhemos nossos sonhos; são eles que nos escolhem. Sonho com portas fechadas pela morte e acordo suando no silêncio da escuridão, meu colega de quarto dorme em uma ignorância abençoada a alguns metros e a um mundo de distância.

A memória é uma corrente. Às vezes você tem uma folga e consegue brincar lá fora por um tempo. Você esquece e pensa que está livre. Mas sempre vai chegar ao fim e se dar conta de que ela ainda está lá, prendendo você, lembrando a você que ela existe, colocando você no seu lugar.

25

Delaney e Vi ficam enfurnadas no quarto o domingo todo, aproveitando uma das últimas oportunidades de tempo livre para ficar à toa antes de as aulas começarem. Elas me mandam algumas bobagens de vez em quando, como se estivessem em uma festa do pijama. É engraçado ver Delaney criando uma relação de amizade com outra pessoa.

Eu, Raheel e Cameron acampamos no quarto andar e passamos oito horas vendo *Game of Thrones*. Ajuda a aliviar minha ansiedade pelo início das aulas — mas só um pouco.

Agora estou suando de nervoso embaixo do blazer azul-marinho, embora a manhã esteja fresca, enquanto eu, Delaney e Vi nos aproximamos do auditório para nossa primeira palestra matinal de Middleford — uma reunião obrigatória de toda a escola que acontece todas as segundas, quartas e sextas antes das aulas. As palavras de Betsy ecoam na minha cabeça: *O medo faz você pensar pequeno. Não dê ar para ele sobreviver.* Mas estou dando muito ar para ele hoje — estou basicamente bombeando ar dentro dele.

Delaney tinha se matado de rir quando me viu chegar ao refeitório hoje cedo com meu uniforme: calça cáqui, camisa social branca, gravata com um nó amarrado de qualquer jeito e blazer. Sorri, acanhado, e dei uma voltinha, os braços estendidos. "Nunca vou me acostumar a ver você assim", ela disse. "Digo o mesmo", respondi. É chocante vê-la de camisa branca, saia azul-marinho e sapatos sociais pretos. A roupa de Vi está linda, parece cara e cai perfeitamente nela. Mas ela também está nervosa, e ficamos em silêncio exceto por uma ou outra conversinha fiada.

Meu coração já acelerado bate ainda mais forte quando nos juntamos ao fluxo de adolescentes que entra no auditório e sentamos. Olho a multidão ao redor. Grupos de sete a oito alunos estão sentados conversando e rindo juntos. Dá para sentir a ambição e a inteligência no ar, além da riqueza. Começo a pirar. *Seu lugar não é aqui. O que você está fazendo? Quem você pensa que é? Volte para o seu lugar. Seu lugar não é nem perto dessa gente.* Me obrigo a pensar no tempo que passei com Cameron e Raheel, e em Vi me marcando em suas fotos. Me obrigo a lembrar que a estrela em potencial do programa de ciências de Middleford me escolheu como seu melhor amigo. Ajuda um pouco.

A cacofonia animada no auditório diminui assim que o diretor de Middleford, o sr. Archampong, assume o púlpito com um terno grafite imaculado.

— Bom dia, alunos de Middleford. — Ele fala como um barítono imponente. Àqueles que estão voltando, digo: "Bem-vindos de volta ao lar". Aos que estão chegando pela primeira vez, digo: "Bem-vindos ao novo lar. Vocês agora fazem parte de uma longa tradição de orgulhosa excelência"…

Ele fala sobre sua infância pobre em Gana. Nos aconselha a cultivar um amor pelo aprendizado e pelos colegas. Tem um ar formal mas caloroso e acolhedor. Eu queria poder dedicar a atenção que ele merece, mas a ansiedade está vencendo, me envolvendo como um laço que vai ficando mais apertado quanto mais tento me livrar dele. Observo o mar de herdeiros ao meu redor, vestindo calças cáqui impecáveis, algodão branco cintilante e lã azul-marinho. Me sinto amassado e amarrotado. Minhas roupas, mesmo novas, parecem vagabundas e de má qualidade comparadas com as dos meus colegas. Devo parecer estar usando uma fantasia de Halloween de menino rico. Escória caipira, eles vão pensar. *Quem deixou esse moleque entrar?*

Olho de relance para Delaney, que está assistindo ao sr. Archampong com uma atenção arrebatada, parecendo ao mesmo tempo encantada e tomada de medo. Vi também. Me imagino cinco anos atrás, olhando em uma bola de cristal, me vendo no futuro sentado aqui. Eu ficaria espantado.

— E, então, novos e velhos amigos — conclui o sr. Archampong —, vamos em frente para mais um ano letivo. Que possamos andar sob a luz do amor e do aprendizado. Que possamos escrever nossos nomes na gloriosa história de Middleford.

Todos aplaudem, depois levantam e saem em fila, conversando. Delaney olha para mim.

— Lá vamos nós. — Toda a cor se esvaiu de seu rosto.

— Lá vamos nós. — Tento impedir minha voz de falhar, mas é inútil.

Minha cabeça está doendo quando chego à aula de introdução à poesia. Estou morrendo de fome apenas pelo gasto energético do meu cérebro tentando acompanhar o ritmo.

Minhas turmas são pequenas, e todos sentamos em volta de uma mesa e debatemos. Não tem onde se esconder. E ninguém parece querer se esconder, afinal. Estou acostumado com meninos e meninas correndo para pegar as cadeiras no fundão, sentando de qualquer jeito com os capuzes na cara, trocando mensagens no celular ou fumando vape às escondidas enquanto o professor se esforça ao máximo (ou ao mínimo) para que se interessem pela aula. Aqui, não. Todos mergulham de cabeça.

Olho ao redor para os alunos da aula de poesia. Todos — oito meninas e quatro meninos — parecem jovens poetas, com um ar sonhador ou atormentado. Eles parecem artistas e leitores. Me sinto um urso caricato vestindo uma capa de chuva no meio deles. *O que estou fazendo aqui? Por que estou buscando o fracasso intencionalmente?*

A professora Britney Rae Adkins entra e senta à mesa. O clima muda. Sinto no mesmo instante que esta aula vai ser diferente das outras. Seus olhos têm o cinza elétrico luminoso de trovão através de uma janela molhada de chuva e transmite uma inteligência penetrante. Seu cabelo preto tingido de azul iridescente cai até os ombros em cachos fechados. Tem um piercing prateado no nariz e e os dedos esguios cheios de anéis de prata. É magra e compacta. Ela me lembra muito Delaney, para falar a verdade.

Está usando uma blusa preta sem mangas, e, cobrindo todo seu antebraço branco, tem uma tatuagem preta e cinza super-realista de uma cabeça de lobo. No outro há uma tatuagem igualmente realista em tons de cinza de um búteo-de-cauda-vermelha. Nos nós dos dedos, as tatuagens são símbolos formados por traços pretos.

Não parece nem velha nem jovem. Não tem um dente no lado direito. É uma visão chocante se comparada aos outros funcionários imaculados que conhecemos. Sua voz tem um tom envelhecido e desgastado, como um couro que foi esfregado até ganhar um brilho escuro.

Ela faz a chamada. Faz uma pausa quando chega ao meu nome, como se o reconhecesse. Termina e baixa a caneta, nos observando por um bom tempo antes de finalmente falar.

— Não dá para consertar um carro com poesia. A poesia não vai ajudar você a criar aquele aplicativo novo para ganhar bilhões. Não vai fazer você ganhar uma eleição. Há muitas formas de a poesia não ser útil segundo o que entendemos como utilidade. No entanto... — Os cantos da boca dela se erguem com um levíssimo sorriso. — Levamos poemas para ler em casamentos e funerais. Escrevemos poemas para as pessoas que amamos. Quando nossa vida pega fogo ao nosso redor, olhamos para aquela única brasa incandescente que resta, e é um poema. A poesia é uma das maiores conquistas da humanidade.

"Falei que há muitas coisas que a poesia não faz. Mas existem muitas coisas que a poesia pode fazer. A poesia serve de argumento. Ela defende formas melhores de viver e ver o mundo e as pessoas ao nosso redor. Cura feridas. Abre nossos olhos para a maravilha e o horror e a beleza e a brutalidade. A poesia pode ser a única luz que dura a noite toda. O calor que sobrevive ao inverno. A colheita que sobrevive à longa seca. O amor que sobrevive à morte. As coisas que a poesia *pode* ser são muito mais importantes do que as que ela não pode ser."

Ela fala com o fervor de quem realmente acredita. Enquanto escuto, encantado, há uma leve agitação dentro de mim, um vento que sobe e você só nota quando ele chacoalha as folhas ao seu redor. Posso até não me encaixar aqui, mas não fui enganado sobre a professora Adkins ser uma ótima professora.

Ela termina a introdução e explica que não vamos escrever poemas nesta aula — isso fica para Poesia intermediária — mas vamos analisar poemas para entender o funcionamento da linguagem poética, para entender metáforas e subtextos. Lembro de quando desmontei o motor do Chevrolet com vovô, mas, em vez de instalar pistões enegrecidos pela combustão e conectar fios sobre uma lona encardida, vamos separar palavras e frases.

Ela vai passando pelo círculo e, para nos conhecer, pergunta se temos um poema ou poeta favorito. Escuto muitos nomes que não reconheço. Charles Bukowski, Sylvia Plath, Rupi Kaur, Langston Hughes. Meu coração sobe pela garganta. Não tenho uma resposta que eu não tenha vergonha de dar.

Quando eu era mais novo, pegava da mesa de cabeceira da vovó a velha Bíblia do Rei James, encadernada em couro sintético com as beiras das páginas avermelhadas, e tentava ler como se deve. Nunca consegui passar do primeiro capítulo do Gênesis.

Mas aqueles primeiros versos do Gênesis me comoviam. Minha cabeça rodopiava imaginando o vazio imenso que precedia a Criação, o vácuo e o mundo sem forma criado por Deus. Eu adorava aquelas sentenças esparsas e maravilhosas detalhando a criação da Terra. Ficava admirado que tão poucas palavras pudessem conter toda a Criação.

Vasculho o cérebro às pressas em busca de algo que não faça as pessoas rirem por dentro. Já sinto que chamo atenção demais. Não preciso que todos pensem que eu frequentava alguma igreja extremista no cu do mundo. Imagino que me entregar é minha opção menos vergonhosa.

— Não tenho nenhum agora. — Sou o único que não consegue citar nenhum autor. Meu rosto fica vermelho.

A professora Adkins diz gentilmente:

— Não é à toa que a matéria se chama *introdução* à poesia.

26

Às 15h40, enquanto entro na academia para meu primeiro treino de remo, estou mentalmente exausto demais até para ficar nervoso. Na minha antiga escola, eu sempre me sentia *no mínimo* no topo do intelecto mediano, para não dizer acima da média. Aqui? Bem abaixo da média. Vou ter que me esforçar a cada segundo para não desapontar vovô e vovó e Delaney.

Para me distrair, fixo a mente no ritmo do remo do vídeo, o sussurro do barco cortando a água, a suavidade de seu movimento aparentemente desconectado da maquinaria humana. *Nada vai melhorar este dia como estar na água, seu elemento.*

Embora faça poucos dias desde que eu estive no rio, parecem anos. Ensaio mentalmente o movimento na água, os dois pequenos vórtices que vão se afastando da ponta dos meus remos a cada remada. Mergulhando e sentindo meu coração bombear mais sangue oxigenado para os músculos sedentos. Qualquer que seja a substância que causa estresse e exaustão no corpo, ela não deve sobreviver a isso.

Chego ao local de encontro — um canto da academia com máquinas de remo enfileiradas feito soldados. Um homem alto, muito musculoso e de cabeça raspada, com um cronômetro pendurado no pescoço e uma prancheta sob o braço, me cumprimenta com um aperto de mão esmagador.

— Wes Cartier. Treinador de remo dos novatos e da equipe de juniores. Você é?

— Pruitt. Primeiro nome é Cash.

Ele pega a prancheta e tica meu nome.

— Pruitt. Está pronto para suar a camisa?

— Sim, senhor.

— Assim que eu gosto! Espera um pouco que já vamos começar.

Passo os olhos pelo salão em busca de algum rosto conhecido, sem ver nenhum. Em alguns cantos, tem grupos pequenos de caras conversando. Mas um ou outro está sozinho e isolado feito eu.

O treinador Cartier bate palmas e enfia os mindinhos na boca para assoviar.

— Formem um círculo. — Ele tem um porte militar. — Bem-vindos ao remo. Apostar corrida é uma das formas mais puras e antigas de esporte humano. Nascemos para correr. Velocidade é sobrevivência. Não apenas isso: o grupo é sobrevivência. O trabalho em equipe é sobrevivência. Aqui, treinamos a velocidade e treinamos o trabalho em equipe. Cada movimento que você faz em um barco afeta todos que estão nele. Não existe um *eu* no remo. É um esporte em grupo.

— Ah, então é grupal — algum engraçadinho atrás de mim sussurra.

O treinador coloca a mão em forma de concha atrás da orelha.

— Como é que é?

Todos abanam a cabeça — *não fui eu, eu não* — e baixam os olhos.

— Eu odiaria interromper a esperteza de alguém que sabe falar sobre remo — ele continua. — Já disseram o que tinham para dizer? Mais cabeças baixas. Acenos leves de cabeça.

— Ótimo. Agora, a primeira regra da velocidade é a força. Então, pelos próximos treinos, água só para se reidratar depois de esgotarem até a última fibra do corpo. Só vamos poder trabalhar na técnica quando o condicionamento estiver em dia.

Meu ânimo já enfraquecido se estatela e rala os dois joelhos. Estar na água era a única coisa de que eu precisava hoje. Talvez pelo menos um bom treino e suor sirvam.

— E a boa notícia — o treinador Cartier acrescenta — é que como vamos trabalhar em força pura e condicionamento, em vez de aperfeiçoamento, podemos começar logo de cara.

Ele leva uns minutos para explicar como as máquinas de remo funcionam. Então começa a chamar cada um de nós, em ordem alfabética, para os aparelhos.

— Alvarez... Dunn... Haddad... Nguyen... Olsen... Pak... Pruitt... Schmitt...

E começamos. É um daqueles treinos que fazem pensar: Certo, consigo aguentar por alguns minutos. Mas não aguentamos por alguns minutos. Remamos em intervalos de três minutos, com resistência máxima, força total e pausas curtas — que não servem de muita coisa. Sinto que meu coração está bombeando lava para meus músculos e órgãos. Cada respiração só dá aos meus pulmões um gostinho do que é oxigênio e os deixa ainda mais sedentos. *O vovô deve se sentir assim.*

Durante um dos intervalos, quando estamos tentando freneticamente colocar o máximo possível de ar de volta ao sangue, faço contato visual com o cara do meu lado. É o tipo de olhar que eu imaginaria ver em soldados presos em um tiroteio. *Tomara que a gente saia vivo dessa. Tomara.*

Saímos vivos, sei lá como. O treinador Cartier faz a contagem regressiva e paramos. Ando com dificuldade em um círculo lento pelo perímetro do salão, resistindo à náusea. Até esse esforço parece perigoso, então paro, com as mãos nos joelhos, curvado, tomando um fôlego ensopado de suor.

Sinto alguém ao meu lado na mesma posição. É o cara que estava no remo seguinte.

— Mano — ele diz entre uma e outra respiração ofegante. — Eu estava a isso aqui de pedir para você dizer pros meus pais que eu os amava.

— Você está supondo que eu teria sobrevivido.

— Já consigo imaginar, alguém bate na porta dos meus pais: "Pelo menos seu filho morreu fazendo o que amava: transformando seu número finito de batimentos cardíacos em energia mecânica para girar o ventilador de uma máquina de remo enquanto um cara que mais parecia um drone Predator gritava com ele".

Dou risada embora não possa desperdiçar o oxigênio.

O menino estende a mão encharcada.

— Alex Pak. Foi mal, estou todo suado.

Aperto a mão dele.

— Cash Pruitt. Suado também.

— *Pffff* — Alex diz. — Cara, sou de Houston. Tem *um* fim de semana no inverno de lá em que você não fica encharcado. É o único do ano.

— E eu achando que o Tennessee era ruim.

— Você é de lá?

— Sawyer, Tennessee.

— Que tal fazer uma disputa de churrasco do Texas versus Tennessee?

Sorrio.

— Quem sabe.

— Mesmo se o Tennessee ganhar, vou continuar defendendo o churrasco coreano como o melhor.

— Nunca comi.

Alex fica horrorizado.

— Mano.

— Quer adivinhar quantos restaurantes coreanos tem em Sawyer?

— Nenhum?

— Bingo.

— Vamos resolver isso — Alex diz. — Não vou deixar você morrer em cima de uma máquina de remo sem antes ter experimentado.

— Estou dentro, cara.

— Mas, sério, estou com tanta fome que comeria até churrasco da Califórnia.

— Também nunca experimentei.

— Nem sei se existe. Mas, se existir, deve ser uma bosta. Eles devem usar, tipo, avocado amassado e refrigerante de manga como molho da carne.

— Bem agora que a vontade de vomitar estava passando — digo.

— É melhor eu falar baixo. Não sei quantos desses caras são da Califórnia.

— Você é novo aqui?

— Acabei de me transferir. Primeiro dia.

— Também!

— Bate aqui, suadão!

Batemos. Suadões.

O treinador Cartier bate palmas.

— Senhores, vão tomar uma ducha. Voltamos amanhã. Venham prontos para o treino.

— Ei, cara — Alex diz. — Vai fazer o que agora?

— Encontrar minhas amigas Delaney e Vi no refeitório para jantar. Quer vir também?

— Eu ia me convidar mesmo.

— Legal.

— Como você já tem amigos?

— Longa história. Te conto no caminho.

Alex lança um olhar rápido para trás na direção do treinador Cartier, que está no celular. Ele se volta para mim e, com a voz baixa, diz:

— Cartier esqueceu de comentar que essa máquina de remo era um instrumento de tortura.

Espero Alex do lado de fora da academia, a bolsa aos meus pés. Ainda sinto meu rosto corado apesar do banho gelado que tomei para tentar simular a sensação do frescor do rio na pele. Mas estou melhor. Meus músculos devoraram grande parte do estresse.

Alex sai, o cabelo preto cheio arrepiado pela umidade.

— Te falar, mano. Estava uma *delícia*.

— O banho ou o treino?

— O banho. Mas o treino também, avaliando agora.

Começamos a caminhar em direção ao refeitório.

— A noite está linda — digo.

— Não consigo me acostumar que faz menos de trinta e dois graus no outono.

— Como é Houston?

— Quente e *enorme*. Dizem que é a cidade mais diversa dos Estados Unidos também. Tem todo tipo de comida. É incrível. Meus pais têm um restaurante coreano lá.

— Sério?

— Sim. Se um dia você for para Houston, vamos servir você bem. *Bibimbap. Tteokbokki. Bulgogi.* Frango frito coreano.

— Não esquece do churrasco.

— Não se preocupa. E aí, como é Sawyer?

— Está *longe* de ser a cidade mais diversa dos Estados Unidos. Pequena. Pacata. Bem verde. Parece que, se as pessoas parassem de cortar a vida vegetal, tudo voltaria a virar floresta em uns cinco anos. O povo lá não tem muito dinheiro. Mas é minha casa. Sinto falta.

— Do que você sente mais falta?

— Além dos meus avós? Tem um rio que passa pela cidade. Meu vô e eu andávamos de canoa lá. Até que ele não pôde mais ir, porque ficou muito mal de saúde, e aí eu passei a ir com minha amiga Delaney, que vamos encontrar agora.

— Por isso o remo?

— É. E você?

— Já andei de canoa uma vez, com o grupo de jovens da igreja. Não praticava esporte nenhum no fundamental nem no médio. Não tinha tempo. Depois da aula, eu ajudava no restaurante dos meus pais e fazia a lição entre os horários de mais movimento. Então pensei em fazer um esporte que seria novidade para quase todo mundo. Pensei que talvez pudesse ser uma chance de conseguir uma bolsa de remo na faculdade.

Entramos com o fluxo de alunos no refeitório.

— Você é bolsista aqui? Desculpa se é uma pergunta indiscreta. Não sei a etiqueta toda ou sei lá. Eu tenho bolsa.

— Ah, claro que sou, mano. Meus pais nunca poderiam bancar este lugar.

— Nem os mesmos. Tipo… — Quase disse: *Mesmo se ainda estivessem vivos*. Mas, por mais leve que seja conversar com Alex, não estou preparado para me abrir tanto. — Pois é.

Dentro do refeitório, é uma miscelânea de cheiros bons. Observo o salão.

— Ainda não estou vendo Delaney nem Vi.

Entramos na fila da comida. Conto para Alex de como eu e Delaney viemos juntos para a escola.

— Sherlock Holmes e dr. Watson aqui, mano. — Alex para, lê uma plaqueta e aponta para uns burritos ou sanduíches envoltos em papel-alumínio. — Da hora!

— Quê?

— *Bahn mi*!

175

— O que do quê?

— Rolinho vietnamita. São muito bons, cara.

— Acha que vou curtir?

— Só se você curte coisas deliciosas.

Encolho os ombros e pego um.

— Um brinde. — Ergo o rolinho como se fosse brindar com ele.

Alex se serve de um, depois pega mais dois e coloca um na minha bandeja.

— Assim você economiza a viagem de volta. Você fez por merecer no remo.

— Aquela máquina acabou comigo, isso sim. — Damos risada, pegamos potes de batatas fritas e copinhos de *coleslaw*, e achamos uma mesa com dois lugares sobrando para Delaney e Vi.

— E aí — Alex diz, desembalando o *bahn mi* —, qual é seu plano?

— Como assim, tipo…

— Na vida.

— Porra, cara. Acho que sou a única pessoa aqui que não tem um plano para a vida adulta desde a pré-escola. E você?

Alex dá uma grande mordida no seu rolinho e mastiga por um segundo. Olha para o rolinho com prazer.

— Isso é melhor do que deveria. — Dá outra mordida. — Meu plano: me formar. Fazer a graduação em Princeton. Depois me formar em direito e teô em algum lugar que tenha um programa conjunto. Talvez Yale.

— Teô?

— Teologia. Estudos da religião.

— Saquei.

— Abrir uma pastoral de justiça social. Me organizar na comunidade. Concorrer a vereador. Concorrer a deputado estadual. Concorrer ao Congresso dos Estados Unidos. Câmara ou Senado. Mais provavelmente Câmara. De lá, o segundo presidente de ascendência coreana dos Estados Unidos.

Ele fala com tanta tranquilidade e despreocupação que observo seu rosto em busca de algum indício de piada, mas sua expressão não revela nada.

Dou risada mesmo assim. Alex me encara.

— Você está falando sério.

— Tô.

Fico vermelho.

— Foi mal por rir. É só que, se alguma das pessoas com quem cresci falasse isso, estaria brincando.

— Não estou dizendo que é cem por cento certeza que vou ser presidente algum dia.

— Não, sei, entendi. Por que *segundo* presidente de ascendência coreana?

— Porque já é para ter acontecido isso quando eu tiver idade suficiente.

Conheço Alex há menos de duas horas e já consigo enxergar uma confiança tão firme e tranquila nele. Não há dúvidas de que ele vai fazer exatamente o que diz que vai fazer. Sinto inveja. Parece o tipo de pessoa que nunca decepciona ninguém que ele ama. Queria ser assim..

Alex dá mais uma mordida no seu *bahn mi* e balança a cabeça.

— Muito bom. Mas vou te falar, cara, eu faço um *bahn mi* que é demais. — Ele beija a ponta dos dedos. — Você tem que experimentar qualquer dia.

— Você cozinha?

— Ajudava meus pais no restaurante. Eu e minhas irmãs. Vou ser o primeiro presidente a colocar um food truck misturando pratos coreanos e vietnamitas no quintal da Casa Branca.

— O pai do meu colega de quarto é deputado federal — digo.

— Sério? Talvez seja bom trocar uma ideia com ele.

— Não recomendo.

— Ele é mala?

— Legal ele não é. Como é o seu?

— Não tenho.

— Sério?

— Era para eu ter. Daí ele desistiu de última hora e foi para outra escola. Entrou na lista de espera ou coisa assim. Então estou sozinho no quarto.

— Que sorte.

Atrás de Alex, vejo Delaney e Vi entrarem no refeitório, olharem ao redor e nos avistarem. Elas pegam sua comida e sentam conosco.

— Delaney, Vi, esse é Alex Pak de Houston, Texas — digo.

Alex cumprimenta com a cabeça e abre um sorriso.

— Ei, prazer em conhecer vocês.

— Como vocês se conhecem? — Delaney pergunta.

— Remo — digo. — Foi como ir juntos à guerra.

— Na Segunda Guerra Mundial, os russos consertavam as estradas colocando os corpos de soldados alemães lado a lado e jogando águas para que eles congelassem — Delaney diz.

Alex assente.

— Que louco.

Bom, Alex… esta é a Delaney. Olho para minhas batatas fritas, dispostas lado a lado.

— Às vezes queria que você soubesse menos coisas.

— Então, Delaney, você eu sei de onde é — Alex diz. — Vi?

— Do Brasil.

— Irado. Bem-vinda aos Estados Unidos.

— Parece que você já tem uma boa política imigratória, Alex — digo.

Vi olha sem entender.

— Alex vai ser presidente um dia — digo.

Alex encolhe os ombros.

— Vou tentar.

— Como foi o hóquei na grama? — pergunto a Delaney.

Ela ergue um joelho ralado. É a única resposta de que preciso. Consigo imaginar Delaney parada perto do rebuliço, com cara de distraída, enquanto observa os padrões de jogo e busca a fórmula certa, ignorando os gritos da treinadora para entrar em ação. Então, ataca. É menor do que as outras meninas do time, mas nenhuma delas tem a garra que ela tem. Nenhuma suporta a dor tão bem quanto ela. Todas têm medo de ver o próprio sangue.

Delaney não parece tão exausta quanto eu. Suas bochechas ainda estão coradas pelo hóquei na grama, e ela tem o brilho e a atenção nos olhos que a fazem parecer energizada e pronta para mais.

— Como foram as aulas? — Consigo prever a resposta dela, só de olhar, antes mesmo de perguntar.

— Em física, a gente estava discutindo entrelaçamento quântico menos de três minutos depois da chamada — Delaney diz.

— Uau.

— Não fala "uau" com sarcasmo como se eu não tivesse te explicado o que é entrelaçamento quântico várias vezes.

— Não lembro.

Delaney balança a cabeça e revira os olhos.

— Como foram as aulas? — pergunto para Vi.

Ela apoia o queixo nas mãos com os mindinhos nos cantos curvados dos lábios fartos. Um único raio de sol cai sobre seu rosto pelas janelas altas do refeitório, iluminando o acobreado de um dos cachos.

— Legal. — Ela diz com um sorrisinho contente. E como foi... humm. — Vi imita o movimento de remar.

— Remo?

— Isso!

— Tudo bem, mas parece mais que fui atropelado. Meus braços estão destruídos.

Vi estende o braço sobre a mesa, pega meu bíceps esquerdo e aperta.

— Para mim parece ótimo. Vai ver dá para substituir por um braço robô como o do Bucky Barnes.

— Espera, você comprou ingresso para a exposição de armas? Vi me olha sem entender.

— Então, hum. Em inglês, às vezes a gente se refere a bíceps como "guns", armas, sabe, é uma piada. E tem essas grandes exposições ou convenções ou sei lá o que chamadas exposições de armas. Mas são de armas de verdade, não de bíceps. Óbvio. E precisa comprar ingressos. Para a exposição de armas. É isso. — *Muito boa essa piada.*

— Então acabei de entrar na exposição de armas sem ingresso?

— Isso mesmo.

— Não conta para a polícia.

— Não vou contar.

— Eles vão me mandar de volta para o Brasil.

— Definitivamente não vou contar, então. Precisamos de você aqui nos Estados Unidos.

— Bem aqui em Connecticut. — Ela pronuncia *Connetchicut.*

Voltamos à conversa entre Delaney e Alex. Delaney está explicando para Alex que a ciência não sabe por que a anestesia funciona.

— Acho que somos oficialmente uma equipe agora — Alex diz quando finalmente levantamos para sair.

— Cara, não fala equipe que me lembra da equipe de remo — digo.

Alex ri.

— Tem razão. Grupo, então. Eu nos declaro oficialmente um grupo.

27

Saímos juntos do refeitório. Vi e Delaney seguem o caminho delas. Eu e Alex continuamos andando. O ar tem um cheiro aquático, prestes a chover.

— Onde você mora, mano? — Alex pergunta.

— No dormitório Koch.

Alex sorri e ergue as duas mãos para eu bater.

— Tô no Koch também, amigo.

Toco as duas mãos.

— Quarto andar.

— Terceiro.

— Você tem que subir para o quarto no sábado à noite para a *Sessão da meia-noite*.

— O que é isso?

— Ah... você vai ver. Meio difícil de descrever.

— Mal posso esperar.

Meu celular começa a vibrar, e o tiro do bolso. Uma chamada de vídeo do vovô e da vovó, tento recusar, pretendendo ligar para eles depois, mas atendo sem querer.

— Foi mal, cara — digo a Alex. — Atendi sem querer o Skype dos meus avós. Melhor eu falar com eles.

— Quero conhecer seus avós!

Minhas entranhas se apertam no alto da barriga. Lembro de Tripp zombando do sotaque do vovô. Mas algo me garante que isso não vai acontecer com Alex.

— Legal.

O rosto do vovô surge — retraído, pálido e no ângulo nada lisonjeiro em que ele costuma segurar o tablet.

— Ei, Mickey Mouse — ele arfa. — Pensei em tentar falar com você antes de dormir. Tinha que saber como foi o primeiro dia.

— Bom. Estou acabado. As aulas foram difíceis, mas boas. Já tenho um monte de lição. Acabei de terminar o treino de remo, que me destruiu completamente. Vou ter sorte se continuar acordado para estudar.

Ele segura um acesso de tosse.

— Vai comprar uma coca-cola para dar uma animada. Como é o povo aí? Simpático?

— Sim, fiz um amigo novo...

Alex aparece na tela.

— Oi! — Ele sorri e acena. — Sou Alex.

Vovô sorri.

— E aí, Alex. Prazer em conhecer você. Meus amigos me chamam de Pep, e os amigos do meu neto também.

— Ele acabou de conhecer a Delaney — digo.

Vovô ri baixo e tosse.

— Ela não é especial?

— Com certeza — Alex diz.

— Você é daí de Connecticut?

Passo o celular para Alex. Melhor assim.

— De Houston — Alex diz.

— Vou chamar você de Tex, então.

— Meu sobrenome é Pak. Tex Pak soa bem.

— Soa mesmo. Como você e Cash se conheceram?

— No treino de remo.

Vovô tosse mas se recupera rápido.

— Você precisa vir aqui com ele, visitar o Tennessee qualquer hora. A gente tem um riozinho bom perto.

— Eu adoraria. Cash me falou.

Fico admirado com a facilidade de Alex em fazer amizade com um velho do Tennessee em questão de segundos, com pausas para tosses e respirações ofegantes, por meio de uma videochamada que trava toda hora. Com esse dom para criar conexões, ele pode acabar se tornando presidente mesmo.

— Vou encher o moleque de comida coreana e churrasco do Texas. Mostrar o verdadeiro churrasco para ele.

— Quero só ver, Tex! Quando vier aqui, vou colocar um lombo para defumar para você ver o que é bom — vovô diz, sorrindo.

— Parece que, mesmo se perder, eu saio ganhando — Alex diz. — Vou te devolver para o Cash. Foi um prazer te conhecer, Pep.

— Prazer te conhecer, Tex. Não deixa meu neto se meter em encrenca, escutou?

— Pode deixar! — Alex me devolve o celular e me dá um tapinha no ombro. — Vou deitar. — Ele bate as palmas e aponta para mim. — Amanhã, amigo. Vamos entrar juntos de novo no vale da sombra da morte.

— Mal posso esperar.

Alex sai.

Volto a atenção para vovô.

— O Alex é ótimo, né?

— É por isso que eu queria que você fosse. Para conhecer uma turminha gente boa que nem ele.

— Está cedo para deitar.

Vovô tosse e arfa como se tivesse se segurado durante a breve conversa com Alex.

— Vai ver ele está cansado.

— Vovó está aí?

— Está trabalhando.

Droga.

— Fala mais do seu primeiro dia.

Suspiro.

— Foi cansativo. Eles avançam rápido aqui. Todo mundo super-curte a escola. Meio que me sinto o mais burro da sala.

— Você não é.

— Mas me sinto.

— É não, senhor. Aposto que muitos desses jovens passaram a vida toda em ambientes assim. Então têm uma vantagem. Mas você tem uma cabeça boa e sabe se esforçar. Vai se dar bem.

Tomara. Não quero decepcionar você. Não quero que essa seja a última imagem que passo para você.

Vovô tosse sem parar. Até suas tosses estão fracas e cansadas e esmaecidas.

— Você está bem? — pergunto.

— Si... — ele começa a dizer, mas outras tosses o interrompem. Ele não consegue parar.

— Ei, vovô, te amo. Vou desligar para você poder descansar, tá? Ele acena.

— Te amo, Mickey Mouse — ele consegue dizer, e a tela fica escura.

Faço o possível para me concentrar na lição. Não estou acostumado a tentar estudar com alguém sentado com um ar indiferente a poucos metros de mim, escutando música tão alto nos fones de ouvidos que até eu consigo ouvir claramente.

Além dessa distração, estou resistindo à exaustão e pensando em como vovô se deteriorou visivelmente em questão de dias. Também estou pensando no brilho novo nos olhos de Delaney quando comparado ao meu olhar que sem dúvida deve estar turvo de cansaço. Estou apavorado com o que isso significa para o futuro da nossa amizade. *Quanto tempo tenho até ela encontrar seus verdadeiros amigos — aqueles que ela teria escolhido no meu lugar se tivesse havido essa oportunidade em Sawyer?*

Acima de tudo, estou me esforçando para me estabilizar na infamiliaridade dessa vida nova, que está se revelando tão escorregadia.

Tudo isso se soma para formar um mosaico de emoções indefinidas. Todo um *sentimento*, em sua maior parte negativo, que tira minha concentração.

Então, uma última distração. Uma rajada de vento chacoalha a janela de leve, seguida por uma constelação de pingos de chuva no vidro. Tripp não nota ou não se importa, e fico feliz em ter esse momento de algo sagrado só para mim. Ao menos isso na minha vida pode ser perfeito.

28

— Cara, falei para não encostar em nada — Delaney diz, sem tirar os olhos da tela do notebook. Ela digita algo e volta ao microscópio.

— Não encostei. — Eu nem me atreveria.

O Centro de Ciências de Middleford é um lugar intimidante: tudo antisséptico e brilhando de tão novo, aço escovado e luzes LED. É como estar dentro de uma espaçonave.

— Eu sei. Mas, quando você encostar, vai ser tarde demais, então estou te lembrando — Delaney murmura, olhando fixamente no microscópio. — Como eu estava dizendo, bosta é um palavrão mais pesado do que merda.

— Eu discordo. Acho que estão no mesmo nível.

— Bosta é mais enfático.

— Para você.

— Você já viu gente desejando merda no teatro como uma coisa boa?

— Sim — digo. *Ela está preparando a armadilha.*

— Já ouviu alguém desejando bosta?

— Não. — *E caí direitinho.*

— Viu? É pesado demais. Não tem nada de carinhoso.

É óbvio que ela está certa.

— Está trabalhando em que aí? — ela pergunta.

— Na minha lição de Ética social.

— Como está sendo para você?

— Acho que bem ético. Você está fazendo o quê?

— Observando o crescimento celular. Colocamos células pulmonares em gel nutriente para que elas cresçam na arquitetura que têm no corpo. Assim dá para testar coisas nelas para ver se reagem.

— Parece bem avançado.

— Por isso que eu queria vir aqui, amigo. — Delaney volta para o notebook, faz mais uma anotação e suspira com os lábios sugados.

— Você não tinha que estar usando um jaleco ou coisa assim? Tipo na TV?

— Não. Só luvas e óculos de proteção quando estiver mexendo com coisas perigosas. — Ela pega o celular e começa a rolar a tela. — Então...

Ergo os olhos quando, depois de um longo período, ela ainda não termina a frase. Está vidrada na tela, roendo a lateral do polegar, a cor de seu rosto se esvaindo.

— Ruiva?

Ela não responde.

— Ei.

— Nada — ela diz. Fecha o laptop bruscamente e o enfia na bolsa. — Depois te conto — ela murmura, olhando para os outros alunos que estão concentrados trabalhando no laboratório.

Suas pernas são mais curtas do que as minhas, mesmo assim preciso correr para acompanhar.

— Que foi?

Delaney baixa os olhos e diminui o ritmo.

— Dia desses segui uma das meninas do clube de biologia no Instagram, e uma das fotos dela acabou de aparecer no meu feed. Ela está fazendo trilha e escreveu na legenda: "Ei, gente, estou indo caminhar na floresta. Vai que encontro um cogumelo mágico que cura o câncer e ele é batizado com meu nome e por causa disso eu consigo uma bela bolsa que vai fazer todo mundo pensar que sou uma gênia". Total tirando sarro de mim. E toda a galera do clube de biologia e exatas estava curtindo e comentando e rindo.

— Nossa. Que filhos da puta.

— E, tipo, estou me esforçando aqui, sabe? Lá em casa eu estava cagando para quem gostava ou não de mim. Mas aqui eu me esforço.

— Que comportamento bosta e imaturo. Pessoas que se juntam para falar mal de outras que conseguiram fazer algo que elas não são o pior tipo de gente.

— Tipo, eu pensei que *poderia* me encaixar aqui? Mas pelo visto é só um tipo diferente de gente pentelha — Delaney fala, desanimada.

— Sei não. Em Sawyer, os pentelhos enchiam porque você era mais inteligente e incrível do que eles. Aqui também.

Delaney entreabre um sorriso.

— *Muito* reconfortante.

— Gente baixa vai ser baixa em qualquer lugar. Não importa onde esteja na vida.

— Acho que sim.

— O que quer que eu faça com eles?

— Quero que você *não* encha essas pessoas de porrada como fez com Jaydon Barnett.

— Eu dou conta. — Entro em uma postura de luta e dou uns socos rápidos no ar.

— Cara, Madeline Scott e Edward Hsu se juntariam para destruir você. Eles são pequenos mas agressivos. Parecem texugos-do-mel.

— É por isso que estou aqui? Para surrar as pessoas por você?

— De preferência, não — Delaney diz.

— O que posso fazer? Quer que ligue para o vovô? Assim ele pode dar uma...

— Cash.

— Quê?

— Não faz isso.

— Fazer o quê?

— O que eu sei que você está prestes a fazer. Estou te avisando.

— Para ele te dar uma… *Pe*parada.

— Nossa, Cash. Você e suas piadas de tiozão. — Mas agora ela está sorrindo completamente.

— Ei — digo com a voz séria. — Não deixa isso te afetar, tá?

— Falar é fácil.

— É por isso que estou falando. Ainda temos meia hora antes do toque de recolher. Quer ir no lago?

— Sim — Delaney diz. — Vamos fazer umas pedrinhas saltitarem na água.

— Ou, no seu caso, afundarem na água.

— *Agora*, cara? Você vai zoar minhas capacidades de fazer as pedrinhas saltitarem agora? Quando estou vulnerável?

Faço sinal para ela se aproximar.

— Vem cá dar um abraço.

Ela vem para me abraçar, e a pego no colo e a giro. Ela grita.

— Cash! Minhas coisas vão cair. — Mas parece que o ânimo dela melhorou.

Chegamos ao lago e sentamos num banco. Ficamos quietos por um tempo. Por fim, digo:

— Odeio que você tenha que passar por isso. Acho que ser um gênio tem seu lado ruim.

Delaney assente.

— Aliás, estou falando de mim! O lado ruim de *eu* ser um gênio é odiar ver você passando por isso — murmuro.

Ela bate na perna com o dorso da mão.

— Você é *tão* babaca. Vamos jogar as pedrinhas.

Fazemos as pedras quicarem na água por um tempo. Ou, para ser sincero, eu faço, enquanto Delaney joga pedras na água.

189

— Sabia que não dá para dobrar um papel no meio mais do que oito vezes? — Delaney diz.

— Está falando sério? Não pode ser verdade. E aqueles papéis superfinos que têm mais de um quilômetro de largura?

— Não dá. E, se houvesse uma forma de dobrar um papel no meio cento e três vezes, ele seria do tamanho do universo.

— É verdade isso?

— Sim. Crescimento exponencial.

Atiramos as pedras por um tempo e conversamos até dar a hora de entrarmos.

— Obrigada — Delaney diz, me abraçando.

— Está se sentindo melhor? — Apoio a bochecha no topo da cabeça dela.

— Um pouco. Estou feliz por você estar aqui.

— Estou sempre do seu lado. Você sabe disso, né?

— Sei. Te vejo no café da manhã?

— Sim.

Fico esperando até ela entrar no prédio com segurança. Penso na maravilha das coisas se expandindo para preencher o universo, mesmo que estejam dobradas ao meio.

29

Os alunos de Middleford têm um ditado: um dia parece uma semana e uma semana parece um dia.

Ao longo das semanas, entro em uma rotina nada confortável. Caio da cama. Me apronto às pressas. Vou para a palestra da manhã. Vou para a aula. Vou almoçar. Volto para a aula. Vou para o remo. Vou jantar. Passo um tempo com Delaney, Vi e Alex. Converso com vovó e vovô. Estudo. Durmo. Repito. Repito. Repito. De manhã, minha respiração forma uma fumacinha prateada e o ar arrepia minha pele. Por todos os lados, as folhas estão começando a mudar e cair. O outono da Nova Inglaterra é deslumbrante — isso eu admito. E eu achando que nada poderia se equiparar ao outono do leste do Tennessee.

Raheel e eu continuamos nossa maratona de *Game of Thrones*. Construo algumas relações amigáveis. Mas ninguém com quem queira compartilhar algum dos meus grandes segredos. Desvio, divirjo e minto na caradura quando surge o assunto pais. Todos sabem que sou próximo dos meus avós, mas eu nunca disse *por que* sou tão grudado com eles.

Alex claramente tem pais amorosos, ainda que exigentes e rígidos. Os pais de Vi parecem ocupados mas carinhosos. Delaney é bem franca quanto à situação da sua família: "Minha mãe é péssima". Não sei bem se chegou a falar com ela desde que viemos para Middleford.

Aos sábados, vamos para New Canaan ou descansamos no campus. Passei a preferir a segunda opção porque ir à cidade significa pressão para gastar um dinheiro que não tenho. Nem eu nem Alex temos o serviço de lavanderia, então, aos sábados, lavamos e passamos roupa no porão do Dormitório Koch. Um dia, depois do treino de remo, Alex olha minha calça cáqui e minha camisa de botão amarrotadas e diz: "Cara, vou te ensinar a passar roupa". O que ele está dizendo sem dizer é: *Podemos ser bolsistas, mas não precisamos deixar isso tão claro.* As roupas de Alex não são muito melhores do que as minhas, mas ele parece mais bem-arrumado. Me ensina os principais métodos para tirar manchas, aprendidos com os guardanapos e toalhas de mesa do restaurante dos pais.

Nas manhãs de domingo, vou com Alex a um culto cristão ecumênico pouco frequentado. Não faço questão de ir à igreja, mas me traz lembranças boas de ir com vovó e vovô, e gosto de andar com Alex.

Minha amizade com Vi vai ficando mais forte. Conversamos muito, quando temos tempo. Ela é uma aluna aplicada e, quando não está estudando, está aprendendo programação e trabalhando em um de seus projetos de video game. Me imagino aprendendo a falar português. Me pergunto se ela é uma pessoa diferente em sua língua materna. Quero conhecer essa pessoa. Olho fotos do Rio e me imagino sentado na praia ao lado dela, conversando e ouvindo as ondas quebrando na areia.

Nas aulas, me esforço para não me afogar. Nunca tive tantas informações enfiadas pela minha goela de uma vez. À noite, sonho com a aula. É melhor do que meus pesadelos normais, pelo menos. A parte mais difícil é o contraste com Delaney. Ela não está naufragando como eu. Está florescendo, como eu sabia que aconteceria. Não, na verdade, isso fica em segundo lugar. A parte mais difícil mesmo é o medo constante de decepcionar vovô e vovó e revelar como não sou nada especial.

Se tivesse que escolher, minha matéria favorita seria poesia, por incrível que pareça. Não que eu seja muito melhor nela do que nas outras. Pelo contrário, estou ainda mais atrasado do que nas outras. Mas tem algo na professora Adkins que me deixa à vontade. E seu amor pela poesia é contagioso.

Estudo bastante no laboratório com Delaney, onde ela passa a maior parte do tempo livre durante a semana. Ela é muito misteriosa e vaga sobre aquilo em que está trabalhando. Eu não entenderia mesmo. O programa de ciências e o clube de biologia ocupam cada vez mais o tempo dela, até os finais de semana. Vivo com um medo crescente e constante de que Delaney vá finalmente me largar para ficar com seus amigos cientistas. Ela tem mais a ganhar saindo com eles do que posso oferecer.

Tripp continua distante. Vive cercado por um grupo que também cheira a dinheiro. Ele só fala comigo quando não consegue achar alguma coisa (basicamente me acusando de roubo) ou quando está resmungando. Normalmente as queixas assumem a forma de um professor ou colega que se arriscou a contestar algo que ele disse. Mais de uma vez ele fez piadas sobre eu ser bolsista, como se ter nascido em berço de ouro não fosse uma bolsa integral de sorte na vida. Fico fervendo de raiva em silêncio, tentando manter a calma. Tenho mais a perder do que ele, e ele sabe disso.

Nas primeiras semanas de remo, é um treino esgotante após outro nos aparelhos da academia suada e abafada enquanto os dias reluzentes de começo de outono vão passando lá fora. Mas, em uma dessas tardes perfeitas — vinte e três graus, sol forte — vamos para a água. O treinador Cartier nos mostra os barcos. Tiramos um de oito lugares do suporte do ancoradouro, carregamos até a doca e colocamos na água. O timoneiro manda metade de nós buscar os remos, enquanto os remadores restantes abrem os toletes e mantêm o barco no lugar. Eu e Alex pedimos para ser colocados no mesmo barco, e o treinador Cartier dá de ombros e diz: "Desde que trabalhem bem juntos e se esforcem bastante". Sentamos no "motor" — ele fica a bombordo no terceiro banco, e eu fico a estibordo no quarto assento. Depois de uma zarpada trêmula na doca, embarcamos com cuidado sobre o rio Fivemile.

No começo, demoramos para sincronizar nossos movimentos, apesar do timoneiro sentado na popa gritando comandos, e vamos cambaleando pelo rio. É perturbador como esse barco parece que vai virar toda hora — tão diferente de uma canoa.

Levamos um monte de água na cara até aprendermos a inclinar e mergulhar os remos corretamente. Puxar um desses remos não é o mesmo que treinar na máquina ou remar uma canoa. Mas aprendo rápido, e meus colegas de equipe também. Entramos em um ritmo. *Mergulhar puxar soltar recuperar mergulhar puxar soltar recuperar mergulhar puxar soltar recuperar mergulhar puxar soltar recuperar.* Conseguimos manter uma linha (mais ou menos) reta e vamos ganhando um pouco de velocidade. A proa do barco se enche de água. A luz do sol passa por entre as árvores na ribanceira. Um cheiro limpo e aquático nos rodeia.

Entre uma e outra ordem gritada pelo timoneiro, ouço Alex murmurar, sob um grunhido de exaustão:

— Finalmente, mano. Agora sim.

Aceno, sorrio e digo baixo:

— Pois é.

Mergulhar puxar soltar recuperar mergulhar puxar soltar recuperar mergulhar puxar soltar recuperar. Todos os músculos do meu corpo são um componente de uma máquina. Meu corpo é um dente da máquina. Suo e deixo entrar ar fresco e limpo pelos pulmões. Quando aportamos, o sol está baixo no céu, beijando a copa das árvores. Meu coração ainda bate forte e meu cérebro está banhado por endorfina. Quando vi pela primeira vez o vídeo da equipe de remo, parecia que os braços estavam fazendo todo o trabalho. Mas a realidade é que as pernas fazem a maior parte, então sinto o quadríceps mole depois. Embora tenha as mãos calejadas, bolhas se formam nas palmas de tanto segurar o cabo úmido do remo. Mas sinto uma alegria pura pela primeira vez desde que cheguei a Middleford. Duvido que dure muito, então gravo essa memória para voltar a ela depois.

Quase toda noite converso por vídeo com vovô e vovó, pelo menos um pouco, quando ela não está fechando a loja. Delaney participa quando pode. Nossas ligações vão acontecendo mais cedo, porque a energia do vovô anda acabando mais cedo. Ele ri menos agora. Acho que em parte porque as risadas representam um grande risco de iniciar um vórtex de tosse do qual ele não consegue escapar. Seus olhos estão vítreos e sem brilho. Sua voz assume um tom mais ofegante.

Algo que imagino muito ultimamente é vovô sentado no alpendre sozinho e contando cada respiração minguante que vai crescendo sob a luz amarela da frente da casa até acabar. Me pergunto se ele vê nas folhas caindo seu último mês de outubro.

30

Ontem à noite, vovô não conseguiu falar por mais de alguns minutos. Conversei um pouco com vovó, e ela disse com o ar cansado que achava que ele se recuperaria logo. As olheiras escuras dela a desmentem. Depois, fiquei sentado sem falar nada com Delaney por um bom tempo à beira do lago. *Ele só estava tendo um dia ruim*, ela disse. Fiz que sim com cabeça.

Agora estou tentando prestar atenção na professora Adkins, mas sinto um nó apertado sob meu plexo solar e a ansiedade acelera minha respiração. *Será que é pedir demais um momento sem pensar na espada que paira sobre o pescoço do vovô?*

Do outro lado da janela, há um bosque de bordos em tons de chama, e essa imagem me acalma. Me faz lembrar da vez em que eu, Delaney, vovô, vovó e Punkin estávamos sentados no alpendre em uma manhã fria e cinza de sábado perto do fim de outubro. Os cheiros de fumaça de lenha, café, bacon frito e orvalho fresco sobre a grama pairavam no ar. Névoa perpassava as montanhas como teias de aranha. Delaney explicou por que as folhas mudam no outono. Não lembro da explicação, apenas do sentimento perfeito de que minha vida, cercada como estava naquele momento por beleza e por pessoas que eu amava, tinha se tornado uma árvore florida como jamais imaginei que poderia ser.

E agora as flores estão caindo devagar, uma de cada vez.

— ... e, Cash, pode ler a próxima estrofe, por favor? — a professora Adkins diz.

Sinto como se tivesse sido picado por uma abelha. Olho para a esquerda, o coração galopando, onde Holden, um dos meus colegas, me oferece o livro com expectativa e olhar de compaixão.

Engulo em seco.

— Desculpa. Estou... onde? — Minha voz embarga.

Meus colegas desviam o olhar, envergonhados por mim, e com razão. Até agora, eu vinha conseguindo evitar passar vergonha nesta aula. Até agora.

A professora Adkins levanta e vem até mim, tirando um fio de cabelo do rosto. Pega o livro de Holden, procura a estrofe e aponta.

— É aqui.

— Desculpa — digo.

— Sem problemas. — Seu tom é gentil, o que torna tudo ainda pior de certa forma.

Leio a estrofe, o rosto tão incandescente quanto as árvores que estava contemplando até agora. Tropeço nas palavras e perco o lugar, lendo o mesmo verso duas vezes. *Por que a humilhação sempre vem aos montes?* Quando acabo e passo o livro para a direita, minha pulsação lateja nas têmporas. Torço para a professora Adkins não pedir que eu arrisque uma interpretação do que acabei de ler, e ela não pede. Terminamos de passar o poema ao redor do círculo e então começamos a analisá-lo.

Não tenho nada a acrescentar à conversa, mas me esforço ao máximo para me manter concentrado (ou ao menos fingir). Enquanto minha cabeça repete o refrão: *Por que você está aqui? Vovô está morrendo enquanto você está longe, e você nem é bom nisso.*

A aula termina e todos vão saindo, conversando com animação. Panelinhas se formaram na turma entre aqueles com gostos parecidos para a poesia. Sem nenhuma inclinação poética em particular, sou deixado de lado. Vou saindo no fim da fila, seguido pela professora Adkins.

Quando estou prestes a sair, ela diz:

— Cash? Pode ficar mais um segundo?

Viro e encontro seus olhos, uma apreensão mais firme e insistente substituindo o zumbido surdo da ansiedade e da vergonha.

— Sim, claro. — *Ela vai perguntar o que você está fazendo aqui. Acha que você se sentiria mais à vontade em aulas menos complexas.*

Volto atrás dela para dentro da sala. Ela senta e cruza as pernas. Também sento, olhando fixamente para a mesa, inquieto.

Ela está toda de preto, como sempre. Nunca sentei tão perto dela assim. Ela tem o cheiro de uma fogueira feita de cedro embebida em baunilha esfumaçada.

Não falamos nada por um segundo enquanto ela fixa os olhos acinzentados em mim. Não demoro para ceder.

— Desculpa, professora. Eu deveria estar prestando atenção. Não vou...

— O que você estava olhando antes? — Seu tom é calmo mas incisivo.

Queria que ela estivesse claramente brava ou irritada. Não consigo interpretar o humor dela e isso me perturba.

— Nada. — Minha cabeça está latejando.

— Eu sei quando alguém não está olhando para nada.

— Hum. As árvores lá fora.

— Por quê?

Faço uma longa pausa antes de falar. Considero inventar uma história. Mas ela já farejou minha mentira uma vez.

— Eu estava pensando no vo... meu avô e...

— Como você ia chamá-lo?

— *Vovô* — murmuro. — Chamo ele assim.

— Eu chamava meu avô assim — ela diz, com afeição. — De onde você é?

— Sawyer, Tennessee. Você nunca ouviu falar.

— Não?

— Já ouviu?

— Fiz mestrado na Warren Wilson em Swannanoa, na Carolina do Norte. Minha esposa tinha um bufê em Nashville, e passávamos por Sawyer.

— Não acredito nem que você já ouviu falar da minha cidade.

A professora Adkins contorce os dedos, fazendo um dos anéis girar.

— Minha vez. Sou de Louisa, Kentucky.

Balanço a cabeça.

— Nunca ouvi falar.

— Fica quatro horas depois de Knoxville, quase na Virgínia Ocidental.

Quando ela diz isso, percebo um indício de sotaque pela primeira vez.

— Então...

— Também sou dos Apalaches. — Ela pronuncia do jeito certo. Com o nosso sotaque.

— Nunca imaginaria — murmuro.

— Meu nome é Britney Rae Adkins. Está mais para um nome de Nova York ou de um lugar como Sawyer?

Dou risada.

— Meu último livro se chama *Vale*.

Fico mais feliz quando percebo que ela não me segurou para me dar bronca.

— Ouvi dizer. Não imaginei que era uma referência aos Apalaches.

— Mas era. E meu palpite sobre você foi certeiro.

— O que me entregou?

— Seu nome. Seu sotaque. Sua cara de perdido o tempo todo... sem querer ofender.

— Imagina. — (Mas fico envergonhado de novo.)

Nos olhamos. Seus olhos são do tipo que escavam dentro da gente para ver coisas escondidas e soterradas.

— Agora — ela diz —, você estava me contando sobre o que estava pensando enquanto olhava para as árvores.

Respiro fundo.

— Eu estava me lembrando de uma manhã de outubro em que fiquei sentado no alpendre com vovô e vovó e minha melhor amiga, Delaney, que está aqui em Middleford também. Foi uma manhã gostosa. E estava pensando nisso porque agora o vovô... — Não sei o que me fez pensar que eu estava pronto para contar para uma semidesconhecida sobre a doença dele. Não contei nem para Vi ou Alex. O tremor imediato que entra na minha voz me diz que não estou preparado.

A professora Adkins não preenche o silêncio enquanto desvio o olhar de volta à janela que me colocou nessa situação. Já cheguei até aqui, então vou até o fim.

— Está morrendo. Ele tem enfisema e não estava bem mesmo antes de eu vir embora. E agora... — Paro antes de desmoronar.

— Ele está piorando? — A professora Adkins pergunta, gentil.

Faço que sim.

— E você está aqui, longe dele — ela diz.

Faço que sim e olho fixamente para o chão

— Por isso você anda pensando muito nele.

Faço que sim. Uma única lágrima escapa e escorre pela lateral do meu nariz. Eu a seco rápido com a ponta do polegar. Abaixo a cabeça para a professora Adkins não ver.

Ela empurra a cadeira para trás e levanta, depois vai resoluta até a estante. Volta com vários livros finos de poemas e entrega para mim.

— Nova lição de casa: leia pelo menos um poema de cada um desses livros. Depois, *escreva* um poema.

Meu coração começa a bater forte de novo.

— Sobre o quê?

— Tanto faz. Sobre seu desodorante favorito, se quiser.

— Pensei que a gente não...

— Exato. Não vamos escrever nada ainda. Só ler e ouvir. Mas você tem sorte e vai entrar no percurso avançado.

— Não sei nada sobre escrever poesia. Nem tenho um poeta favorito.

— Você nem imagina o quanto isso pode mudar.

Olho para os livros nas minhas mãos.

— Tenho duas intuições sobre você — ela continua. — A primeira é que você enfiou na cabeça que poesia precisa ser algo elaborado, e é isso que está alimentando sua hesitação.

— Uma você já acertou.

— Número dois: que você presta atenção no mundo ao seu redor.

— Sabe... se eu fosse um garoto atento, não estaríamos tendo essa conversa.

Ela sorri.

— Bem observado, mas nada que digo nesta aula é tão importante quanto ver as folhas caírem. Você presta atenção nas coisas certas. — Ela hesita, depois acrescenta rápido: — Mas não abuse da sorte com os outros professores. Talvez eles não pensem assim.

Damos risada.

— Mary Oliver, que é uma das poetas na sua mão, disse uma coisa importante sobre escrever poesia: "Basta prestar atenção, então remendar algumas palavras umas nas outras e não tentar fazer que elas elaborem uma ideia". — Ela olha para mim. — Você ainda está cético.

— Mais ou menos.

— Já sentou no alpendre com seu vovô e ouviu as histórias dele?

— Sempre.

— O povo dos Apalaches são contadores de história — a professora Adkins diz. — Amamos as palavras. A poesia conta histórias através de palavras. Está no seu sangue. Você foi batizado em homenagem a Johnny Cash?

— Sim, minha mãe e meu avô ouviam juntos.

— Até nome de poeta você tem.

Suspiro.

— Tá. Vou tentar.

— Preste atenção, Cash. Você não pode ser um poeta a menos que você seja. E vejo em você alguém que quer sentir alegria e está com dificuldade de sentir isso agora. A vida não costuma dar de graça momentos de alegria. Às vezes você tem que pegá-los à força e segurar com a mão bem fechada, protegê-los do vento e da chuva. A arte é essa mão. A poesia é essa mão fechada.

Lágrimas enchem meus olhos e tento piscar para secá-las.

— Certo — a professora Adkins diz com delicadeza, fingindo não notar meu choro. — Tomei tempo demais do seu horário de almoço. Vai comer. Vai ler. Vai escrever.

Limpo a garganta algumas vezes e ergo os livros.

— Vou me esforçar.

Estou quase na porta quando a professora Adkins me chama:

— Já comeu a broa do refeitório?

Viro.

— A vovó faz uma broa ótima.

— Imaginei. Por isso mesmo perguntei.

— Não. Tenho medo.

— Tem razão, é para ter.

Deixei a lição da professora Adkins por último porque sei que vai ser a mais difícil.

Abro o livro de Mary Oliver e passo os olhos pelas páginas enquanto minha mente divaga. Penso em como vai ser o funeral do vovô. Penso se os velhos amigos dele vão aparecer. Penso e...

Me forço a voltar à página. Prometi à professora Adkins que daria meu melhor. Começo a ler de novo. Ler de verdade. Me permitindo saborear as palavras, deixando que cada uma se dissolva na minha língua.

Algo acontece. Um alvorecer lento dentro de mim, os primeiros raios de um sol novo espiando sobre o horizonte cinzento. Nem sempre entendo o que estou lendo. Os poetas usam a linguagem de maneiras que nunca imaginei, para descrever coisas que eu pensava desafiarem a descrição.

A professora Adkins escolheu poetas que escrevem sobre o mundo. Sobre rios e vaga-lumes e formações de gansos e cervos e chuva e vento. As coisas que eu amo.

Quando termino de ler no mínimo um poema de cada livro (normalmente mais), estou me sentindo profundamente em calma, como fico depois de estar em um rio, embaixo do sol, sob o vento, sentindo a água que respinga do remo. Nesses momentos breves em que passei pela floresta de palavras, tudo desapareceu. Vovô não estava morrendo enquanto eu estava longe dele em um lugar em que não me encaixo, sempre à beira do precipício de desapontá-lo. Tenho momentos furtivos de alegria em um mundo faminto que os devora e os protejo um pouco com as mãos bem fechadas.

Guardo essa sensação enquanto posso até ela se desvanecer e perder a definição, como nuvens aglomeradas no céu.

Então lembro da segunda parte da tarefa. Escrever um poema. É a parte que me deixa mais apreensivo. Abro o caderno numa página em branco. Algo em usar caneta e papel parece mais certo. Olho fixamente para o descampado à minha frente. Ele parece aumentar de tamanho a cada segundo. Fico sentado por quase uma hora. Escrevo um verso. Depois acho que parece bobo ou banal, risco e recomeço. Repito. Repito. O som que vem dos fones de Tripp do outro lado do quarto me distrai.

Por que escrever não pode ser como aparar gramados ou cortar lenha? Basta se dedicar, suar a camisa e terminar o serviço.

Bom. Ela me falou que a poesia não precisa ser elaborada. Escrevo:

As palavras estão presas em minha mente
Como um machado cravado em um toco

Releio isso por alguns minutos. Parece meia-boca até para um poema incompleto. Como se eu estivesse louco para encontrar mais uma forma de fracassar.

Falei para a professora Adkins que eu não era um poeta. Se ela estiver prestando atenção como diz estar, ela vai ver.

31

Sento em frente a Delaney no jantar. Alex está em uma reunião dos Jovens Democratas ou da Congregação Estudantil Cristã, e Vi está no clube de programação. Então estamos só nós dois. Isso não acontece mais com tanta frequência. Não tive um dia muito bom. Tirei C em um trabalho de biologia marinha — mesmo tendo me matado de estudar.

— Conversei com minha mãe ontem — Delaney diz.

— Sério?

— Sério.

— E?

Delaney me lança um olhar de "o que você acha?".

— Às vezes ela precisa chegar ao fundo do poço — digo. — Não é isso que dizem?

— Acho que é sim o que dizem. — Delaney dá uma mordida no burrito.

Mastigamos em silêncio por alguns minutos.

— Preciso ir — Delaney diz, levantando.

— Mas já?

— Tenho coisas para fazer no laboratório.

— Fica aí mais um pouco. O trabalho pode esperar.

— Não posso.

— Não pode ou não quer? — pergunto.

— Não quero porque não posso.

— Poxa, sério? A gente mal ficou mais de dez minutos juntos nas duas últimas semanas.

Delaney revira os olhos.

— Não faz isso — digo. — Você nunca está perto, o que não é um problema. Mas, quando estamos juntos, você nem pergunta como foi meu dia.

— Como foi seu dia? — Delaney pergunta com falso interesse.

— Quer mesmo saber?

— Claro.

— Bom, foi uma merda, Ruiva, valeu por perguntar.

— Sinto muito que tenha sido uma merda.

— Quer saber como foi ontem? Uma merda também.

— Você está me acusando de alguma coisa?

— Você se sente acusada?

Não falamos por alguns minutos. Esta está longe de ser nossa primeira briga como amigos. Mas parece uma briga mais feia. Mais pesada. É assustador brigar com alguém que não parece mais precisar de você.

— Você percebe que essa é a primeira vez que ficamos sozinhos em umas duas semanas? — pergunto.

— Estava ocupada — Delaney diz.

— Não brinca. Todos aqueles seus novos amigos nerds de ciências.

— Primeiro, não; em parte, são as coisas do programa de ciências tomando meu tempo. Segundo, eles são legais; não seja um cuzão.

— Ah, claro. Eles foram muito legais um tempo atrás quando estavam falando merda de você.

— Não é desses que sou amiga; sou amiga dos legais. E você não viu mal nenhum em fazer amizade com Vi e Alex.

Empurro a bandeja de lado, sem apetite.

— Porque não custou nossa amizade.

— Só estou fazendo o que se deve fazer ao entrar numa escola nova.

— É mesmo? Talvez eu devesse começar a fazer o mesmo e abandonar você também.

— Estou cansada de você agindo como se eu fosse uma péssima amiga — Delaney diz alto.

— Fala baixo; você está me fazendo passar vergonha — digo, entre dentes. — Se você parar de ser uma péssima amiga, vou parar de te tratar como se você fosse.

Delaney levanta, se aproxima e sussurra no meu ouvido.

— Espero que assim não seja baixo demais para você me ouvir te mandar à merda e não falar mais comigo.

E, com isso, ela sai andando a passos rápidos sem olhar para trás.

Sinto como se minha barriga estivesse cheia de farpas de gelo. Fico sentado, o rosto em chamas, olhando fixamente para a mesa por um tempo. Puxo a bandeja de volta e reviro a comida por mais alguns minutos.

Eu e Delaney sempre fomos de brigar desse jeito, parece que sempre estamos em uma corda bamba, sem rede de proteção, saindo do controle antes que algum de nós sequer entenda o que está acontecendo. Não sei por que somos assim. Talvez porque partimos do princípio de que a perda é uma certeza na vida e que, consequentemente, podemos sair por cima colocando fogo na nossa amizade. Não sei dizer. Sempre conseguimos fazer as pazes, mas isso era lá em casa, quando nenhum de nós tinha muitas opções. Aqui, Delaney tem um paraíso novo, cheio de pessoas mais inteligentes e interessantes do que eu. Pessoas que vão acompanhá-la em sua jornada ascendente.

Essa não é a primeira vez que Delaney me manda nunca mais falar com ela, mas essa pode ser a vez definitiva.

Não tem nada na minha vida que não esteja caindo aos pedaços.

32

Enquanto estou arrumando a mochila para sair da aula, a professora Adkins acena para mim.

— Fica mais um segundo — ela diz. Todos saem. Ela faz sinal para eu voltar à mesa e obedeço. Ela passa um papel para mim. — Poema curto, comentário curto.

Olho para o papel. É meu poema.

*As palavras estão presas em minha mente
Como um machado cravado em um toco*

Embaixo, com uma letra feia e caótica, a professora Adkins escreveu: *Blá-blá-blá*.

Desde que eu e Delaney paramos de nos falar, cada dia tem sido mais difícil e solitário. Estou cansado de parecer burro aqui. O sangue corre para corar meu rosto.

— Eu não estava de gracinha — digo. — Foi a única coisa que me veio à mente.

— Eu acredito. Mesmo assim: blá-blá-blá. O que você quis dizer com "As palavras estão presas em minha mente"?

Pondero sobre a pergunta.

— Acho que... tinha palavras lá. Consigo ouvir como se fosse alguém falando do outro lado de uma parede. Mas, toda vez que vou escrever, elas somem.

— Você leu os livros que emprestei.

— Parte do problema é isso. Eles são tão bons. Não sou nada comparado a eles.

— Essa é a conclusão exatamente oposta que eu queria que você tirasse.

— O que eu deveria pensar?

— Que a poesia é sobre observar e falar a verdade, e que há muitas formas de fazer isso. Você tem uma verdade. Fale sobre ela.

— Mais fácil falar do que fazer.

— Você precisa se permitir errar.

— Então você quer que eu escreva mais poemas?

— Com certeza.

— Parece meio injusto que eu seja o único que tenha que fazer trabalho extra na sala.

Ela dá de ombros.

— Não faça os trabalhos que dou para o resto da turma. Faça só esse. — Ela olha para mim por um tempo. Sob essa luz, seus olhos lembram um céu nublado com o sol brilhando forte atrás das nuvens. Ela hesita antes de falar, mexendo em um dos anéis. — Cash, se eu estiver me intrometendo de alguma forma, me diga.

— Tá — respondo, apreensivo.

— Sinto que você já passou por muita coisa na vida. Além da falta que sente do seu vovô.

Paro pelo que parece um tempo extremamente longo antes de murmurar:

— Você tem razão.

Ela aponta para seu dente faltando, que eu já tinha reparado antes.

— Quando eu tinha dezesseis anos, meu padrasto me deixou com esse belo buraco entre os dentes depois que encontrou um poema de amor que escrevi para uma menina de cabelo azul e piercing no lábio do último ano. Eu poderia já ter arrumado a essa altura, mas teria sido um atestado de que ele tinha feito *menos* de certa forma. Uso essa ausência como um monumento em homenagem a viver a vida que escolhi para mim. Conheço a cara de alguém que está guardando algo para si.

Quero contar para ela sobre tentar abrir a porta do banheiro barricada pela morte. Sobre ficar sentado em estupor no alpendre e ouvir as sirenes ao longe. Mas, no momento que eu contar, toda essa história vai me seguir até aqui. Preciso me segurar à ilusão por mais tempo do que posso fugir dela.

— Por isso a poesia? — pergunto.

— Toda dor, toda tristeza e toda cicatriz trouxeram você aqui. A poesia nos permite transformar a dor em chamas com as quais nos aquecer. Vá acender sua fogueira.

33

Desde que paramos de nos falar, não olhei o Instagram de Delaney. Dói demais, e não quero ver evidências de que fui substituído. Mas estou prestes a fazer isso quando Tripp joga o livro que está lendo — *Entre o mundo e eu* de Ta-Nehisi Coates — no chão.

— Racista. O cara odeia gente branca — ele murmura para o ar. — *Blá-blá-blá, teve escravidão uns mil anos atrás e agora minha vida é uma droga e a culpa é de todo mundo menos minha* — ele diz com uma voz de sarcasmo, tirando os fones de ouvido para colocar em volta do pescoço.

A única coisa pior do que estudar em silêncio perto de Tripp é tentar estudar quando Tripp tem algo para botar para fora. E ele só faz isso quando é para reclamar.

— Nunca tive um escravo — Tripp diz. — Você já teve algum?

— Não — digo, tenso e baixo, baixando o celular e voltando a pegar meu livro de poesia.

Não gosto do tom de provocação na voz dele.

— E seus pais? Ou avós?

— Por que está perguntando?

— Você é do Sul. Se alguém teria escravos, seriam vocês.

— Acho que a escravidão é horrível e as pessoas que possuíam pessoas escravizadas eram horríveis.

— E seus vizinhos lá no Tennessee se *comporrrtam*? Ou têm escravos?

Tripp sorri com sarcasmo enquanto zoa vovô de novo, como se fosse algum tipo de piada interna nossa.

Quero meter um soco nos dentes dele. Meu sangue sobe enquanto baixo o livro.

— Não. Nenhum vizinho escraviza ninguém. Só tem uns vizinhos que hasteiam bandeiras dos Confederados, serve?

— E daí?

— As pessoas lembram das coisas por gerações. Tem gente em Sawyer que odeia seus vizinhos por coisas que seus tataravós fizeram. E, se eles ainda hasteiam a bandeira dos ancestrais que *tinham* pessoas escravizadas, talvez a escravidão ainda afete pessoas cujos ancestrais *foram* escravizados. É isso que estou dizendo.

Tripp bufa e balança a cabeça.

— Tantos caipiras no Tennessee, e eu fiquei no quarto com o alecrim dourado — ele murmura.

— Conheço um monte de gente racista pra caralho lá da minha terra que poderia ser seu colega de quarto.

— Você não entendeu nada, mas enfim. De racista eu não tenho nada.

Levanto com o livro embaixo do braço e pego meu caderno.

— Está indo para o seu refugiozinho? — Tripp pergunta com desprezo.

— Tenho coisas para fazer.

Tripp me faz um sinal de ok.

— Vai relaxar, vai.

Não respondo.

Por mais que eu adore o lago, não tenho o hábito de estudar à margem dele. Já está escuro. Mas pensei que, se vou só escrever um poema, não preciso de muita luz. Preciso de um lugar que me inspire, que tire Delaney da minha cabeça e seja longe de Tripp.

Estou com a cabeça cheia de palavras de tanto ler. Mas são como frutas em galhos que não consigo alcançar: quando tento alcançá-los, meus dedos mal passam raspando. A voz da professora Adkins ressoa na minha cabeça. *Você tem uma verdade.*

O que é verdadeiro em mim?

Adoro minha terra. Isso é verdade. Escrevo o primeiro verso que me vem à mente:

Pergunte-me de onde sou.

Fico imóvel por meia hora. O medo e a frustração me congelam de raiva. Introdução à poesia era a única aula em que, por um breve período, eu não me sentia o maior idiota da sala. A professora Adkins deve ter notado e pensado: "Melhor colocar um fim nisso". Fico ali sentado por mais meia hora. Nada.

Sinto como se estivesse empurrando uma porta barricada por uma pessoa morta.

Olho para a página.

Pergunte-me de onde sou.

Que verso idiota. Vou falar de onde você é. Você é de Sawyer, no Tennessee. Você não tem pai nem mãe. Divide o quarto com um cara que odeia você e vários outros tipos de pessoas. Talvez tenha perdido sua melhor amiga genial para sempre e está prestes a perder o vovô, mas primeiro vai desapontar tanto ele como a vovó mostrando exatamente como é medíocre na escola em que não se encaixa e nem merece estar.

Você definitivamente não é nenhum poeta.

Algum dia, vai estar de volta em Sawyer, aparando o gramado ou pintando a casa de alguém, e vai parar para secar o suor da testa com a bandana desbotada que guarda no bolso de trás. E a luz caindo vai lembrar você das caminhadas do refeitório até a aula quando você estudava em Middleford. E você vai rir do grande acidente que fez você ir parar naquela escola. Talvez tenha distanciamento suficiente para esquecer da humilhação e do fracasso que encontrou lá, mas provavelmente não. Você vai enfiar a bandana de volta no bolso e voltar ao trabalho.

É de lá que você vem. Nunca esqueça disso.

34

— Cadê o Alex? — Vi pergunta enquanto senta com sua bandeja.

— Não sei. Lembro que ele comentou que precisava estudar para um trabalho em grupo da aula de lei e governo. — *E Delaney você sabe por que não está aqui.*

Meu humor melhora ao vê-la. Pensei que eu passaria o jantar de sexta sozinho. Desde que eu e Delaney paramos de nos falar, ela não tem aparecido para jantar.

— Só nós? — Vi pergunta.

— Parece que sim.

Um raio de luz poente cor de tangerina cai sobre o rosto de Vi. Até hoje, com a luz do sol, eu não tinha notado quantos tons de vermelho, bronze, cobre e ouro perpassam seu cabelo.

— Vai fazer o que depois da janta? — pergunta.

— Sei lá. Ficar de boa.

— Tem um jogo de futebol americano hoje — ela diz.

— Aqui? — Olho para ela por um segundo, o garfo suspenso sobre meu pote de teriyaki. Ela retribui meu olhar com expectativa e faz que sim.

— Vamos jogar contra a Deerfield.

— Quer ir? — pergunto.

Ela bate palmas na frente do peito.

215

— *Sim!* Vamos comigo?

Sorrio e coloco o garfo no pote. Não estou com muito apetite mesmo.

— Sim. Vamos.

Paro na frente do dormitório de Vi (e Delaney). Parte de mim está torcendo para Vi voltar com Delaney a tiracolo. Acho que a segunda melhor opção seria se Delaney soubesse que estamos andando juntos e ficasse com ciúme. Tomara que pelo menos sinta falta de estar comigo.

Vi sai, efervescente, praticamente saltitante, sorrindo de orelha a orelha, com um moletom de Middleford e uma touca de lã. O dia estava morno, mas um vento frio caiu como uma cortina quando o sol mergulhou sob o horizonte.

— Cara, você está *mesmo* animada para esse jogo.

Seguimos na direção do estádio.

— Nunca fui a um jogo de futebol americano antes. Tomara que seja como em *Friday Night Lights*.

— Não sabia que você era tão fã de esportes.

— No Brasil, eu ia com meu pai e meu irmão ver os jogos do meu time de futebol, o Flamengo. Eles jogam no estádio do Maracanã, e cabem umas setenta e oito mil pessoas lá.

— Uau. Quando eu era mais novo, vovô me levou uma vez para um jogo de futebol americano do time da Universidade do Tennessee. É um estádio enorme também. — Dou um Google rápido. — Cabem cem mil. Maior que...

— O Maracanã? Cabiam duzentos mil antes.

— Olha só.

— O Flamengo era um time de remo antes de virar um time de futebol. Um time como o seu.

— Sério?

— Delaney me contou.

Sinto uma forte pontada de tristeza com remorso quando lembro que Delaney não está aqui e que outra pessoa está recebendo o estoque de factoides aleatórios adaptados aos seus interesses.

— Viu a Delaney hoje?

— Sim. Eu chamei ela, mas ela disse que tinha que estudar.

Nem aqui Delaney precisa estudar numa sexta à noite.

— Ah. — Não tenho energia para fingir que isso não me machuca.

Vi nota.

— Vocês dois estão bem? — Ela pergunta como se estivesse andando em um lago congelado.

— Vamos ficar. — *Tomara.* — Delaney disse alguma coisa?

— Ela só fala bem de você.

Ah, tá.

— A gente pode mudar de assunto? Estamos de boa agora.

— Tudo bem.

Uma energia contagiante permeia o ar quando nos aproximamos do estádio, uma aura da luz artificial dos holofotes brancos luminosos. Grupos de alunos de Middleford entram conversando com empolgação.

Volto à lembrança de ir com vovô para ver o time da Escola Sawyer jogar. Como ele batia a mão no joelho toda vez que nosso time fazia uma jogada boa. Eu adorava ver como ele rejuvenescia quando ficava animado. Parecia que viveria para sempre.

Eu e Vi achamos lugares livres. Ela senta mais perto de mim do que eu esperava. As laterais das nossas pernas se tocam. Mas não chego para o lado. É agradável sentir sua pele quente na minha. Ela cheira a jasmim defumado e baunilha com especiarias.

Passo os olhos pela arquibancada no começo do jogo. Avisto

Tripp e sua turma. Palmer e Vance, seus dois lacaios, estão sentados atrás. Ele está tirando uma selfie com Dewey Holmgren, a menina com quem está ficando. Como um dos poucos motivos para ele dirigir a palavra a mim é querer se gabar, sei que ela passou o verão em Milão, trabalhando de modelo. De repente quero que Tripp me veja para ele saber que não é o único com uma menina bonita hoje.

Quase imediatamente, percebo quanto tempo faz desde que estive em algo parecido com um encontro — justamente o que isso começou a parecer. Minha vida romântica foi praticamente como minha vida em geral: nada especial. Em julho entre o sétimo e o oitavo ano, beijei Syvana Swindall na festa de Dia da Independência da igreja, do lado da casa paroquial, enquanto o ar-condicionado caindo aos pedaços fazia mais barulho que as pessoas rindo e jogando ferraduras. A mulher do irmão do pastor quase nos flagrou, e isso deixou Syvana tão assustada que as coisas acabaram antes mesmo de começar.

No nono ano, tive um lance de vinte e três dias com Jade Sutton — mãos dadas no corredor, beijo de despedida depois da aula. Mas então Jade deu um ultimato: ela ou Delaney. Tentei explicar o que eu e Delaney éramos, mas Jade não queria saber. E assim acabou meu breve lance com Jade Sutton. Como presente de despedida, ela disse: *Fique você sabendo que é um cara bonito, mas ninguém vai querer ficar com você enquanto viver grudado com ela. Vocês passam tanto tempo juntos que parecem um casal. E eu não entendo mesmo o que você vê nela. Ela é esquisita e grossa.* Delaney gostava ainda menos de Jade e não tinha nenhum pudor em demonstrar. Não me arrependi da escolha que fiz. Espero muito que a gente volte a se falar para eu não ter dado um fora em Jade à toa.

Sem Delaney e Alex por perto, eu e Vi trocamos sorrisos de flerte e encontro desculpas para tocar nela sem necessidade. Às vezes, quando ela tira o cabelo do rosto, o cheiro voa na minha direção, me inebriando. No intervalo, compro um chocolate quente para ela. Rimos muito. Adoro a risada dela — um som radiante bom e puro como a melhor e mais pura das coisas: um filhote de cachorro lambendo seu rosto. Comer a ponta de um pedaço de torta. Lembrar na quinta à noite que sexta é feriado. Minha rixa com Delaney vai para longe. A doença do vovô vai para longe. Todas as minhas dificuldades nas matérias e a falta que sinto da minha casa vão para longe.

Enquanto caminhamos, a minha mão encosta na dela. Esse pequeno contato é como a emoção de estar atravessando uma rodovia deserta à noite e parar no meio da pista — algo proibido e delicioso. Ainda está cedo para voltar para nossos quartos, então damos algumas voltas no lago. As estrelas são infinitas e cintilantes no céu preto. O ar tem aquela temperatura fresca ideal que pede uma jaqueta, e se você tirá-la, no mesmo minuto vai ficar com frio, mas, enquanto estiver com ela, a temperatura é perfeita.

— Sabia que foi um brasileiro que inventou o avião? — Vi pergunta.

Estudo o rosto dela em busca de algum sinal de piada, mas não vejo nenhum.

— É sério — ela diz.

— Delaney falou isso?

— Aprendi na escola. O nome dele era Alberto Santos-Dumont.

— Quase certeza que foram os irmãos Wright.

— Na escola a gente aprende que os estadunidenses acham isso. Mas foi o Santos-Dumont.

— É, então, nas escolas americanas a gente aprende que as meninas brasileiras mentem e falam que um brasileiro inventou o avião.

Vi dá risada e me empurra.

— Também ensinam que sua cerveja de raiz tem gosto de remédio?

— Pronto. Agora você foi longe demais.

Caminhamos e conversamos por mais um tempo até dar a hora de voltar. Acompanho Vi até o dormitório dela.

— Obrigado por me chamar para o jogo — digo. — Me diverti bastante.

— Eu também. Gostei de futebol americano, embora tenha um nome errado.

— Vou levar você para um jogo do UT qualquer dia.

Seus olhos brilham e ela sorri, mostrando as covinhas.

— Sério?

— Sim. — *Agora sim*.

— Você vai na excursão amanhã? — Vi pergunta.

— A colheita de maçãs? Estava pensando.

— Eu vou. Você precisa ir.

— Tá. Eu vou.

Sorrimos um para o outro por mais alguns segundos até desviarmos os olhos timidamente.

Talvez seja minha imaginação ou só estou vendo o que quero ver, mas acho que tem algo rolando entre nós. Algum espaço elétrico de possibilidade, como quando você começa a ouvir o som de uma cascata antes mesmo de ver.

Ela me abraça antes de subir — dura um pouco mais do que durava antes — e, enquanto entro no elevador, noto um pouco do perfume dela ainda na gola da minha camisa. Cheiro várias vezes enquanto subo, até ficar zonzo, guardando o aroma na memória antes que desapareça.

35

— Sua fruta *favorita* é maçã? — pergunto, pegando uma particular-
mente bonita e a colocando com cuidado no cesto.

— Por que isso é estranho? — Vi pergunta, procurando entre
os galhos acima.

— Pô, no Brasil não tem umas frutas chiques?

Ela ri baixo.

— Frutas chiques?

— Mangas. Cocos. Sei lá.

— Essas são frutas normais.

— Não para mim.

— É o que acho das maçãs.

— Vai entender. Alex?

— Quê — Alex responde a algumas árvores de distância.

— Ouviu minha conversa com Vi?

— Não estava prestando atenção. Estou na pira de colher maçãs. Sem distrações, amigo. Totalmente concentrado.

— Adivinha qual é a fruta favorita da Vi.

— Hum. Abacaxi?

Vi revira os olhos.

— Quase, cara. Maçã.

— *Quê?*

— Pois é. Para ela é tipo o que manga e coco são para nós.

— Comer maçãs me deixa com mais fome — Alex diz. — Já li que é porque elas têm calorias negativas.

— Como assim? — pergunto.

— Seu corpo queima mais energia digerindo a maçã do que ela te proporciona.

— Então, se você estiver preso numa ilha deserta cheia de macieiras, você vai morrer de fome?

— Acho que sim — Alex diz.

— Não parece certo isso aí — digo.

Alex dá de ombros.

— Talvez não. Não me dei ao trabalho de pesquisar direito.

— Vou perguntar para Delaney se é verdade — Vi diz.

Alex boceja e se espreguiça.

— Eles têm um esquema ótimo aqui. Oferecemos nosso trabalho e pagamos pelo prazer.

É prazeroso mesmo. Colher maçãs é exatamente o tipo de frivolidade em que eu não deveria estar gastando meu dinheiro. Mas eu não perderia a chance de estar ao ar livre em um dia ameno de outubro, entre amigos, o rubor, o frescor inebriante de maçãs banhadas pelo sol perfumando o pomar ao meu redor. *Eu poderia fazer isso para sempre*, penso. *Esse poderia ser meu trabalho e eu nunca ia querer mais nada da vida.* Mas acho que é difícil ser pago para fazer algo que as pessoas *pagam* para fazer.

Esse é o tipo de coisa sobre o que eu escreveria poemas se conseguisse.

Vi desce da sua escadinha e senta de pernas cruzadas sob a árvore. Revira a cesta em busca de uma maçã especialmente boa.

Vou até ela.

— Posso te acompanhar?

— Senta aí.

Sento encostado à árvore, a aspereza da casca coçando minhas costas através da camiseta.

Eu e Vi nos olhamos e sorrimos. Ela me dá a maçã que tinha colhido para si.

— Toma. Você precisa dar mais valor às maçãs.

Então revira a cesta e pega um espécime corado e perfeito. Arranca a haste e dá uma mordida em cima. Vê meu olhar curioso.

— Conhece esse jeito de comer maçã?

— Tem um método secreto?

— Você come de cima, e a parte média...

— O miolo?

— O miolo desaparece.

— Sério?

— Experimenta.

Obedeço. Fiel à palavra dela, enquanto como de cima para baixo, o miolo parece simplesmente desaparecer. Cuspo algumas sementes.

— Que louco.

— Bem legal, né?

— Quando eu era pequeno, ficava sentado no alpendre com o vovô, e ele pegava uma maçã e cortava fatias com o canivete para mim.

Vi se arrasta para trás para se encostar na árvore comigo.

— Viu? Você deveria gostar mais de maçã.

Ficamos sentados sem conversar, o barulho de maçãs sendo mordidas e o vento são os únicos sons. Então ouvimos o grasnado de gansos ao longe. O barulho vai crescendo enquanto eles se aproximam e nos sobrevoam em sua formação triangular. Eles vão se afastando até não dar mais para vermos ou ouvirmos, ao longe.

Vi suspira, nostálgica.

— Queria saber aonde eles estão indo.

— Sul. Não sei para onde exatamente.

— De onde a gente é — Vi diz.

— Isso mesmo.

— Como eles sabem para onde ir?

— Essa é outra pergunta para Delaney. — *Tomara que eu possa perguntar para ela em breve.*

Vi suspira de novo, mas menos nostálgica e mais triste.

— Você está bem? — pergunto.

— Tive uma briga feia com meus pais hoje de manhã e estava até agora sem pensar nisso. Quando você disse para fazer essa pergunta para Delaney, lembrei de como ficava perguntando coisas pros meus pais antes de saber pesquisar na internet.

— Qual foi o motivo da briga?

Ela pega um graveto caído e começa a quebrar em pedaços e jogar para o lado.

— Eles não gostam da carreira que quero seguir, de programação de jogos. Meu pai quer que eu faça administração para ajudar na empresa dele.

— Que saco.

— Falei para ele: "Não vou poder ajudar se não amar o que estiver fazendo". — Vi chega ao fim do graveto.

— Você merece trabalhar com o que ama na vida. — Pego outro graveto e dou para ela.

Ela abre um sorriso melancólico e aceita.

— Adoro meus pais, mas acho que eles nem sempre sabem direito quem eu sou.

— Tem algo que eu possa fazer?

Ela quebra um pedaço de graveto, estende a mão e o encaixa no meu cabelo.

— Me deixa plantar macieiras na sua cabeça, assim, sempre que a gente sair, vou ter maçã de graça.

Meu corpo todo zumbe com a proximidade e o toque dela. O crepitar que senti ontem à noite no jogo ainda volta. Fico imóvel.

— Fique à vontade.

Ela enfia outro graveto no meu cabelo.

— Você não fala muito dos seus pais.

Não respondo até ter certeza que consigo fazer isso com um total desinteresse que não me entregue.

— Não, não muito.

— Como eles são? — Mais um pedaço de graveto no meu cabelo.

— Sabe como é. Eles são legais. São só... pais. Eles me amam. Querem que eu me dê bem na vida. — Cada mentira me dá a sensação de segurar um cabo de panela quente, mas estou longe de qualquer lugar onde possa largar a panela sem fazer sujeira. *Por favor, muda de assunto.*

Felizmente, Alex pergunta:

— Alguém entendeu que tipo de maçãs são essas?

— Pink Lady — digo. — Parece nome de um clube de strip.

— Essas são mil vezes melhores que as Red Delicious — Alex diz. — Red Delicious podem até ser vermelhas, mas de deliciosas não têm nada.

— Como você tem coragem de falar isso das Red Delicious? — digo.

— Tendo. As maçãs Red Delicious que lutem.

— Caramba, hein.

Nós três conversamos por um tempo. Depois disso, vamos para um labirinto de milho. Alex e Vi nunca foram. Vamos comer donuts e tomar sidra e andar de trator. Vamos voltar a tempo para assistir à *Sessão da meia-noite.*

O assunto vai morrendo, olho para cima e penso que o céu tem uma cor maravilhosa. Delaney me falou certa vez que os cientistas pensam que os humanos só começaram a ver a cor azul há cerca de 4500 anos. Ou talvez não tivessem o vocabulário para descrevê-la.

Ela disse que, em escritos antigos, como a *Odisseia* de Homero, o mar é descrito como sendo da cor de vinho. Sinto falta de Delaney e suas curiosidades.

Eu e Vi viramos um para o outro. Ela escolhe mais duas maçãs da cesta e me entrega uma.

— Você vai passar mal de tanto comer maçã — digo.

— Não tenho medo. — Ela estende a mão e tira com cuidado os gravetos que colocou no meu cabelo, um a um.

— Não quer mais plantar macieiras na minha cabeça?

— Não. A gente pode voltar aqui para buscar maçãs.

— Por mim, tudo bem.

Ela passa os olhos pelo pomar, vendo o fulgor de bordo-açucareiros ao longe. O vento sopra por entre os galhos carregados e as folhas secas.

— Gosto do outono em Connecticut — ela diz, suavemente.

— Eu também.

Comemos as maçãs e deixamos o sumo secar pegajoso em nossos dedos. É fim de tarde, e ela cintila como algo sagrado sob a luz dourada minguante.

Penso em tocar o cabelo dela, o calor de suas pernas nas minhas.

Acho que a doçura das maçãs não é a única coisa que pode nos encantar.

36

Estou nervoso quando terminamos a análise de um poema de Marie Howe. Torço para a professora Adkins não achar que eu estava pagando de espertinho ao entregar um poema que tem metade da extensão da minha primeira tentativa já concisa.

— Certo, nosso tempo acabou. A leitura hoje foi incrível. Sei que sempre digo isso, mas não é uma hipérbole vazia. Vão almoçar.

Fico do lado da porta enquanto todos saem andando.

— Vem, pode sentar — ela diz, indo até sua mesa pegar meu poema.

Sento. Ela volta e senta à minha frente.

Estou bravo comigo mesmo por decepcionar uma professora de quem gosto tanto, que se interessou tanto por mim. Tento me adiantar.

— Eu simplesmente não sou poeta. Esse é ainda pior que minha primeira tentativa.

A professora Adkins cruza as pernas, olha para meu "poema" e volta a erguer os olhos.

— Eu discordo.

Ela lê.

— *Pergunte-me de onde sou.* Quer saber por que acho melhor do que seu último poema?

— Por quê?

— Porque seu primeiro poema não convidava ao diálogo. Este é mais curto, e não acho que esteja completo, mas faz o leitor se envolver.

— Hum, sim, é *super* o que eu tinha na cabeça quando escrevi. *Definitivamente* não era porque empaquei e precisava entregar alguma coisa. — Damos risada.

— Então, Cash Pruitt — a professora Adkins diz, colocando a mão no joelho. — Você me pediu, então vou perguntar. De onde você é?

— Sawyer, Tennessee.

— O que é isso?

— É uma cidade pequena.

— Mas é mais do que isso, senão esse verso não teria vindo à sua mente. Por que você me convidou a perguntar de onde você é?

— Acho que é importante para mim. É minha casa.

— E?

— E acho que as pessoas não entendem por que ela é bonita e especial para mim.

— Você gostaria de explicar para elas?

Dou de ombros.

Ela pega meu papel e o segura na minha cara, puxando as pontas como se fosse rasgá-lo no meio.

— *Sim!* Você quer! Está aqui! O que esse lugar significa para você?

— Hum.

— Pensa. O que você mais ama nele?

— A tranquilidade. A calma.

— Que imagens representam essa calma e essa tranquilidade na sua mente?

Pondero por alguns segundos.

— Os cruzamentos das ruas sem carros. Os faróis amarelos piscando para ninguém.

A professora Adkins empurra o papel na minha direção.

— Escreva isso.

Escrevo.

Ela deve conseguir ver a fumacinha saindo da minha cabeça enquanto meu cérebro trabalha.

— Tente se desligar do literalismo e da concretude. Às vezes isso faz você chegar mais perto da realidade de uma ideia, da *essência* de uma ideia, do que uma mera representação concreta.

Continuo pensando. Escrevo mais alguns versos. Fico olhando para o que escrevi.

Pergunte-me de onde sou
Vou falar para você sobre os semáforos amarelos
piscando nos cruzamentos
como os últimos suspiros
antes do afundar
da loja de ferragens do centro.

A professora Adkins levanta e me chama para acompanhar.

— Vamos almoçar e continuar trabalhando. Coisas boas estão acontecendo.

Quando entramos no refeitório, ela fica na fila para pegar comida enquanto corro até Vi e Alex para dizer que estou trabalhando num poema com a professora Adkins.

— Uaaaau — Alex diz. — Olha quem está chique agora.

— Ela está só se esforçando para ajudar o aluno que não consegue acompanhar a aula — digo.

— Duvido — Vi diz. — Quero ler quando acabar.

E sinto uma chama por dentro, embora não tenha a menor intenção de deixar que ela leia.

Pego um prato de *pad thai* e sento com a professora Adkins a uma mesa não muito longe dos meus amigos. É estranho vê-la neste ambiente. Passa pela minha cabeça pela primeira vez que provavelmente teríamos sido amigos se tivéssemos estudado juntos no colégio. Isso me faz lembrar de Delaney e me enche de remorso.

— Então — a professora Adkins diz. — Estávamos em "afogamento da loja de ferragens do centro". Você pode continuar ou pode comentar sobre a loja, usá-la para desenvolver um tema. Você tem alguma lembrança ou sentimento relacionado a essa loja? O que comprava lá?

Continuamos assim, trocando ideias entre uma mordida e outra. Vi e Alex passam na nossa mesa enquanto saem, e os apresento à professora Adkins. Fico orgulhoso que ela veja que tenho amigos legais, e gosto que eles vejam que uma professora tem um interesse especial por mim. Queria poder apresentá-la a Delaney.

Passamos o horário de almoço e entramos no meu intervalo trabalhando. Ela me provoca e estimula com perguntas e sugestões. *O que você pensa quando...? O que você sente quando...? Como é o cheiro disso? Como é a cara disso? O que você ama nisso? Que palavra você pode usar para descrever isso? E se você tentasse dizer...? Com o que você pode comparar isso? Do que isso faz você se lembrar?*

Me recosto na cadeira e leio o que escrevemos.

— Como é a sensação de ter escrito esse poema? — ela pergunta.

— Não escrevi de verdade.

— Cash? *Você* escreveu. Eu só não deixei você desistir nem se convencer de que não tem a linguagem certa para expressar o que há dentro de você. Só isso. Como é a sensação?

Olho para a página de novo.

— Muito boa — murmuro, e não estou dizendo isso apenas para apaziguá-la.

É a mesma paz duradoura que sinto no rio. O tempo em que estávamos trabalhando passou sem que eu nem notasse. Nesse pequeno período, não sofri. Nada me corroeu. Nem minha distância dos meus avós e de casa. Nem minha distância de Delaney. Minha mente estava tranquila.

— Acho que sei que uma parte de você está muito mais orgulhosa do que você é e de onde veio depois de ler esse poema — a professora Adkins diz.

— Obrigado por me ajudar. — Quero dizer o quanto estou feliz de ver que ela está tão claramente satisfeita comigo. — Então acho que posso voltar às tarefas normais?

— Boa tentativa. Vamos ver se tem barrinhas de Middleford hoje. Tem.

De onde sou

Pergunte – me de onde sou
Vou falar para você sobre os semáforos amarelos
piscando nos cruzamentos
como os últimos suspiros
antes do afundar
da loja de ferragens do centro onde se compram
parafusos para consertar mais uma coisa
que o tempo devora

tardes tão silenciosas que você escuta o sopro
do vento mais alto que a sua
respiração e a corrente
de um rio mais alto que a
corrente do seu sangue

dias de outono de fumaça de folhas
e noites de inverno de apito de trem

dores nas costas
e dores no peito
e mãos rebentadas
e corpos enferrujados
em picapes enferrujadas com
para – brisas rebentados
casas decadentes abrigando
esperanças decadentes

esta é a colheita
dos esquecidos
tudo morre
mas alguns lugares vivem
dentro do peito

mas também estorninhos levantam voo
sobre um campo cor de aguarrás, quebrando
o silêncio que regozijou
nas suas mãos em oração.

37

Penso no poema pelo resto do dia. Ele fincou raízes no meu pei-to e brota galhos verdes e florescentes conforme as horas passam. Fico lembrando da satisfação calma que senti depois de terminá-lo.

Tento levar esse sentimento comigo até a aula de remo. Não é fácil. Voltamos para as máquinas porque está muito frio para a água. Mas consigo. Levo o sentimento comigo durante o jantar com Vi e Alex. E então ver Vi aumenta mais uma camada do meu bom humor.

Ainda não criei coragem para declarar para ela o que sinto. Não tenho pressa. Imagino que vou saber quando chegar a hora certa. Até lá, não há nada além de possibilidade, e não estou disposto a abrir mão disso. Com base nos sorrisos que ela me dá, em como mantém os olhos nos meus por um segundo ou dois a mais do que o necessário, como encontra desculpas para pegar no meu braço — acho que tenho uma chance.

Depois do jantar, sento à beira do lago e ligo para vovó e vovô. Vovô atende.

— Ei, Mickey Mouse!

— Ei, vovô, senti sua falta nos últimos dias.

Ele tosse e arfa.

— Também senti a sua. Passei por uns dias ruins, mas estou de volta agora. Como vão as coisas?

— Muito boas. Fui a um jogo de futebol americano na sexta. Colhi maçãs com meus amigos no sábado, fomos a um labirinto de milho. Foi divertido. — Então, algo toma conta de mim, e isto sai pela minha boca: — Ei, meio que tinha uma coisa para te contar, de homem para homem.

Vovô me lança um olhar curioso.

— Bom. Manda bala.

— Acho que estou começando a me apaixonar por uma das minhas amigas aqui.

Os olhos do vovô brilham.

— Conta mais.

— Lembra da minha amiga nova que falei? Do Brasil?

— Vicki?

— Viviani. Vi.

— Certo. Lembro.

— É ela. A gente anda saindo muito e... sei lá. Tem alguma coisa diferente entre nós. Uma química. Ou coisa assim.

Vovô ri baixo — não parece um riso sincero —, depois ele fica quieto.

— E a Tess?

Sou pego de surpresa.

— O que tem ela?

— Ela está tranquila com isso?

— Não sei. Lembra que comentei outro dia que estávamos brigados? Ainda estamos. E por que ela se importaria?

— Ela não tem uma quedinha por você?

Minha vez de rir, incrédulo.

— Vovô... não. Quê? Não.

Vovô tosse. Quando recupera o fôlego, diz:

— Tem certeza, Mickey Mouse?

— A gente é só amigo. — Considero contar para ele que eu e

Delaney já resolvemos esse assunto há muito tempo, quando ainda nos falávamos.

— É melhor você *confirmar* isso. — Ele sofre outro ataque de tosse.

— Credo. Você está feliz por mim pelo menos? — Não consigo mais esconder minha irritação.

Ele limpa a garganta.

— Escuta, amigão. Pode ser que eu esteja salvando sua vida aqui, hein.

— Estou tranquilo. Juro.

— Você não falou que essa menina é colega de quarto de Tess?

— Sim.

Vovô assobia entre dentes.

— Isso torna tudo ainda pior. É como namorar a irmã do melhor amigo.

— Parece que você está falando por experiência própria.

— Não vou falar nada — ele diz, sorrindo. Fica sério de novo. — Mas é melhor ir devagar. Não entra com tudo.

— Eu sei.

— Estou muito feliz por você, Mickey Mouse. Só queria ter certeza de que todos estavam bem nessa situação e ninguém estava prestes a se machucar.

— Eu entendo. Vi é… uma companhia divertida. Sei lá. É gostoso estar perto dela. Ela é inteligente e bonita. É supercheirosa. Tem um riso bonito. É um raio de sol.

— Você disse que você e Tess estavam brigando.

— Sim.

— Vai resolver isso antes de correr atrás dessa Vi. Peça desculpas mesmo se achar que não fez nada de errado. Tess é alguém que você quer na sua vida.

— Tá. Vou fazer isso.

Buscando na minha cabeça alguma coisa para fugir do assunto Delaney, faço uma conexão que nunca fiz antes, por algum motivo.

— Ei, me deixa perguntar uma coisa.

— Manda ver.

— Lembra de quando você fazia carpintaria e esculturas com motosserra?

— Sinto falta todo dia.

— O que levava você a fazer aquelas coisas?

Vovô olha para mim por um segundo e coça a barba.

— Ninguém nunca me perguntou isso antes. Vou ter que pensar. — Ele pondera e tosse. O cilindro de oxigênio silva. Finalmente, diz: — Não sei se consigo responder. Só sei que me sentia movido a isso.

— Tá, e que tal: como você se sentia fazendo aquelas coisas?

— Era uma sensação muito, muito boa. — Ele pausa para recuperar o fôlego. — Nunca falei isso para ninguém, mas já que você está perguntando: eu pensava naquela árvore crescendo na floresta, recebendo o sol e o vento e a chuva e usando toda aquela energia e nutrientes para crescer. Então, a gente cortava a árvore, e eu transformava aquela madeira em outra coisa com as minhas mãos. Como se estivesse libertando a energia do sol que aquela madeira absorveu e a transformando numa escultura de urso-negro ou em uma mesa para alguém. Não tenho muitas palavras para isso. Mas, quando acabava, ficava é muito do satisfeito.

Aceno e absorvo o que ele está dizendo.

— É — murmuro. — Conheço essa sensação.

— Por que está com isso na cabeça?

— Porque terminei meu primeiro poema hoje.

Vovô abre um sorriso radiante.

— Terminou? Para aquela aula que você estava me falando?

— Sim, senhor. A professora me escolheu para começar a escrever poesia. Acho que ela viu alguma coisa em mim. Vai saber.

— Não me surpreende. Adoraria ler esse poema.

— Vou mandar para você por e-mail. Enfim, me senti muito bem depois de terminar. Em paz, sabe?

— Sei bem. Ei, sua vovó quer conversar. Vou sair.

— Te amo, vovô.

— Te amo, Mickey Mouse.

Vovó aparece na tela, e vejo que ela está saindo com o tablet. Eu a ouço falar para vovô:

— Está uma noite bonita; vou sentar lá fora no alpendre enquanto falo com Cash. Oi, querido — ela diz, quando se acomoda.

— Ei, vovó. Como vai o trabalho?

— Sempre tem alguma coisinha errada.

— Sei como é.

— Ei, precisava falar com você sobre uma coisa. — Sua voz é subitamente frágil.

Sinto uma onda quente de adrenalina no plexo solar.

— Tá — digo fracamente.

— Seu vovô deu uma piorada na semana passada, e passamos algumas noites no hospital.

— Quê?

— Ele se recuperou, mas...

— Vocês não falaram nada.

— Então, não. Pep achou que não tinha por que te preocupar. Para deixar você se concentrar nos estudos.

— Vovó, preciso saber essas coisas. E se não tivesse ficado tudo bem?

— Foi o que eu disse para ele. Mas sabe como ele é. Teimoso feito uma mula.

— Eu sei, mas.

— Enfim, o que eu queria conversar com você...

— Tem *mais*?

— Precisei perder alguns turnos nisso tudo, e isso atrasou um pouco as contas. Então a gente estava pensando em só trazer você aqui para o Natal e não para Ação de Graças.

Meu último Dia de Ação de Graças com vovô. Com certeza. Mas não consigo dizer isso.

— Estava querendo muito ver vocês logo.

— A gente se vê no Natal daqui a pouco.

— Tenho o suficiente para a passagem de ônibus.

— Guarda. Nós dois precisamos guardar para quando for realmente necessário.

Logo entendo o que ela está dizendo. *Quando eu tiver que voltar para um último adeus. Para o funeral.*

Fico em silêncio por um tempo, e vovó diz:

— A gente não ia fazer grande coisa de Ação de Graças mesmo. Pep não está muito no clima de grandes festas ultimamente. Só uma reuniãozinha com tia Betsy e Mitzi.

— Parece ótimo mesmo assim — digo com um suspiro.

— Vamos fazer um Natal legal. Então, como estão as coisas aí?

— Tipo, sabe. Bem.

— Ouvi você falando com Pep que ia mandar para ele o poema que escreveu. Posso ler também?

— Claro. Como você está? Está conseguindo descansar?

Ela abre um sorriso cansado.

— Consigo colocar minhas novelas em dia de vez em quando. Isso se não pego no sono assistindo, mas é mais da velhice do que qualquer outra coisa.

— Queria estar aí para ajudar.

— Não se preocupa com isso. Se concentra nos estudos. A gente cuida do resto.

— É bonito aqui nesta época do ano.

— Aposto que sim.

— Seria bom se vocês pudessem visitar algum dia.

— A gente adoraria.

Uma névoa densa de tristeza cai em qualquer conversa sobre algo maravilhoso que nunca vai acontecer, e é ela que nos envolve agora.

— Vai ter coisa para vocês fazerem aí no Dia de Ação de Graças? — vovó pergunta.

— Com certeza. Muita gente fica aqui pro feriado. Imagino que Delaney vá ficar. Nossa, acho que uma boa parte dos alunos vem de países que nem celebram o Dia de Ação de Graças. — *Como a Vi. Um lado bom, pelo menos.*

— Certo. Bom, querido, é melhor eu ir ajudar Pep a se preparar para dormir. Te amo.

— Te amo, vovó.

— Está precisando de alguma coisa?

Você nem imagina.

— Não, senhora. Está tudo bem.

Terminamos a ligação. Fico sentado por um tempo, sem me mexer. Estou cansado de viver à beira de uma tempestade, sendo açoitado pelos ventos fortes.

Pego meu caderno de poesia e minha caneta e busco meu novo refúgio, o único que conheço agora.

38

Passei a adorar meus momentos com Alex na lavanderia do dormitório Koch. Somos sempre só nós dois, falando e trabalhando.

— Acho mesmo que faria sucesso — Alex diz.

— Você acha que as pessoas veriam um canal do YouTube chamado *Meninos da Roupa Suja*?

— Certeza que as pessoas procuram dicas de lavar e passar roupa no YouTube.

— Provável, mas.

— Está usando o engomador?

Passo o frasco para ele.

— Então a gente dá dicas de lavar e passar roupa e mostra algumas técnicas e faz tudo isso de um jeito engraçado — Alex diz, passando o engomador em uma camisa.

Ergo a camisa Oxford branca que estava passando, dou uma chacoalhada nela e a coloco em um cabide.

— Cara. Você *não* tem tantas coisas engraçadas para falar sobre lavar roupa.

— Tenho, sim.

— Fala aí alguma coisa engraçada sobre lavar roupa.

— Agora?

— A melhor hora é agora.

— Certo. — Alex bate palmas e esfrega as mãos como se estivesse prestes a fazer um número de mágica. — Então... hum... vamos lavar roupa porque o Cash aqui cagou nas calças de novo.

— Tem três segundos de conteúdo. Fala mais alguma coisa engraçada.

— Preciso receber para isso. Não vou simplesmente falar coisas engraçadas de graça. Precisamos saber nosso valor, mano.

— *Isso* sim é engraçado.

— Vendemos anúncios. Os youtubers ganham uma grana, amigo. Conseguir patrocinadores. Pegar dinheiro das marcas de sabão em pó. Ganhar o suficiente para contratar o serviço de lavanderia como todo mundo.

— Se a gente contratar o serviço de lavanderia, não vai ter conteúdo para o canal.

— Faz sentido. Viu, agora você está pensando como um Menino da Roupa Suja.

— É assim que você quer começar sua carreira política? Magnata de tutoriais de lavanderia? — Começo a passar o ferro em um vinco de uma calça cáqui.

— É um trabalho honesto, cara. Já elegemos representantes que nunca fizeram trabalho honesto nenhum na vida. — Alex aponta para meu frasco de sabão. — Seria bom você trocar para o Tide, cara. O *Consumer Reports* diz que lava melhor.

— É caro, e o Arm & Hammer me lembra da vovó. Aliás, não vou para casa no Dia de Ação de Graças.

— Sério?

— Descobri que não vai dar.

— Também não vou. A gente devia fazer o jantar aqui. Eu cozinho. Delaney vai para casa?

— Não sei.

— Mano, vocês precisam se beijar e fazer as pazes.

— Parece o vovô falando.

— Enfim, já somos três, provavelmente. E aposto que Vi não vai querer ir para casa. Disso eu sei que você vai gostar. — Alex ergue as sobrancelhas.

Meu rosto fica vermelho.

— Claro, a Vi é ótima — digo inocentemente.

Alex continua erguendo as sobrancelhas.

Dou risada e cubro meu rosto com a mão.

— Cara. Para.

Ele continua erguendo as sobrancelhas.

Meu rosto fica mais vermelho.

— Somos amigos. Só isso.

— Eu continuaria erguendo as sobrancelhas, só que elas são a única parte do meu corpo que não está doendo depois da nossa última aula de remo, então vou poupá-las. Mas imagine que estou erguendo.

— Vou imaginar nada.

— Mano, eu tenho olhos. Vi vocês dois nos últimos tempos.

— Cara, *beleza*. Estou a fim dela.

— Obrigado por finalmente admitir o extremamente óbvio.

— Acha que ela está a fim de mim?

— Sinceramente? — Alex segura uma camisa, examinando-a em busca de rugas.

— Sim.

— Assim na lata?

— Fala logo.

— Acho.

Uma onda de alegria sobe em meu peito.

— Está debochando?

A secadora de Alex apita. Ele abre, dá uma olhada nas roupas e começa a jogá-las no cesto.

— Não, cara. Quando vocês dois estão junto, ela faz *aquela cara*. É tão óbvia quanto a cara que você faz.

— Eu adoro ficar perto dela. Tudo nela. Ela me deixa feliz, cara.

Alex pula para sentar em cima da secadora.

— Queria ter um espelho para te mostrar seu rosto agora. É tipo assim… — Alex faz uma expressão alegre e aluada.

— Para.

— Você vai se declarar para ela?

Sento em cima da secadora à frente de Alex.

— Eu deveria?

— A resposta à pergunta que você nunca faz é sempre não, certo?

— Olha só você distribuindo sabedoria.

— A grande pergunta é: você vai ficar de boa se ela te der um fora? Porque gosto do nosso grupo e não quero ninguém esquisito.

— Sei lidar com a desilusão. — *Você diz isso agora.*

— Então parte para cima. Você é um bom partido, mano. Olha só esses ombros e braços. Caramba.

— Literalmente o único lado bom da tortura das máquinas de remo. Vou falar com ela.

— Às vezes a gente precisa se jogar de cabeça.

— Às vezes a gente precisa se jogar de cabeça — murmuro em resposta.

— Por falar em se jogar, topa os *Meninos da Roupa Suja*?

— Eu nunca vou topar os *Meninos da Roupa Suja*.

39

Descubro pela Vi que Delaney vai estar no laboratório, e espero do lado de fora no escuro, tremendo, enquanto tento fazer um pouco da lição. Ela finalmente sai, parecendo imersa em pensamentos. Quando me vê, porém, seu rosto se fecha. Ela baixa os olhos e anda mais rápido.

— Ruiva? Ruiva. — Corro para andar ao lado dela. — Ei. A gente pode conversar um segundo? — Encosto no ombro dela, que se esquiva habilmente. Vejo pessoas olhando, mas não me importo. *Só mais uma briguinha de casal, gente.* — Ruiva, poxa.

— Vai se foder. — Ela aperta o passo.

Paro e digo alto:

— Certo, mas sinto muito sua falta. Vou ficar só te seguindo, falando alto que sinto sua falta.

Ela diminui o passo. Corro atrás dela de novo. Hora da minha arma secreta. Tiro do bolso da jaqueta uma bengala doce embalada que eu tinha guardado no estoque para me livrar de situações como essa. Estendo o doce. Sem me olhar nos olhos, ela ergue a mão e pega, como uma cobra dando um bote. A oferta foi aceita. Meu coração se anima.

— Não precisa me perdoar — digo. — Mas não vou deixar nossa amizade acabar sem te dizer que sinto muito e que você é importante para mim.

Ela finalmente me encara.

— Você sabe ser bem filho da puta às vezes.

— Eu sei.

Ela desembala a bengala doce e começa a chupar a ponta.

— Todos sentimos sua falta — digo. — Não deve ser fácil nos evitar tanto. Este lugar é ainda menor do que Sawyer, e já era difícil desviar de gente lá.

— Sou muito boa nas coisas que decido fazer.

— Ah, não brinca? — Abro os braços.

Ela suspira, encaixa a bengala doce na boca como se fosse um charuto e aceita meu abraço. Seu corpo se encaixa perfeitamente no meu. Fomos feitos para nos abraçar. Encosto os lábios na cabeça dela. Seu cabelo cheira a vento frio e dentes-de-leão. Ficamos abraçados por muito tempo.

— O que você vai fazer no Dia de Ação de Graças? — pergunto quando voltamos a andar.

— O que *você* vai fazer?

— Vovó disse que não dava para eu ir para casa, então vou ficar.

— Acho que eu também. Não tenho por que ir para casa.

— Alex vai ficar.

— Vi também.

— É?

Delaney faz cara de impaciente.

— Vai dizer que já não sabia?

— Não.

— Pensei que vocês dois estavam ficando bem próximos. Pelo jeito como ela fala de você, parece que me substituiu como sua melhor amiga.

Meu coração bate forte. Mas logo lembro de focar na parte mais importante que Delaney disse.

— Ei. — Toco o braço dela como sinal para ela parar. — Ninguém nunca vai substituir você na minha vida.

— Acho melhor não, babaca. Eu te coloquei aqui, lembra?

— Lembro.

— Mas, sério, o que é que está rolando entre você e a Vi? Alguma coisa tem, então não vai me dizer que não é nada.

A voz do vovô reverbera na minha mente. *Melhor confirmar.* Acho que, se contei para vovô, posso contar para Delaney. Ela vai descobrir mais cedo ou mais tarde.

— Acho que estou a fim dela. Tipo. Meio que estou. *A fim* dela.

Os olhos de Delaney se enchem de mágoa.

— Você só pode estar de brincadeira. Você é muito cuzão. A gente fica semanas sem se falar, e você vai e gama na minha *colega de quarto*?

— O que você quer que eu diga?

— Nada. Você é ridículo.

— Bom. É. Sou.

— Eu deveria passar mais algumas semanas sem falar com você.

— Prefiro não. Qual é o problema da Vi?

— Nenhum — Delaney diz, emburrada.

Ainda acho vovô doido por pensar que Delaney seja a fim de mim, mas tenho que admitir que estou vendo por que ele pensa isso.

— Não prefere que eu fique com ela do que com uma menina aleatória?

Delaney suspira e me lança um olhar que não consigo entender bem. É um misto estranho de tristeza e resignação. Seus humores podem ser tão misteriosos quanto os mecanismos de sua mente.

— Tipo, você tradicionalmente tinha um gosto bem bosta. Ela é um grande avanço em relação a Jade Sutton. Pelo menos isso. — Ela desvia os olhos.

— Pensei que você pudesse achar isso.

Não falamos nada por um tempo.

— Sentiu minha falta quando a gente não estava se falando? — pergunto.

Delaney revira os olhos e mastiga a ponta da bengala.

— Tomara que sim.

— Nossa, será que senti sua falta depois de colocar minha oferta de bolsa em risco para trazer você aqui comigo? — Delaney franze a testa e bate nos lábios com o resto da bengala doce.

— Só queria ouvir você dizer.

— Senti sua falta, babacão.

— Quer jogar pedras no lago? — pergunto. — Temos um tempinho.

— Pode ser.

Vamos até lá. Delaney agacha, escolhe uma pedra, contorce o corpo pequenino e atira a pedra dentro da água.

— Como você ainda é ruim nisso? Você não entende, tipo, de ângulos?

— *Você não entende, tipo, de ângulos?* — Delaney imita. — Essas pedras não saltam direito.

— Você está falando que a culpa é delas?

— Estou. Estamos trabalhando com materiais defeituosos.

— Escolhe uma ao acaso.

Ela me dá uma. Ergo a mão de maneira teatral na frente do rosto de Delaney, segurando entre o polegar e o indicador, e giro a pedra para ela inspecioná-la. Então, me posiciono devagar e arremesso, a pedra quica quatro vezes na superfície do lago. Me volto para Delaney.

Ela cruza os braços.

— Você é meu melhor amigo, então escolhi uma rocha perfeita para você.

— Até parece. Você escolheu uma pedra que achou que provaria seu argumento.

Um sorriso sacana se forma nos lábios dela.

— Não.

— Você precisa ver sua cara agora. Culpada que nem o caramba.

Ela dá de ombros e pega outra pedra, atira no lago e a pedra afunda.

— Ei, uma pergunta — digo.

— Manda.

— Como os gansos sabem para onde estão indo quando voam para o sul?

Delaney escolhe uma pedra e sopra a poeira de cima dela. Noto os polegares dela. Estão destroçados.

— Isso não vai ajudar — digo.

— Cuida de você que eu cuido de mim. E vou te dizer a mesma coisa que disse para Vi, logo depois de dizer que ela não podia virar e contar para você. Ninguém sabe direito. Alguns cientistas pensam que as aves conseguem sentir o campo magnético da Terra. Ele vai ficando mais forte quando você se afasta do equador e chega perto dos polos. Então é como um jogo de esconde-esconde em que alguém diz "Está esquentando" quando chega mais perto. — Ela atira a pedra. Afunda.

— Você falou para Vi que ela não podia me contar?

— Sim.

— E se eu mesmo tivesse pesquisado?

Nós dois damos risada.

— Sinto falta de irmos para o nosso lugar juntos — Delaney murmura depois de um tempo.

— Pois é. Este não é tão bom.

— A gente nunca errava indo para o nosso lugar.

— Então agora você admite que o erro é seu e não da pedra?

Delaney me mostra o dedo do meio. Ela olha o celular.

— Preciso voltar.

Vamos até o dormitório dela.

— Mais um abraço — digo.

Nos abraçamos de novo. Ela tem uma certa força rija e uma tenacidade ao abraçar. Como se toda vez não tivesse certeza se soltaria algum dia. O abraço dela me anima.

— Que bom que voltamos a ser nós — Delaney murmura no meu peito. — Estava sentindo falta.

— Eu estava mais, Ruiva. Não vamos nos separar de novo.

— Boa ideia. Boa noite.

— Boa noite.

Observo para garantir que ela entre sã e salva. Estamos bem agora e estou aliviado. Mesmo assim, morro de medo que chegue um dia em que nunca mais nos abracemos e façamos as pazes depois de uma briga. Não sei o que vou fazer se isso acontecer. Tenho mais experiência sentindo falta dos mortos do que dos vivos.

40

— Por hoje é só. Conseguimos fazer um bom trabalho. Pense numa forma de conduzir a essa última estrofe de modo a remeter de volta ao seu tema central — a professora Adkins diz.

— Pode deixar.

Ela levanta e junta suas coisas.

— Tem planos para Ação de Graças?

— Queria ir para casa, mas não rolou, então vou ficar.

Ela não hesita.

— Vem para a minha casa. Desiree vai cozinhar. Um Dia de Ação de Graças de Lowcountry e dos Apalaches.

— Você está me convidando?

— De que adianta ter professores que moram no campus se não podemos acolher ovelhas perdidas?

— Até queria, mas meus amigos também vão ficar, e acho melhor não dar um bolo neles.

— Convida seus amigos também. Quanto mais, melhor.

— Sério?

— Desiree tem experiência em cozinha de restaurante, food trucks e bufê. Ela não sabe *não* cozinhar para uma multidão. Cheguem às onze. Não precisa trazer nada além de um apetite farto e boas histórias.

★ ★ ★

O campus está tranquilo e sonolento na manhã de Ação de Graças. Acordo em um marasmo de tristeza por não estar com vovô e vovó hoje. Mas, como uma névoa se rendendo ao sol, o abatimento vai passando rápido depois que encontro Delaney, Alex e Vi no refeitório para o café. Atendendo ao pedido da professora Adkins para chegar com grandes apetites, comemos pouco. "Para se preparar", Alex diz. "Uma casa precisa de alicerce."

Depois do café da manhã, ficamos enrolando na área de convivência do dormitório Koch, assistindo a uma maratona de *Os caçadores de mitos* até as onze, quando vamos para o apartamento da professora Adkins no terceiro andar do dormitório Olmo.

Apesar da ordem dela para chegarmos de mãos vazias, Alex abraça um pequeno pote como se estivesse cheio de um precioso remédio capaz de salvar vidas. Ele me vê olhando.

— O *kimchi* da minha mãe. Mandei e-mail para a professora Adkins e perguntei se podia levar um pouco de arroz frito com *kimchi* de acompanhamento, e ela topou.

— Legal.

— Mas é o seguinte. Você não pode comentar nada com minha mãe quando a conhecer. Diz que só fiz arroz frito normal se o assunto surgir.

— Por quê?

— As mães coreanas ficam bravas se você der qualquer comida além da mais básica para gente branca que pode não curtir.

— Mas seus pais não têm literalmente um restaurante coreano?

— Pois é. Sei lá. Acho que eles imaginam que alguém que entra num restaurante coreano sabe onde está se metendo? Enfim, ela me falou que eu só podia fazer arroz frito básico.

— Que rebelde, cara.

Chegamos ao apartamento da professora Adkins e batemos na porta. Uma mulher alta, deslumbrante, com maçãs do rosto pronunciadas, tranças longas e um pano de prato sobre um ombro atende à porta. Uma miscelânea divina de velas aromáticas caras, livros antigos, incenso e comida no fogo nos recebe. O ar está úmido pelo vapor da cozinha.

— Bem-vindos — a mulher diz com a voz calorosa. — Bree-bree — ela chama. — Os convidados chegaram. — E faz sinal para entrarmos. — Por favor, sintam-se em casa. Meu nome é Desiree.

Entramos e nos apresentamos. Quando chega a minha vez, Desiree diz:

— Ah, Cash! Bree fala muito de você. Ela diz que você é um poeta.

Coro de orgulho e vergonha ao mesmo tempo.

— Isso já não sei. — Mas vejo o olhar impressionado de Vi e o orgulho sai ganhando.

A professora Adkins entra, secando as mãos. Seu cabelo está em um coque bagunçado no alto da cabeça. Ela está usando uma calça skinny preta com rasgos nos joelhos e uma camiseta preta do Dearly customizada em gola V. Tem uma tatuagem das fases da lua na lateral do pé. É estranho ver uma professora em um ambiente tão descontraído.

— Oi! — ela diz. — Posso pegar seus casacos? — E pendura nossas jaquetas em um cabideiro no canto.

Observo a sala de estar. É basicamente uma versão maior e mais bonita dos nossos quartos de dormitório, mas elas tomaram posse do espaço completamente, transformando-o com um gosto imaculado e uma sorte inexplicável para garimpar em brechós.

— Sua casa é linda — digo.

— A gente faz o que pode — a professora Adkins diz. — O preço é bom.

Alex ergue seu pote de *kimchi*.

— Sabe como Cash anda metido em poesia agora? Estou prestes a lançar um poema de palato.

Desiree põe a mão na cintura e se inclina para trás.

— Olha só *você*! Trazendo todo esse gingado para a cozinha. Deve ter sido você que mandou e-mail para Bree.

Alex vai em direção à cozinha. Desiree vai atrás e se vira para nós no caminho, apontando para as costas de Alex e murmurando para nós: *Gostei dele.*

— Senta, gente — a professora Adkins diz.

Elas têm duas cadeiras de balanço e um sofá. Eu e Vi sentamos juntos no sofá, e Delaney e a professora sentam nas cadeiras de balanço. Noto a manta desbotada sobre o braço do sofá perto de mim. Toco nela. É macia depois de anos de conforto e calor.

— A minha vovó que fez — a professora Adkins fala com a voz suave.

— É linda — digo.

— Ela também era curandeira. Andava na mata em busca de ginseng e hidraste, erva-de-são-joão, alho-poró-selvagem, sassafrás, esse tipo de coisa. Ajudava a fazer partos. Não herdei o dom dela para a cura. Mas peguei o amor por forragear. Procuro palavras.

Com uma risada, aponto para Delaney.

— Essa é ela. Curandeira dos Apalaches. Andando em busca de remédios.

Um lampejo de reconhecimento perpassa o rosto da professora Adkins. Ela estala os dedos.

— Você! Foi você quem descobriu a... — Ela estala os dedos de novo.

— Cepa de penicilina. Em uma caverna perto de Sawyer — Delaney diz.

— Isso! Foi um acontecimento. Ouvi você na NPR.

— Li que você foi finalista do National Book Award este ano — Delaney diz. — Pesquisei seu nome.

— Ainda estou esperando para descobrir se foi um erro.

— Você deveria pedir um aumento. Deve estar sendo muito procurada agora.

— Estava pensando em pedir minha própria bandeja de barrinhas de Middleford.

De repente lembro da minha orientadora acadêmica falando que achava que Middleford não conseguiria segurar a professora Adkins por muito mais tempo, que alguém poderia surgir para roubá-la. O pensamento me deixa levemente surtado.

— Como você virou poeta? — Vi pergunta, me tirando do meu surto.

Nunca passou pela minha cabeça que a professora Adkins já tivesse sido qualquer coisa além de poeta.

A professora Adkins se ajeita para sentar com uma perna embaixo da outra, e seu rosto assume um ar introspectivo e nostálgico.

— Bom. Poetas olham como o mundo está costurado para desfazer essa costura e remontar de um jeito novo. Sempre fiz isso. Lembro de sentir uma fome vaga e corrosiva de beleza desde sempre. Eu ficava triste e com raiva sempre que não estava sendo alimentada, o que era o tempo todo até encontrar a poesia.

"Quando eu estava no ensino médio, uma menina chamada Daisy Treadway, em quem eu era supergamada, me deu um monte de páginas fotocopiadas da poesia de Joe Bolton. Ele era do Kentucky, como eu. Escrevia poemas bonitos sobre coisas bonitas.

"Foi isso. Ler poesia satisfez a fome. Li tudo que tinha de poesia na minha escola e na biblioteca da cidade. Não tínhamos dinheiro para livros, é por isso que agora…" Ela aponta para as pilhas de livros e estantes lotadas que enchem sua sala. "Então comecei a escrever poemas. E isso me alimentou ainda mais. Fui para a faculdade, estudei poesia, comecei a publicar poemas, e aqui estou."

Às vezes, você só percebe que está faminto quando começa a comer. A história da professora Adkins identificou esse sentimento que tenho quando leio e escrevo poemas: saciedade. Eu não sabia como me referir a essa fome até agora. Penso em minha mãe. Talvez a oxicodona e o fentanil fossem apenas sua tentativa de curar um desejo que ela nunca conseguiu identificar. Ela só conhecia algo que matava essa fome momentaneamente.

Enquanto conversamos, a sala se enche ainda mais com o cheiro suntuoso de comida no fogo. O arroz frito com *kimchi* de Alex se soma à sinfonia aromática. Ouvimos Desiree e Alex rindo e conversando alegremente na cozinha. De tempos em tempos, um diz para o outro algo como *Bela dica!* ou *Nunca tinha pensado em fazer isso!*

A professora Adkins me vê olhando com desejo para a cozinha.

— Desiree começa a preparar o almoço de Ação de Graças com umas quarenta e oito horas de antecedência. É a obra-prima dela. Ela tinha um restaurante chamado High/Low em Asheville. Se especializou em culinária dos Apalaches e do Lowcountry. Foi finalista do James Beard Award. Tinha uma fila de espera de um mês para reservas. Foi assim que a gente se conheceu.

— Conta pra gente! Vai! — Vi diz, batendo palmas e se inclinando para a frente.

— Então, quando eu estava fazendo mestrado na Warren Wilson, me levei para jantar no High/Low para comemorar o dia que tive um poema publicado na *New Yorker*. Ganhei oitocentos dólares, que deveriam ir para o aluguel e para os meus empréstimos estudantis. Em vez disso, gastei um quarto do dinheiro em...

— Estou ouvindo vocês falando de mim — Desiree diz.

— Só coisas boas, Rayray.

— Acho bom, porque estou mandando Alex para a sala com umas guloseimas.

Alex entra, uma expressão esnobe, um pano de prato no antebraço, equilibrando uma grande bandeja na ponta dos dedos na altura do ombro.

— Não vai me derrubar isso, cara — digo.

— Eu servia mesas no restaurante, mano. Acha que meus pais não me fizeram treinar com uma bandeja e copos cheios d'água? — Alex baixa a bandeja na frente da professora Adkins com um floreio teatral. — Aproveitem esse petisco aperitivo — ele diz com um sotaque britânico sério. — *Deviled eggs* com siri apimentado e bolinhos de siri. É sirispetacular, por assim dizer.

Soltamos um aff coletivo.

— Seu uso da aglutinação sirispetacular salvou você de um sermão sobre a redundância de *petisco aperitivo* — a professora Adkins diz, pegando um bolinho de siri e um *deviled egg* de siri em cada mão.

Desiree sai da cozinha para contemplar nossas expressões extasiadas.

— Agora que Desiree está aqui, você tem que terminar a história de como vocês se conheceram — Vi diz.

— Ah, claro! Certo, eu estava dizendo... sim. Deixei literalmente uns duzentos dólares pela refeição. — Ela passa alguns minutos listando os vários pratos que pediu.

— Tem *mais*? — A expressão de Delaney é pura incredulidade. Desiree ri baixo.

— Ah, meu bem. Fico sinceramente em choque que ela tenha sobrevivido.

— É um feito heroico de memória — Delaney diz.

— Fico mais impressionada com a criatividade culinária e o talento artístico de que ela está lembrando — Alex diz.

— Meu parceiro. — Desiree dá um toquinho em Alex.

A professora Adkins continua:

— Terminei e fiquei tão inspirada que escrevi um poema num guardanapo e mandei para a chef com uma gorjeta de cem dólares.

— Pensei que os garçons estavam de palhaçada comigo até ler o poema e perceber que eles nunca teriam conseguido fazer aquilo

— Desiree diz. — Falei para eles me levarem até essa poeta. Chegamos até essa mocinha branca toda tatuada e meio bruxa e pensei: "Eita, meu Deus, ela é gata". — Rimos enquanto Desiree abraça a professora Adkins por trás e beija o pescoço dela, que se aconchega na esposa.

— Enfim. Fiquei elogiando a comida sem parar. Estava quase passando vergonha.

— Achei pertinente — Desiree diz, com um sorriso. — Falei que ela poderia ter mais daquelas comidas se oferecesse mais daqueles poemas.

— Perguntei: "O que você está sugerindo?". Desiree retrucou: "Escreve cinco poemas para mim, e só para mim, e faço um jantar para você". Eu disse: "seis". Desiree falou: "Combinado".

— O resto é história — Desiree diz enquanto as duas abrem um sorriso furtivo e se beijam.

Olho para Vi pelo canto do olho. Ela está radiante e meio boba de alegria com o que ouviu. Gosto de ver como se conecta profundamente com uma história de amor que uniu duas pessoas por acaso.

Desiree tem permissão especial para usar uma fritadeira de peru no pátio do dormitório. Saímos com ela e Alex para ficar de olho no peru. O céu da tarde tem um tom cinza incongruentemente triste, e está um friozinho que notaríamos se parássemos de conversar e rir por um tempo.

Enquanto esperamos, converso por vídeo com vovó e vovô. Vovô está tendo um dia bom, então o apresento ao grupo. Ele chama a professora Adkins de "dotora" e comenta que não paro de falar da aula dela. Fala para Desiree que queria ter podido levar vovó ao restaurante dela no aniversário de casamento deles. Repete o desafio de churrasco para Alex, chamando-o de Tex. Diz para Delaney

258

que sente muita falta das suas sessões de *Longmire*. Ela jura que ainda está trabalhando na cura dele.

E ele conhece Vi pela primeira vez. Torço para ele não falar nada que me faça passar vergonha, nem mesmo sem querer, e ele não fala. Diz que ouviu coisas maravilhosas sobre ela. Que ela deveria visitar o Tennessee qualquer dia e me fala para levá-la ao rio. Ela diz que adoraria. Ele diz que ela parece um raio de sol.

Meu coração floresce enquanto eles se falam, meus mundos convergindo da melhor forma possível.

Pego o celular de volta e saio de perto do grupo para eles não ouvirem.

Vovô tosse sem parar; ele contraiu dívidas grandes enquanto conversava com todos. Quando se recupera, diz:

— Olha, Mickey Mouse, entendo por que você está caidinho por essa menina. Nunca vi um sorriso mais lindo e a personalidade dela é uma graça.

— Acho que vou me declarar para ela em breve — digo.

— Não acho que vá ser uma grande surpresa. Eu vi como você olha para ela.

— Mas tenho medo.

— Às vezes a gente precisa se arriscar. — Vovô tosse e arfa.

— Acho que sim — digo.

— Tess sabe o que você sente pela srta. Raio de Sol?

— Falei para ela.

— Ela está tranquila?

— Sim. Como eu disse que estaria. Sinto a falta de vocês. Quem está aí hoje?

Vovô tenta chamar todos, mas a tosse o interrompe. Tia Betsy e Mitzi estão lá. Converso por alguns minutos com elas e com vovó antes de vovô voltar ao tablet.

— Depois conta como foi com a Raio de Sol.

— Conto. — Vejo Desiree tirando o peru da fritadeira e examinando-o com Alex. É de um bronze brilhante. Mesmo com dois *deviled eggs* com siri e três bolinhos de siri na barriga, estou pronto para mais. — Parece que vamos comer agora. Te amo, vovô.

— Te amo, Mickey Mouse. Abraça a Tess por mim.

De repente me dou conta de que estou prestes a desligar a ligação com vovô no que pode ser o último Dia de Ação de Graças dele. Eu me afasto mais alguns metros do grupo, caso não consiga terminar o que estou prestes a dizer sem cair no choro.

— Te amo, vovô. Sou grato por você e por tudo que fez por mim. Manda um beijo para todo mundo aí.

Depois que encerramos a ligação, continuo longe do grupo por mais um tempinho, fingindo continuar a conversa no celular desligado, enquanto me recomponho.

Sentamos à mesa de Desiree e da professora Adkins. É maior do que duas pessoas precisam e ocupa grande parte da copa.

Um a um, Alex e Desiree trazem pratos da cozinha, colocando-os à mesa e os anunciando como se fossem convidados em um baile.

Batata-doce assada com sorgo e gergelim...

Vagem com mariscos e bacon...

Torta de milho com ostras e linguiça andouille...

Salada de couve-russa com sementes de abóbora cristalizadas, maçãs chamuscadas e redução de vinagrete de sidra...

Molho de oxicoco com noz-pecã e bourbon...

Pudim de milho com jalapeños e cheddar...

Mac & cheese assado — desculpa, mas a receita desse é secreta...

Purê de batata com alecrim e alho e molho de sálvia e tomilho...

Arroz frito com kimchi...

Peru frito com tempero cajun...

Os cantos do meu maxilar doem de tanto que minha boca saliva. Adoro a comida da vovó e da tia Betsy, mas isso promete ser um banquete como nenhum outro.

Alex se oferece para fazer a oração, e faz. Atacamos a comida. Toda mordida é perfeita. Para acompanhar, sidra quente e garrafas geladas de coca-cola mexicana. Tiramos a mesa e começamos a montar um quebra-cabeça enorme com uma cena de arte folclórica de um labirinto de milho e uma plantação de abóbora. Depois que tivemos uma hora ou duas para digerir, Desiree e Alex começam a buscar sobremesas da cozinha, apresentando-as como os pratos do jantar:

Pavê de banana com Nutella caseira de chocolate branco, biscoitos amanteigados e amendoins...

Torta de batata-doce com marshmallows caseiros assados infundidos com xarope de bordo...

Bolo de camadas de noz-pecã e maçã com manteiga de maçã entre as camadas e redução de sidra de maçã temperada com cardamomo de cobertura...

Este último traz uma memória vaga. Tenho um conjunto muito escasso de boas memórias da infância. Essa é uma delas. Um casamento. Eu era muito pequeno. Estava lá com vovô e vovó e minha mãe. Vovó havia trazido uma camada para o bolo de casamento em uma travessa grande, envolta em plástico. Me senti confortável e seguro e amado. Como me sinto agora. Como não me sentia desde que vim a Middleford.

Ao meu lado, Vi começa a comer uma fatia grossa do bolo de camadas de maçã e revira os olhos. Murmura algo em português. É o som de cetim sendo esfregado com os dedos.

— O que todos vão fazer durante o resto do feriado de Ação de Graças? — a professora Adkins pergunta enquanto pega uma segunda fatia de torta acompanhada por um pedaço de pavê de banana.

Todos encolhemos os ombros e dissemos andar por aí, recuperar o sono perdido.

— E vocês? — pergunto.

— Amanhã vamos a Nova York. A Strand, que é uma livraria enorme, vai ter eventos o dia todo, e TaKisha Biggs, uma ex-aluna minha, vai ler poemas. — Ela pausa. — Ei! Vocês deveriam ir! Rayray, na nossa Hyunday cabem sete, certo?

— Lembra que você queria um Prius? E falei que não dava para eu colocar tudo que preciso para fazer o bufê de um evento em um maldito Prius?

— Podemos levá-los? Por favorzinho?

— Baby, você sabe que eu topo tudo.

— Sério? — pergunto.

— Então — a professora Adkins diz —, vocês todos assinaram autorizações de viagem. Tem um componente educacional nessa viagem. Vamos de manhã e voltamos no mesmo dia, então não tem nada de virar a noite.

Todos trocamos um olhar.

— Adoro Nova York! — Vi diz. — Passei um mês lá quando tinha doze anos.

— Eu topo! — Alex diz. — Nunca fui para Nova York.

— Posso ir ao Museu de História Natural? — Delaney pergunta.

— Claro — a professora Adkins diz. — Cash? Quer ir à cidade mais fascinante do mundo e ouvir uns poemas que vão mudar sua vida?

Já estou eufórico com uma imagem de mim e Vi no alto do Empire State Building à noite, a metrópole fosforescente estendida diante de nós como as páginas de um livro. Enquanto os sons abafados da correria e do caos da cidade lá embaixo chegam até nós, viro para ela, e digo que, nas últimas semanas, nada me trouxe mais alegria do que pensar nela e estar com ela.

E ela diz que sente o mesmo por mim.

— Sim — digo à professora Adkins. — Parece uma boa.

Está perto do toque de recolher quando saímos. Mesmo assim, nossas barrigas cheias nos obrigam a andar devagar.

Um manto cinza e denso cobre o céu da noite, e uma neblina cerca as luzes de sódio laranja que iluminam nosso caminho. O ar tem cheiro de tijolo molhado e hera e uma geada iminente.

— Cash, sou grato pelos seus talentos poéticos — Alex diz.

— Você nos fez ganhar a melhor refeição que já tive na vida e uma viagem legal amanhã — Delaney diz.

— Ainda quero ler seus poemas — Vi diz. — Quando você vai deixar?

— Talvez um dia. — Nunca vou deixar. Nunca vou ser tão bom quanto ela gostaria que eu fosse. Melhor deixar que ela continue imaginando.

— Nem me importo em ler sua poesia; me contento com os benefícios colaterais — Delaney diz.

— Por acaso te ofereci minhas poesias? Hein? — digo.

Eu e Delaney ficamos para trás de Vi e Alex.

— Foi bom falar com Pep. Sinto falta dele — Delaney diz.

— Também. Hoje foi divertido, mas não é como estar em casa.

— Como ele está?

— Cara, você viu com seus próprios olhos.

— Estava torcendo para que fosse um dos dias ruins dele.

— Os dias bons dele são assim agora.

— Que merda. Ainda estou trabalhando na cura dele.

— É?

— Sempre que posso.

Olho para ela, mas ela está com o olhar perdido em outra coisa.

— Obrigado — digo com sinceridade.

— E você me enchendo por andar com meus amigos das ciências.

Chegamos ao ponto em que meu caminho e de Alex diverge do caminho de Vi e Delaney. Dou um longo abraço de boa-noite em Vi. Nossas maçãs do rosto se tocam. Ela cheira a caramelo, baunilha, marshmallow assado e algo floral. Nem consigo imaginar o que vai acontecer se um dia eu der um beijo nela. Meu coração provavelmente vai se dissolver e escorrer pelas paredes do meu peito. Todo mundo precisa morrer de algum jeito mesmo.

Eu e Alex entramos no elevador. Ele aperta o botão.

— Vou arriscar, cara — digo, sem pensar. — Amanhã. Vou contar para Vi o que sinto.

Alex vira para mim, um brilho de êxtase no rosto.

— Sério?

Faço que sim sem certeza.

— Vou me jogar.

Alex comemora e passa o braço pelos meus ombros. Começa a cutucar minhas costelas com o indicador, e eu me curvo de rir.

— Cash está apaixonaaaaaaaado. Aaaaaaaah, Cash está apaixonaaaaaaaado.

O elevador para no segundo andar e as portas abrem. Paramos de brincadeira, voltamos ao normal e olhamos para a frente, pigarreando. Um veterano cujo nome não sei entra e fica na nossa frente, olhando para a porta.

Alex começa a apontar para mim, fazendo com a boca *Cash está apaixonaaaaaaado*. Mostro o dedo para ele. Começamos a bufar, tentando não rir. O cara olha para a gente, irritado.

— Piada interna — Alex murmura. Chegamos ao andar dele, que sai do elevador, se volta para mim e diz: — Amanhã — apontando para mim e erguendo as sobrancelhas.

— Para com isso das sobrancelhas. — As portas fecham, me cortando.

Chego ao meu quarto, onde guardo o dia dentro de mim — um calorzinho que não vai se desfazer tão cedo.

Tiro a camiseta e a aperto junto ao rosto no escuro, buscando, como um marinheiro, o nariz apontado para o vento, algum sinal de uma costa verde à frente.

264

41

Às vezes, você faz uma curva no rio e encontra uma garça azul parada nos baixios ao longo. Quando você se aproxima, ela bate as asas e levanta voo. Sinto meu coração como no momento em que ela está prestes a alçar voo enquanto os quilômetros para a cidade grande vão passando sob nossos pés.

Desiree dirige. A professora Adkins está sentada no banco de passageiro, se contorcendo para conversar conosco. Vi está entre mim e Alex na segunda fileira, e Delaney ocupa a terceira fileira sozinha. Durante a maior parte do trajeto de uma hora e quarenta minutos, fico alternando entre conversar com todos, olhar pela janela — pensando que na última vez que percorri esse trecho da estrada estava escuro demais para ver qualquer coisa — e planejando o que vou dizer a Vi e onde vou dizer. Decido que deve ser melhor deixar Vi escolher seu lugar favorito de Nova York.

A cidade se adensa e começa a crescer para cima, se aproximando da imagem mental que tenho de Nova York. Entramos no Brooklyn e estacionamos na frente do sobrado dos amigos da professora Adkins e Desiree.

— Eles estão em Berlim até o ano que vem — a professora Adkins explica.

Saio e me deparo com o agito da cidade movimentada.

A professora Adkins me vê olhando ao redor.

— Espere só até ver Manhattan.

Vi está zonza de alegria.

— Eu amo este lugar. Não tem lugar no mundo como aqui. Londres, não. São Paulo, não.

— Sawyer, Tennessee, não — digo.

Todos riem.

Vamos na direção da estação de metrô mais próxima. O céu tem um tom festivo de ouropel prateado, e um vento forte e gelado nos obriga a colocar as mãos no bolso e tinge nossas bochechas de rosa enquanto corre entre os edifícios como se estivesse atrasado para alguma coisa.

Delaney parece ao mesmo tempo zonza e feliz. Muita coisa para observar e processar aqui. Muitos padrões para analisar.

— Consegue acreditar que estamos aqui? — murmuro para ela.

— Obrigada, *Penicillium delanum* — ela diz.

Alex ainda é a única pessoa que sabe do meu plano para hoje com Vi. Fiquei com medo de contar para Delaney porque ela e Vi são muito próximas. Não queria que Delaney deixasse escapar e estragasse tudo.

Demoro cinco tentativas para conseguir passar meu cartão de metrô, mas até isso é emocionante. Há lugares vazios no vagão, mas prefiro ficar em pé e me segurar nos postes de aço, como na TV.

— Estão todos com o celular? — a professora Adkins pergunta. — Bateria cheia? As regras são: me mandem mensagem a cada duas horas. Ninguém sai sozinho.

Chegamos a nossa parada e saímos do subterrâneo para o zumbido e o burburinho emocionante da cidade. Consigo sentir o gosto da energia elétrica imediatamente, metálica na minha língua. Demora uns três segundos para os meus sentidos ficarem sobrecarregados. Alex e Delaney estão com uma expressão de assombro. De nós quatro, só Vi leva tudo com certa tranquilidade.

Nossa primeira parada é a Strand, porque a leitura da aluna da professora Adkins é no começo do dia. É um templo de livros. Nunca vi tantos em um só lugar. Delaney desaparece imediatamente, assim como Vi.

Um dos vendedores reconhece a professora Adkins. O livro dela, *Vale*, com o selo prateado cintilante de finalista do National Book Award, está em uma estante de recomendações dos funcionários, o que ela exibe com orgulho.

Me dou conta de repente de que nunca li *Vale*. Só li os poemas dela na internet. Pego um exemplar da prateleira. Eu não deveria gastar muito dinheiro nesta viagem, mas:

— Esta é a minha lembrancinha de Nova York — digo.

— Cash, tenho alguns exemplares. Vou arranjar um para você — a professora Adkins diz. — Desculpa — ela diz ao vendedor. — Adolescentes. Dinheiro apertado.

— Não — digo. — Nunca comprei o livro de ninguém que conheço. Você precisa autografar para mim. — Compro e ela autografa, sorridente.

Mal terminou quando ergue os olhos.

— Kisha! — Corre até uma jovem que acabou de entrar com um caderno preto surrado embaixo do braço. Elas se abraçam vigorosamente e por um bom tempo. — Cash! — A professora Adkins me chama. — Venha conhecer TaKisha!

Vou até lá e aperto a mão dela.

— Ouvi coisas ótimas sobre você — digo.

— Digo o mesmo — TaKisha diz. — Bree me contou que o bichinho da poesia te mordeu.

Coro e desvio os olhos, ajeitando distraidamente uma pilha de livros com a mão esquerda.

— Ah. Sim. Por essa eu não esperava.

— Então o que inspirou você a se matricular na matéria dela?

— Precisava de um crédito de Inglês. — Todos riem. — Cresci em uma cidadezinha no leste do Tennessee de que ninguém nunca ouviu falar, e eu não lia muita poesia antes.

TaKisha lança um olhar irônico de acusação para a professora Adkins.

— É um padrão recorrente, então?

— Talvez — a professora Adkins diz timidamente.

— Entrei em Middleford com bolsa, mas sou de Sardis, no Mississippi — TaKisha diz. — Eu ouvia rap e hip-hop o dia todo, mas nunca tinha sentado para ler um poema antes. Peguei a matéria da Bree e, enfim... — Ela e a professora Adkins trocam sorrisos grandes. — Aliás. Posso? — TaKisha pega o meu *Vale* e o ergue para a professora Adkins, batendo no selo prateado na capa. — A gente pode só... — Ela me devolve o livro.

A professora faz que não é nada.

— Menina. Fala sério — TaKisha diz.

— Prefiro falar sobre a vez em que peguei a minha *Boston Review* para ler um poema deslumbrante da minha ex-aluna TaKisha Biggs.

Falamos sobre isso, sobre Middleford, sobre o sexto sentido da professora Adkins para encontrar jovens do Sul rural e plantar neles a semente da poesia. Depois assistimos à leitura de TaKisha.

A professora Adkins estava certa. Ela é brilhante. Seus versos são musculosos e vigorosos. Caem com o calor e a energia dos raios.

Ouvir a leitura dela me faz sentir como se estivesse em um rio — você pode ser arrastado a qualquer momento. Algumas vezes prendo a respiração até quase perder o fôlego, por medo de perder uma palavra sequer.

Em certo momento, a professora Adkins olha para mim e diz apenas:

— E não é?

— É — sussurro.

Pensamos na linguagem como algo manso que vive em canteiros bem cuidados, protegidos por regras e cercas. Então alguém mostra essa mesma linguagem crescendo bela e selvagem, como trepadeiras florescentes que consomem cidades, apagam a calçada e as faixas. Trespassando qualquer cerca que tentaria contê-la. Reconquistando. Remodelando. Reformulando.

Eu nunca havia conhecido nada em minha vida que me parecesse tão cheio de possibilidades infinitas.

As palavras fazem com que eu me sinta forte. Fazem com que eu me sinta poderoso e vivo.

Fazem com que eu me sinta capaz de abrir portas.

Saímos da Strand. Um homem alto de dreads vira a esquina e se aproxima de nós.

Desiree dá um gritinho, sai correndo e o abraça.

— Pessoal, esse é Malik. Trabalhamos em cozinhas por toda a cidade de Nova York.

Todos nós nos apresentamos.

— Rayray e Malik vão me levar num tour culinário por Manhattan — Alex explica.

— Desde quando você a chama de Rayray? — A professora Akins olha para Alex, curiosa.

Ele olha para Desiree.

— Foi ela que mandou.

— Alex é meu filho agora — Desiree diz. — Estou adotando o menino. Você pode adotar o Cash e eles podem virar irmãos.

Dou risada, mas com uma pontada aguda, porque é só uma piada. Seria uma criança de sorte quem pudesse crescer tendo as duas como mães. É uma merda que só seja possível crescer uma vez e que seus pais sejam seus pais e que você só tenha uma chance.

Desiree, Malik e Alex se despedem e vão para sua expedição culinária.

A professora Adkins, TaKisha, Delaney, Vi e eu pegamos fatias enormes de pizza na esquina. Noto Delaney ficando entediada e impaciente com todo o papo de poesia.

— Mesmo se ninguém quiser ir ao museu comigo, posso ir? — ela pergunta, olhando para mim com ar de acusação.

— Eu vou com você; não sei por que, mas nunca fui ao museu de história natural — a professora Adkins diz. — TaKisha? O que vai fazer depois?

— Também nunca fui! Eu topo — TaKisha diz.

— Cash? Vi? Querem vir ou preferem dar uma explorada juntos? — A professora Adkins me lança um olhar de esguelha que diz que sabe *exatamente* o que está rolando e o que vamos escolher.

— Vi? Quer me mostrar a cidade? — pergunto.

Ela bate palmas.

— Sim!

Delaney me lança um olhar de repreensão. Retribuo com uma cara de quem pede desculpas. *Sei que disse que passearíamos juntos em Nova York, mas.*

A professora Adkins olha a hora.

— Certo. Vamos nos encontrar na Strand às oito e meia.

Delaney, TaKisha e a professora Adkins saem juntas.

— Certo, agora me conta a história toda daquele negócio que você encontrou na caverna — ouço a professora Adkins dizer.

Delaney me lança um último olhar de censura enquanto elas saem andando. Encolho os ombros, envergonhado. *Ela vai superar.*

E somos só eu e Vi. E a cidade.

42

Vi não está usando uma de suas camisetas da Marvel hoje. Está vestida para a cidade grande com jeans preto com rasgos nos joelhos. Encapotada contra o frio com um cachecol e uma jaqueta de couro de motociclista. Seus cachos castanho-avermelhados caem debaixo de um chapéu de abas largas. Parece uma modelo. Me sinto simplório em comparação a ela. Estou carregando o livro da professora Adkins, o que torço que me faça parecer mais inteligente e urbano.

Lembro de ir com calma hoje e esperar o momento perfeito para me declarar.

— Precisamos ir ao Central Park primeiro, enquanto ainda está claro — Vi diz, olhando o celular e caminhando com um ar decidido na direção do metrô.

— Não acredito que você já morou aqui.

— Meu pai estava fechando um negócio grande, e minha mãe disse: "Vamos ficar em Nova York mesmo que a gente não te veja". Então nos hospedamos em um hotel chique por um mês.

— Uau. Foi divertido?

— Mais ou menos. Mas eu teria gostado mais se meu pai estivesse presente. Sabe?

— Total.

— Seu pai era presente quando você era pequeno?

Hoje não. Não essa conversa. Outra hora.

— Até que sim.

— Sinto muita falta do meu pai. Estar aqui está me fazendo sentir falta dele. Me lembra de como eu me sentia naquela época. — Ela parece melancólica. — Tem uma palavra em português para esse sentimento. *Saudade.* Não tem muito como traduzir para o inglês.

— Qual é a coisa mais parecida?

— Humm. Talvez "a tristeza de sentir falta de alguém ou algo".

Andamos por um tempo. Quase tropeço o tempo todo de tanto que fico olhando para o alto dos prédios.

— Para onde a gente vai depois do parque? — Vi pergunta.

— Por mim, tanto faz. Em algum momento, quero ir a um lugar onde dê para ter uma vista boa da cidade à noite.

Vi pensa por um momento.

— Tá. Depois do Central Park... o Metropolitan Museum of Art é perto. — Ela tira o celular do bolso e desliza e clica. — Tem um fliperama alternativo que eu queria visitar. Tem muitos jogos que só dá para encontrar lá. Você topa?

Eu teria o maior prazer em ir com você até num fliperama onde o único jogo é enfiar a mão em uma caixa de cascavéis.

— Claro.

— Depois podemos jantar... talvez comida brasileira, se a gente achar? E caminhar na High Line?

— A High Line é um bom lugar para ver as luzes da cidade?

— É ótimo.

Então vai ser um bom lugar para dizer o que preciso dizer.

— Legal. Mas vou precisar de você para me guiar nos metrôs. É um pouco confuso.

— Pode deixar. — Ela olha o caminho no celular. Começa a andar, confiante. — Por aqui. — Sigo rapidamente. Ela vira para trás. — Vem, Menino do Tennessee. Pode andar mais rápido.

Menino do Tennessee. Um apelido novo. Estou buscando sinais em todas as palavras e ações dela.

Saímos do metrô perto do Rockefeller Center e andamos um pouco pela região. É um país das maravilhas — como só vi na TV. Engraçado como todos em Sawyer pensam que lugares como Nova York são lugares sem Deus, mas é Nova York que está fazendo de tudo pelo aniversário de Jesus.

Assistimos aos patinadores do gelo por um tempo. Vi pergunta se quero patinar. Minto e digo que tenho medo porque quebrei o braço patinando quando era criança. Sinto vergonha de falar que não tenho dinheiro para pagar, especialmente depois de comprar o livro da professora Adkins. Não se eu quiser comer hoje.

Continuamos até o Central Park, andando com as mãos nos bolsos, o vapor da nossa respiração subindo. Corredores de gorro passam por nós. Eu poderia imaginar todos que vejo de smoking ou vestido de gala. Eles parecem elegantes até com roupas de ginástica.

Vi me vê olhando ao redor.

— O que está achando da Grande Maçã?

— Você gosta mesmo de tudo que envolve maçã, né?

Ela ri.

— Eu adoraria Nova York mesmo se o apelido não fosse a melhor fruta da face da Terra.

— É incrível — digo. — Mas não sei se eu conseguiria morar aqui. Eu adoro silêncio. Nunca faz silêncio aqui, faz?

— *Jamais.*

— Quando você terminar a faculdade e tudo, onde vai morar? — pergunto.

Ela gira, os braços estendidos.

— Em todos os lugares!

— Você parece estar falando sério.

— Estou.

— Sawyer, Tennessee? — Desvio de uma mulher que está passeando com um cachorrinho usando um casaco de cachorro que provavelmente custa mais caro do que o meu.

— Sim. Você vai me ensinar a pescar e caçar lobos quando eu morar lá?

— Tá, em primeiro lugar, não temos lobos em Sawyer. Segundo, você iria querer caçar lobos se tivéssemos?

Ela ri. A ponta do seu nariz fica rosada.

— Não. Mas quero pescar. — Ela finge lançar uma linha.

— Isso podemos fazer.

— Se eu pegar um peixe e assar, você come?

— Você é boa cozinheira?

— Péssima.

— Sim, eu como — digo.

Sinto o cheiro do seu condicionador quando uma rajada súbita sopra seu cabelo sobre o rosto. Estendo a mão e tiro o cabelo de seus olhos com delicadeza.

Qualquer desculpa. Qualquer uma.

— Então, esse jogo é só ser um gato andando em cima das bolas das pessoas? — pergunto.

Vi fixa os olhos na tela e não desvia.

— É divertido. Tenta.

— Estou bem assim.

— Você não é muito de jogar.

— Não muito. Tive um PlayStation por um tempo, mas... — *Minha mãe vendeu.* — Eu não curtia tanto.

O jogo acaba e ela vira para mim.

— Certo. Estou com fome e você precisa ver mais da cidade. Está com fome?

— Com certeza.

— Está pronto para experimentar comida brasileira?

— Claro. — Tenho um golpe de gênio. — Mas quero a experiência de verdade. Nada de comida brasileira chique. O que um brasileiro normal comeria no dia a dia.

Ela procura no telefone por um minuto.

— Ah! Tem um lugar perto. E não parece chique.

Solto um suspiro interno de alívio enquanto caminhamos sob o crepúsculo lilás-azulado.

Nova York é incrível. Você decide que quer comida brasileira e, depois de cinco minutos de caminhada, está sentado em um restaurante brasileiro casual com uma decoração moderna e jovial chamado Almoço. Parece uma versão brasileira do Chipotle.

Peço arroz com feijão e pão de queijo. Meu prato me faz lembrar de pão de milho e sopa de feijão. É substancioso, delicioso e, o melhor de tudo, barato.

Vi pede feijoada, que é um pouco mais caro. É um guisado de feijão-preto e linguiça e barriga de porco. Ela me diz que a original levaria orelha e focinho também. Fica claro que ela pensa que eu ficaria horrorizado, mas sou do Tennessee, então não fico. Na verdade, parece uma delícia.

Ela me fala sobre sua nova ideia de jogo. Você brinca com um amigo e passeia por uma cidade gigante como Nova York, renderizada em detalhes digitais perfeitos, interagindo entre si e com o ambiente. Fica apenas conversando enquanto anda e vê as paisagens. O objetivo não é o jogo, mas sim a interação.

— Comida brasileira me faz querer morar no Brasil — digo quando terminamos.

— Me conhecer não foi suficiente?

— Ah, foi. — Penso em dizer para ela exatamente quão suficiente foi enquanto comemos. Mas não digo. Não por enquanto.
Em breve.

Terminamos o jantar e voltamos para a noite de ventania. O céu
nublado reflete as luzes da cidade em um brilho rosa-dourado de inverno. É uma das minhas cores favoritas.

A temperatura despencou e caminho tentando protegê-la do
vento. Uma ou duas vezes ela precisa levar a mão ao chapéu para
impedir que saia voando.

— Hora da High Line? — ela pergunta.

— Bora lá — digo, uma ansiedade crescente se agitando no
fundo da minha barriga.

Ficamos praticamente em silêncio no caminho. Contemplo a energia festiva da noite de Manhattan enquanto passeamos pela High Line.

— Aqui já foi uma linha de trem — Vi diz quando subimos os
degraus. — Era meu lugar favorito de passear quando eu morava aqui.

Uma rajada de vento sopra a aba do chapéu de Vi e o faz sair
voando. Corro para pegá-lo.

Continuamos o passeio. A High Line é bem iluminada e tem
jardins meticulosamente bem cuidados. Estamos praticamente sozinhos, mas passamos por uma ou outra pessoa ou um casal de vez
em quando.

Admiramos as paisagens e especulamos o que os prédios abri-
gam. Observamos as pessoas caminhando nas ruas lá embaixo. Fazemos uma curva, e há uma paisagem impressionante e um banco
para admirá-la. *Este é o lugar.* Minha respiração acelera.

— Quer sentar? — pergunto, torcendo para que ela interprete
a insegurança na minha voz como um calafrio causado pelo vento gelado.

— Claro.

Meu sangue lateja nas têmporas. Planejei o que vou dizer, mas o plano me abandonou no minuto em que sentei.

— Quase esqueci — Vi diz, revirando o bolso. — Tenho um trabalho para você. — Ela pega outro colar enrolado.

Um alívio percorre meu corpo. Isso pode tornar meu caminho mais fácil. Tiro a luva e estendo a mão. Ela deposita o colar.

— Agora você está testando minhas habilidades — digo. — O frio reduz a destreza, e a luz não é boa.

— Podemos deixar para depois.

— Eu gosto do desafio.

Seguro o colar e mexo um pouco nele, esperando que revele como vai se desemaranhar. Tenho uma ideia.

— Vamos ensinar você.

Ela se aproxima um pouco de mim. O vento sopra um fio de seu cabelo nos meus lábios. Não faço menção de tirá-lo.

— Certo. — Começo a puxar um dos emaranhados, mas minha mão está tremendo e não consigo pegar direito.

— Eu tento — Vi diz.

Ela tira a luva e pega a correntinha com delicadeza.

Nossas mãos estão lá, juntas. Meu dedo roça no dela.

Então, não sei como, meus dedos se entrelaçam nos dela. Sua mão é suave e lisa e fria. Ela deixa a corrente cair de volta na palma da minha mão.

E agora estou de mãos dadas com Vi Xavier.

Todas as células em meu corpo soltam faíscas.

Abaixo a palma da mão com o colar e me viro para ela.

Ela desvia os olhos com uma risada fina e nervosa.

— Eu… não sei como dizer isso. Preciso te falar uma coisa. — Não paro de tremer. — Eu… *gosto* de você já faz muito, muito tempo. Mais do que como amigo. Acho que é isso que eu precisava dizer. Eu não conseguia mais guardar isso dentro de mim. Mas. É.

Um poeta e tanto. A professora Adkins ficaria muito orgulhosa.

Vi respira fundo, como se para se recompor. Olha para mim e depois abaixa o olhar.

— Cash — ela diz baixo.

Afasta a mão tão suavemente que me faz querer que ela tivesse feito isso com força.

Meu pulso começa a latejar no fundo da minha cabeça, e até o vento parece fazer silêncio para ouvir o que ela vai dizer.

— Não posso.

Sinto que estava correndo no breu e, de repente, não há chão sob meus pés, e a única pergunta enquanto caio é quantos ossos vou quebrar quando chegar ao fundo do abismo em que me lancei. E ainda assim me apego a um fio minúsculo de esperança, como se eu fosse cair em um colchão gigante de penas. Talvez seja apenas uma piadinha dela.

Mas ela olha para mim com muita tristeza — ou melhor, pena.

— Ah — digo com a voz fraca. — Ah.

— Acho você muito incrível. Adoro ser sua amiga. Nos divertimos muito juntos.

— O que tem de… errado em mim? — Odeio a súplica na minha voz.

— Não tem *nada* de errado em você. É por isso que amo ser sua amiga. Mas… — Ela se contém.

— O quê?

Balança a cabeça.

Talvez seja uma dúvida que eu consiga resolver que faça tudo dar certo.

— Vi. Por favor, me fala o que você ia dizer.

Ela baixa os olhos e não diz.

— Por favor. — Minha voz é frágil.

Ela ergue a cabeça para me olhar nos olhos.

— Cash — sussurra. — Você está apaixonado pela Delaney.

Solto uma risadinha incrédula.

— Espera. *Quê?* Não. Não. Vi. Não sou apaixonado pela Delaney. Tipo, sim, somos melhores amigos. Mas não estamos *juntos*. Nunca estivemos.

— Sei que vocês não estão juntos — Vi murmura. — Mas está na cara.

O calor dentro de mim que me protegia do frio foi extinto como se alguém fizesse xixi nas brasas de uma fogueira. Começo a tremer violentamente. O calafrio terrível de um enjoo iminente desce pelas minhas costas como uma legião de centopeias.

— Tem algo que eu possa dizer para convencer você de que não sou apaixonado pela Delaney?

Vi pega minha mão, mas com uma energia de "você vai superar".

— Você é muito importante para mim. Espero que a gente continue amigo. Nunca quis magoar você.

Agora sou eu quem tira a mão. Entrelaço as mãos na frente do corpo e pouso os cotovelos nos joelhos. De repente me sinto minúsculo e tosco e ridículo. Com minhas roupas baratas e a barriga cheia de comida brasileira barata. Tendo conhecido Vi por causa de uma bolsa que não mereci. Com minha família toda morrendo ao meu redor. *De onde tirei a ideia de que eu estava à altura dela? Minha vida despedaçada não é lugar para ela.* Me pergunto se vou mesmo passar todos os meus dias tentando abrir portas fechadas para mim.

— Cash? — ela diz baixo.

— Não era isso que você queria. Eu sei — digo. — Vou ficar bem. — *Talvez.*

— Não quero que as coisas fiquem estranhas entre nós.

— Só preciso de tempo. — Levanto. — É melhor a gente voltar.

Ela também levanta e começamos a andar.

Se um coração partido fosse mesmo o que todo mundo diz, talvez não fosse tão ruim. Mas aí é que está: um coração partido nunca é ruim o suficiente para impedir você de desejar quem o partiu.

43

Voltamos à Strand, que ainda está cheia de pessoas fazendo compras. Não faz muito tempo que estamos esperando (mas parece uma eternidade) quando Alex, Malik e Desiree aparecem, conversando alegremente.

— Mano — Alex diz. — Essa tal de Nova York? Tem umas opções de comida.

Eles nos deliciam com sua odisseia culinária. Estão tão exuberantes que tornam mais fáceis meus esforços e os de Vi de fingir que está tudo bem.

Delaney, TaKisha e a professora Adkins chegam. Elas também irradiam a aura de terem se divertido como nunca.

— Bom — a professora Adkins —, essa foi minha primeira experiência indo a um museu com uma pessoa mais inteligente do que o museu.

— Nós nos divertimos mais do que vocês — Delaney diz, vindo para perto de mim, um pouco à parte do grupo.

— Pois é.

— Você não deveria ter me largado. Depois de todo aquele papinho sobre andarmos juntos por aqui algum dia.

— Eu sei — digo baixo, desviando os olhos.

Penso que Delaney vai continuar torcendo a faca, mas ela me poupa.

Senta ao meu lado no caminho de volta ao Brooklyn para buscar o carro. Que diferença gritante entre esse percurso e o percurso *para* Manhattan. Pensei que faria essa jornada em triunfo, com Vi ao meu lado, nossos olhos brilhando, todos abrindo sorrisos de congratulações. Em vez disso, Delaney e Alex sentam entre mim e Vi. Tento manter a cabeça erguida, mas o peso é grande sobre mim e fico curvado.

Chegamos ao carro, e imediatamente digo que vou ficar no banco dos fundos.

— Cara, esse dia foi cansativo. Vou capotar na viagem de volta.

— Eu também. Vou sentar com Cash. Dar espaço para Vi e Alex relaxarem.

Deus abençoe Delaney Doyle.

Enquanto entro, a professora Adkins pergunta:

— Se divertiu hoje?

Ela sabe. Então ofereço o máximo de verdade que consigo.

— Ver TaKisha foi incrível. Nunca vou esquecer.

— Foi muito especial, não foi?

Apoio a testa na janela fria enquanto as luzes da cidade se dissolvem na escuridão atrás de nós como açúcar no café. Estreito os olhos e lembro de tempos mais simples — ir com Delaney olhar do alto para Sawyer, o equivalente a alguns quarteirões de Manhattan.

— Parecem fosfenos — Delaney murmura, vendo minha fixação no horizonte.

— O quê?

— É o nome daquelas luzinhas que você vê quando fecha os olhos.

Fecho bem os olhos e contemplo a dança lenta de fosfenos nas minhas pálpebras.

Todos estão cansados pelo dia, então o caminho é quase todo silencioso. Mas, depois de um tempo, Delaney murmura:

— Pode ter havido outra vida inteligente na Terra antes dos humanos. E talvez nunca saibamos.

— Como? — pergunto.

— Centenas de milhões de anos atrás.

— Tá, mas teria pirâmides e fósseis e tal.

— Só uma fraçãozinha da vida é fossilizada. As estruturas humanas não podem durar milhões de anos. Quase tudo de milhões de anos atrás virou poeira. Se existiu uma civilização de seres avançados que esteve aqui por cem mil anos há sessenta milhões de anos, é provável que nunca saibamos.

Volto a olhar para as luzes distantes.

— Tudo isso vai ser esquecido?

— Um dia.

Penso em nossa passagem pela noite sobre os ossos pulverizados de amores e memórias há muito enterrados, e é estranhamente tranquilizador — que o mundo esqueça todas as nossas feridas e dores tão completamente que um dia nem consigamos distingui-las de pó.

Delaney se afunda no meu ombro, estende o braço e segura minha mão. Como fez no funeral da minha mãe. Sinto a aspereza do polegar machucado dela. *É a terceira vez que você dá as mãos para uma menina hoje, nenhuma do jeito que você queria.*

Ela não solta minha mão pelo resto da viagem. Isso não vai ajudar a provar que não estou apaixonado por Delaney, mas não me importo, porque, sem ela para me segurar, eu me afogaria na maré de tristeza.

De volta ao campus, dizemos nossos boas-noites. Eu e Vi não nos abraçamos como normalmente. Finjo que é uma piada, como se tivesse medo de derrubar seu chapéu. Mas não sei mais para quem estou atuando.

Eu e Alex voltamos devagar para o dormitório Koch.

Ele passa o braço ao redor dos meus ombros, e caminhamos por um tempo sem falar nada. Finalmente, ele diz:

— Você mergulhou de cabeça.

— De um penhasco de trinta metros para dez centímetros de água.

— Cara — Alex diz.

— Levei o bom e velho "Só quero ser sua amiga". — Não estou a fim de contar a outra parte para Alex.

— Ai, cara. Sinto muito, mano.

— Tudo bem. Tipo, na verdade, não, mas...

— Se vale de alguma coisa, cara, acho que ela foi sincera. Dá para ver que você é importante para ela.

Suspiro.

Entramos no elevador. Alex me solta para apertar o botão do seu andar. Quando está prestes a sair, ele vira para mim e faz sinal para eu chegar perto.

— Vem, mano. Dá cá um abraço.

Sorrio contra a vontade e nos abraçamos. É uma sensação boa. Alex cheira a restaurante — fumaça e óleo quente e especiarias.

E então fico sozinho de novo. Vou com os pés arrastados até meu quarto. Sento na cama em silêncio. Tripp viajou para o Dia de Ação de Graças. Quase desejo que ele estivesse aqui para me dar *alguma* distração. Até raiva ou irritação seriam melhores do que o que estou sentindo.

Mando mensagem para Delaney.

Eu: Desculpa de novo por largar vc em NY. Me arrependi.

Alguns segundos se passam.

Delaney: Vc tá bem?

Eu: Acho que vc sacou tudo.

Delaney: Sim.

Eu: Vi te contou?

Delaney: Sua cara me contou. Ela não disse nada. Sinto muito, Cash. Odeio te ver mal.

Eu: Me sinto um idiota.

Delaney: Você não parece mais idiota do que o normal, se isso te consola.

Eu: Por incrível que pareça, sim.

Delaney: Vc sobreviveu a coisa pior. Vai superar essa.

Eu: Tomara.

Delaney: Vc ainda me deve uma viagem a NY. A gente passeando como planejado.

Eu: Pode crer.

Tento dormir e, exausto do jeito que estou, deveria ser fácil. Mas, toda vez que pego no sono, meu cérebro repete minha conversa com Vi e me desperta de novo, como se eu estivesse tentando dormir em uma passarela estreita sobre um lago congelante e, toda vez que estou quase dormindo, minha mão caísse na água gelada.

São duas da madrugada. Olho o celular, como se fosse encontrar uma mensagem de Vi dizendo: *Ei, agora que tive tempo para pensar, quero sim ser sua namorada.* É claro que não tem nada.

Entro em uma espiral. *Por que você está escolhendo estar tão longe de todos que te amam? Em um lugar onde você só vai fracassar e decepcionar todo mundo? Você pode largar a escola amanhã e deixar tudo para trás.*

Quero tanto conversar com vovô que meus dentes doem. Considero sinceramente, por um segundo ou dois, ligar para ele. Mas eu atrapalharia seu sono e não posso fazer isso.

Então lembro do livro da professora Adkins. Nem abri para ver sua dedicatória para mim. Abro e, ainda embaixo da coberta (não consigo sair do quentinho para acender a luz), leio com a lanterna do celular:

Ao também poeta Cash,
Há beleza em todas as feridas.
Encontre-a.
Sua amiga,
Bree Rae Adkins

Também poeta. Me sinto dez por cento melhor na mesma hora. Começo a folhear, lendo. É um jardim de maravilhas doloridas. Ela escreve sobre as coisas, paisagens e pessoas que conheço. Seus poemas massageiam a mágoa do meu coração — não me pedindo para fugir dela, mas me convidando a sentar e conversar com ela — a conhecer essa dor.

E sei como fazer isso. Tenho uma caneta na minha mesa de cabeceira. Pego. Nem levanto para encontrar meu caderno. Escrevo no verso do livro da professora Adkins, como ela me contou que fazia em seus livros favoritos de poesia.

Saem de mim, sem interrupção. Ver minhas palavras se derramando na página cega o gume afiado da minha tristeza. *Beleza em todas as feridas. Dignidade no coração partido. É isso que minha mãe buscava — que parasse de doer por um tempo — e isso a matou.*

Como uma cura para dor, a poesia é melhor que muitas.

Banquete de maçãs

Você me disse que maçãs eram sua fruta
favorita e me ensinou
o segredo de comê-las
de modo a sumir com
as partes duras.

Você me disse que maçãs eram sua fruta
favorita porque desejamos
mais o que não podemos ter.

Sabia que dá para morrer de fome
em um banquete de maçãs?
Quanto mais você come,
com mais vontade fica.

Você estava linda
sob a luz minguante de outono.
Ao nosso redor havia o perfume doce
de casca ensolarada de maçãs,
intenso no sopro
ardente da estação.

Eu queria limpar com a boca
o néctar
que untava seus lábios,
eu estava delirante de desejo;
não há nenhuma parte sua
que não me daria mais fome.

INVERNO

44

— A gente não conversa tanto desde o Dia de Ação de Graças — Delaney diz, olhando pela janela do ônibus.

Ela não estava com vontade de ir para casa para as férias de Natal, mas falei que poderia ficar com a gente, então ela topou.

— Você não está me culpando, está? — pergunto.

— Não estou *não* culpando você.

— Como se você não tivesse passado noventa por cento de dezembro estudando para as provas finais. O mesmo vale para Alex e Vi.

— Como se você não tivesse passado todos os minutos livres que teve sozinho à beira do lago com seu caderno, faltando às refeições com a gente. Pelo menos, quando fiz isso, eu tinha a desculpa de estar brava com você.

Minhas tentativas de fugir não haviam funcionado. Toda vez que eu tentava diminuir o volume dos meus pensamentos, eles apenas reverberavam mais alto.

— Você sabe por quê.

— Alex disse que você prometeu que não largaria a gente se a Vi te rejeitasse.

— Por que Alex está te falando essas coisas?

— Porque a gente estava conversando sobre como a gente sente sua falta, seu tonto.

Olho fixamente para as mãos.

— Eu precisava de um tempo sem vê-la todos os dias.

— Ela ronca e larga lenços usados pelo quarto.

— Aposto que são lindos roncos. E lindos lenços usados.

Delaney revira os olhos.

— Que nojo. Não seja patético.

Não falamos nada por um tempo. Então Delaney diz:

— Estou falando sério, seu tonto, senti sua falta.

— Eu sei. Estou passando por uma fase.

— Para continuarmos amigos em Middleford, vamos ter que nos esforçar nisso. Não é como em Sawyer, onde era fácil porque não havia mais ninguém. É como uma planta que você tem que regar.

Viro para Delaney.

— Quando voltarmos, vamos nos ver toda sexta à noite. Só eu e você. Sem Alex nem Vi. Combinado?

— Você pensa que meus compromissos de toda sexta à noite vão se resumir a você? Está se achando, hein?

— O que você poderia ter para fazer sexta à noite em Middleford?

— É minha noite de autocuidado.

— Nós dois sabemos que o único autocuidado que você tem é me encher o saco.

Ela sorri um pouco.

— Jantares de quinta — digo. — Só eu e você.

— Fechado.

— Sabe que essa viagem de ônibus para casa é o primeiro momento de paz e felicidade que sinto desde o Dia de Ação de Graças?

Delaney encolhe os ombros e se aconchega no meu ombro, puxando o moletom sobre si como se fosse uma coberta. Logo vai cair no sono. Em certo momento, ela se mexe e murmura:

— Um dia, quando estiver chorando pela Vi ali no lago, você pode escrever um poema sobre como sou incrível para parar de sofrer.

— Prometo que vou fazer isso — digo.

Não estou mentindo.

45

Estar em casa remenda buracos em mim.

Na minha primeira noite de volta, eu e vovô enfrentamos o frio para sentar no alpendre e conversar. Já contei para ele sobre o fiasco com Vi. Mas repito a história.

— Às vezes o coração machuca, Mickey Mouse. Não tem como evitar — ele diz, arfante.

— E agora?

— Você disse que ela quer ser sua amiga.

— Diz ela.

— Então seja amigo dela. Talvez ela mude de ideia. Mas, se não, tudo bem também. Ela ainda assim pode ser uma benção na sua vida.

— Preferia que ela abençoasse meus lábios com os dela — digo, e vovô ri até ter um acesso de tosse de um minuto.

Celebramos um Natal tranquilo e pacífico. Vamos dormir tarde. Eu e Delaney ajudamos vovó a fazer biscoitos de manteiga com molho e presunto para o café da manhã.

Não há muitos presentes para abrir — não num ano como este. Ganho algumas camisetas e um caderno. Dentro da minha meia está um ursinho preto que vovô esculpiu para mim.

— Você falando sobre poesia me deu um estalo. Voltei a esculpir depois que você se mudou. Esse foi o único que deu certo — ele diz, seu rosto orgulhoso contrariando sua tentativa de autodepreciação.

Exceto por alguns minutos quando a levo de carro para entregar presentes para os meios-irmãos e espero do lado de fora na picape, Delaney passa todos os minutos do dia de Natal conosco. Ela e vovô começam a assistir a *Longmire* logo depois do café da manhã e quase não se mexem o dia todo. Tia Betsy e Mitzi vêm e nos ajudam a preparar o jantar de Natal. Tia Betsy diz que estou com uma postura diferente agora, com mais confiança. Ela e Mitzi ficam admiradas com toda a massa muscular que ganhei por causa do remo. Não vejo nenhuma das duas coisas, mas aceito os elogios.

Passo talvez uma hora do dia sem pensar nenhuma vez em Vi, que é o máximo de tempo que consigo desde o fim de semana de Ação de Graças. Às vezes você se acostuma com a dor, assim como com uma água fria ou quente demais, e então é a ausência dela que nota.

Sentamos à mesa de jantar. Eu e Delaney contamos sobre Nova York. Tia Betsy diz que ela e Mitzi estão planejando ir lá algum dia para ver musicais. Elas nos pedem recomendações de lugares. Delaney aponta o museu de história natural. Eu falo que o High Line é uma caminhada bonita. Não conto que também é um lugar bom para ter seu coração atropelado.

46

Certa manhã, pouco antes de voltarmos à escola, nasce um dia claro e limpo de catorze graus como às vezes acontece aqui durante o inverno. É o tipo de frescor que diz que, à tarde, as nuvens terão surgido. Depois do pôr do sol, vai começar a chover e a temperatura vai cair continuamente. Você vai acordar com uma leve geada no chão. Mas, por enquanto, é agradável, então eu e Delaney vamos juntos ao rio. É gostoso, como sempre foi.

— De volta aonde tudo começou — Delaney diz, seu remo pousado nos joelhos enquanto conduzo.

— Sim.

— Devo admitir que os últimos meses não foram entediantes.

— Não. Nada entediantes.

Ficamos em silêncio por um tempo.

— Sinto saudade de Vi — digo, sem nenhum motivo em particular.

— Lá vamos nós. — Delaney se volta para mim, fazendo questão que eu veja, e quase faz a canoa virar com a força do seu revirar de olhos.

— Só estou dizendo como me sinto.

— Sei que é um saco, mas você precisa superar, cara.

— Falar é fácil.

— Que bom que não estou apenas falando, então — Delaney diz, passando a ponta dos dedos na água e depois sacudindo as gotículas.

— Ah, é?

— Sei mais sobre amor não correspondido do que você imagina, Cash. E estou dizendo que dá para sobreviver. Por mais que doa.

— Qualquer pessoa que não retribuir seu amor é um idiota.

— É. Às vezes é mesmo.

— Por falar nisso, já viu sua mãe?

Delaney ri baixo.

— Pedi para você me dar carona para a casa dela?

— Não.

Ela olha fixamente rio abaixo.

— Quando você me levou para entregar os presentes de Noah e Braxton, o pai deles me contou que ela arranjou um cara novo que trabalha em um campo de petróleo em North Dakota. Então é lá que ela está. — Ela olha para mim com uma expressão melancólica, seus olhos amarelo-âmbar distantes. — Vocês são tudo que tenho agora. Você. Pep. Vovó. Noah e Braxton já começaram a se esquecer de mim enquanto estou longe. Só sobraram vocês.

Delaney volta a olhar para a frente e flutuamos por um tempo em silêncio. Olho para as costas dela. Ela está certa sobre Vi. Preciso superá-la. Eu e Vi não fomos feitos para ser mais do que amigos. É muito chato que eu e Delaney não tenhamos ficado juntos em Sawyer, quando os riscos eram altos demais por eu ser sua única opção, e nunca vamos ficar juntos agora que Delaney não está mais em Sawyer porque agora ela tem escolhas de sobra em Middleford — caras que são muito mais inteligentes do que eu. Eu adoraria ter uma namorada de quem eu fosse tão próximo quanto sou de Delaney. Quero alguém que me conheça como ela — todos os aspectos em que sou fraco e forte — e ainda me ame apesar e também por causa deles. Seria ótimo.

294

É um daqueles dias tranquilos em que o rio reflete o azul fresco do céu de dezembro e o sol de inverno pálido, e o vento reverbera a face da água como pinceladas de uma pintura. Você olha para tudo e sonha que chegue um dia em que nenhum problema pareça mais importante e que você veja apenas isso quando sua mente se calar.

47

Na noite antes de eu ir embora, eu e vovô sentamos no alpendre pela última vez. Ele diz que não tem problema amar quem não retribui nosso amor — também é uma história de amor e ele não se importa com quem diga o contrário. Ele me fala que existe alguém neste mundo para mim — talvez alguém que eu já conheça, talvez não — mas alguém.

Ele conta de sua lua de mel com vovó. Que eles não podiam pagar nada muito grandioso, então pegaram a estrada para Gatlinburg e ficaram num hotel barato. Uma noite, eles saíram para dançar até as duas da manhã e pararam em uma casa de panquecas que ficava aberta a noite toda no caminho de volta.

Contou que eles estavam tão tontos e embriagados de amor que começaram a desenhar rostos em suas panquecas com ketchup e riram tanto que foram expulsos. A lembrança o faz rir até ter um ataque de chiado e tosse. Quando se recupera, diz:

— Vou te contar, Mickey Mouse. Quando você encontra a pessoa certa, todo minuto que passa com ela é como estar de férias no Havaí. Ela existe em algum lugar. Você vai ver só.

Ele nunca foi ao Havaí.

Sinto que está me transmitindo uma herança da única riqueza que possui — suas memórias, suas alegrias tranquilas.

★ ★ ★

Na rodoviária para se despedir de mim e Delaney, vovô tem dificuldade para andar até uma distância curta. Eu e vovó o ajudamos como podemos.

Vovó e vovô se alternam para abraçar Delaney. Vovô diz:

— Não se esqueça daquela promessa que você me fez, Tess.

— Não vou esquecer — Delaney diz. — Ainda estou trabalhando nisso.

— Acredito em você — ele diz.

Dou um abraço de despedida na vovó.

— Cuida dele — digo. — E se cuida. Não trabalha demais.

— Posso prometer cuidar dele, mas só. Te amo, querido.

— Te amo, vovó.

Nos abraçamos. Seu cabelo cor de ardósia tem cheiro de rolinhos de canela e rosas. Me pergunto por um segundo como seria a vida dela se ela tivesse o que os pais de Tripp ou de Vi têm. Se o destino não fosse um galho carcomido por insetos prestes a cair em cima dela ao primeiro vento forte. Se o mundo dela tivesse sido um pouco mais verde. Será que as mesmas rugas cercariam seus olhos e sua boca? É difícil agora imaginá-la tão jovem e despreocupada a ponto de rir de rostos desenhados em panquecas com ketchup até ficar tonta.

Antes de embarcarmos no ônibus, eu e vovô nos abraçamos. Ele cheira a eucalipto, gaulthéria e verniz de madeira. Consigo sentir a aspereza de sua respiração e sua fragilidade sob minhas mãos.

— Continue se esforçando muito por lá, Mickey Mouse — ele diz. — Vamos sentir sua falta.

— Te amo, vovô.

— Também te amo, Mickey Mouse.

Do meu assento, eu os observo pela janela. Eles parecem pequenos, ali, de mãos dadas, no frio, em meio ao cheiro de diesel, encapotados nos casacos que usam desde que me entendo por gente. Sei que não vão embora até o ônibus ter saído do seu campo de visão. Vovô dá um aceno fraco.

Lágrimas escorrem pelo meu rosto enquanto me pergunto se esta é a última vez que o verei em pé. Ou se é a última vez que o verei.

Delaney estende a mão e seca uma lágrima da minha bochecha e a ergue sob a luz da janela como se avaliasse um diamante.

— Lágrimas têm a mesma salinidade da água do mar.

— Você me contou isso uma vez em que estava chorando — digo depois de um momento que precisei para me recompor.

48

— Cash, a gente pode dar uma voltinha? — Vi pergunta quando terminamos de jantar.

Meu coração balbucia. Ela vai me dizer que não conseguiu parar de pensar em mim e que nascemos um pro outro. Mas não é esse o timbre da voz dela. Mesmo assim, estou interessado.

Olho nos olhos de Alex enquanto levanto da mesa. Seu olhar é aparentemente neutro, mas o conheço o bastante para ver a torcida nele. Delaney não olha nos meus olhos.

Eu e Vi saímos do refeitório. Ela carrega uma sacola.

— Podemos ir ao lago? — pergunta.

— Claro.

Chegamos ao lago e sentamos.

Lembro de vir aqui na noite em que nos conhecemos. E depois do jogo de futebol americano. Dias em que ainda havia possibilidades.

Há um silêncio constrangedor prolongado. É a primeira vez que ficamos a sós desde Nova York. Fazemos contato visual e logo desviamos o olhar.

Começamos a falar ao mesmo tempo.

— Fala você — Vi diz.

— Não, você — digo.

Ela coloca a sacola que trouxe no colo. Depois a entrega para mim.

— É seu presente de Natal.

Pego a sacola sem abrir.

Vi me cutuca de brincadeira. Como fazia antigamente. Do jeito que me fazia pensar que ela estava buscando desculpas para tocar em mim.

— Abre.

Não quero abrir. Prefiro viver neste momento de possibilidade. Por mim, quando abrir a sacola, vou encontrar um bordado que diz: Mudei de ideia no Natal, e agora meu coração é seu, Cash Pruitt. Mas abro. É um livro de Adélia Prado chamado *O alfabeto no parque*. Folheio rapidamente. É poesia. E é bonito.

— Ela é uma das melhores poetas brasileiras — Vi diz, radiante.

— Me sinto mal porque não comprei nada para você. Não sabia se seria esquisito ou coisa assim.

— Vou te falar o único presente que quero de você.

Meu peito aperta.

— Fala.

— Quero que a gente volte a ser amigo.

— A gente é amigo — digo, sem convicção, sabendo que estou contra a parede.

— Não como antes. Tenho *saudade* de você.

— Não queria que você se sentisse assim. É só... difícil.

Ela levanta e estende os braços.

— Estou cansada de não ganhar nenhum abraço. *Me dá um abraço, cara* — ela diz em português.

Levanto.

— O que isso quer dizer?

— Me dá um abraço, cara — ela repete em inglês.

Eu dou. Nos abraçamos por um tempão, balançando suavemente de trás para a frente. Penso que ela está prestes a me soltar, mas está apenas se ajeitando para me apertar com mais força, pousando a cabeça no meu peito. Encosto a bochecha no topo da sua cabeça e inspiro o aroma de açúcar quente e baunilha até ficar zonzo.

Senti muito a falta dela. Embora ela sempre estivesse por perto.

— Você está agindo como o Bucky Barnes — ela murmura. — Sendo muito… humm… não sei a palavra.

— Triste?

— Não.

— Bravo?

— Como se estivesse carregando alguma coisa pesada no coração.

— Taciturno?

— Isso! Taciturno — ela diz com a voz grave e funesta.

Damos risada, ainda nos abraçando.

— Está com frio? — pergunto.

— Sim.

— Quer voltar para dentro?

— Ainda não. Só mais um pouquinho.

Quando finalmente paramos de nos abraçar e nos recostamos ao lado um do outro, ela diz:

— Lê para mim um poema do seu livro novo, já que você não vai me mostrar nenhum dos seus.

Folheio o livro até ver um poema com um verso sobre maçãs. Leio para ela.

Sei disto agora: minha vida é melhor com ela por perto, mesmo que não seja do jeito que eu gostaria.

49

Alex senta em cima da secadora na minha frente, balançando as pernas sem parar, às vezes batendo na secadora com um *bum* oco, enquanto passo roupa. Algo nele está estranho. Ele costuma emanar uma confiança bem-humorada e inabalável. O tipo que me faz acreditar quando ele diz que vai ser presidente um dia.

— Você está quieto — digo.

— Estou numa boa — ele responde, sem me convencer.

— É mesmo?

Ele coça a perna, funga e faz que sim.

Coloco meu ferro na ponta.

— Você não está numa boa, cara.

— Não — ele murmura. — Não muito.

— É a Alara?

— Cara, não. Esqueci de dizer que ela me mandou mensagem de novo ontem à noite depois que comentei o vídeo dela. Eu tinha deixado um comentário inocente.

— Ela está a fim de você. — Paro para pensar. — Mas posso não ser o melhor para julgar quem está a fim de quem.

— Tudo bem, mano. — Mais um sorriso fraco.

— Se não é uma mulher, é o quê?

Alex inspira fundo e expira.

— Meus pais me ligaram ontem à noite, superchateados...

— Cara, você tirou um nove e o resto tudo é dez.

— Não, eles já me deram bronca por isso. Agora não tem nada a ver com meu péssimo desempenho acadêmico.

— Então o quê? — Ergo a camisa que estou passando, procurando por amassados.

— Eles me falaram que a ICE invadiu um mercado coreano lá perto e prendeu um monte de imigrantes ilegais da minha igreja.

— Tipo, imigrantes coreanos?

— Sim. As pessoas não sabem que tem muitos coreanos ilegais nos Estados Unidos.

— Que merda.

— Pois é, tipo, pessoas trabalhadoras e religiosas que só queriam uma vida nos Estados Unidos foram presas. O amigo do meu pai, Young-jin. O pai da minha amiga Becca. — Alex não é uma pessoa de ódio ou raiva, mas ódio e raiva permeiam sua voz.

— Poxa, cara. Odeio que essa merda tenha acontecido.

— Pois é — Alex diz, cabeça baixa, mexendo uma bolinha de tecido. — Sabe o pior? — Ele ergue a cabeça para me olhar nos olhos. Seu rosto está cheio de mágoa. — Rezei *sem parar* para que isso nunca acontecesse. Toda noite. Pedindo a Deus para proteger e cuidar deles. Permitir que construíssem uma vida. Que vivessem felizes com suas famílias. Que seguissem o caminho de luz e paz. Só isso. Não rezei para que ficassem ricos ou nunca tivessem que passar por provações. Não fui ganancioso. E mesmo assim. — Ele começa a dizer algo e se controla. Depois diz: — Parece que Deus não está ouvindo, sabe?

— Sei como é.

— A questão é que não sei o que prefiro. Pensar que Deus existe e me ignora ou pensar que Deus nem existe. — Ele respira fundo pelo nariz.

Nunca vi Alex tão abatido.

— Já ouvi dizer que Deus às vezes não escuta as orações porque tem um plano diferente para cada pessoa — digo.

— Você acredita nisso? — A secadora de Alex apita, e ele abre e começa a puxar as roupas para um cesto.

— Não sei, cara. — Então um impulso irresistível toma conta de mim. — Se eu contar uma coisa, fica entre nós?

— Sou tipo um túmulo, mano.

Ainda dá tempo de voltar atrás.

— Minha mãe... — Quase digo *teve uma overdose*, mas já me sinto exposto demais; não posso contar para ele as circunstâncias precisas da morte dela. — Faleceu quando eu tinha treze anos. Eu não tenho contato com meu pai. É por isso que sou tão próximo dos meus avós. Eles me acolheram depois.

Ele fica em silêncio por muito tempo.

— Nossa, Cash. Sinto muito.

— Não é algo que inspira muita fé para mim.

— Imagino que não.

— Ainda sofro por ter perdido minha mãe. Mas, sem as coisas que levaram a isso, eu nunca teria conhecido Delaney. E depois eu e você nunca teríamos sido amigos. Então, tipo, quem sabe, entende?

— Vou continuar orando por você, mano.

— Você ora por mim?

— Claro — Alex diz.

— Você fala como se todos orassem pelos amigos.

— Eu oro.

— Caramba, cara. Orando pelo pessoal da igreja. Orando por mim.

— Minhas orações são muito longas. Acho que há maneiras piores de passar o tempo. Tipo... mijando... pela janela.

— *Mijando pela janela?*

Alex encolhe os ombros.

— Sei lá.

— É, não é um bom passatempo — digo. — Você orou por mim com todo o caso da Vi?

— Pedi para que tudo acontecesse do melhor jeito possível.

Dou um soco de brincadeira no braço dele.

— Você não poderia ter pedido diretamente para eu ficar com ela?

— Não acabamos de chegar à conclusão de que meus resultados de oração são um desastre? — Alex diz com uma risada triste.

— Mesmo assim, cara, vou continuar aceitando suas orações.

— Oro até pelas ex-namoradas.

— Sério?

— Normalmente para que nunca encontrem alguém mais legal do que eu na vida delas.

Morremos de rir.

— Você não cansa dessas orações não atendidas, né?

Alex, fazendo contato visual comigo, pega uma jockstrap do cesto limpo, a gira no indicador algumas vezes e a coloca na cabeça com um floreio, ainda me encarando. Então faz uma expressão pensativa e ardente, coçando o queixo e contraindo os bíceps. Desfila no corredor de máquinas de lavar e secadoras e tenta dar um giro, mas seu calcanhar tropeça e ele cai em uma lavadora.

Rimos até soluçar.

— Você ganhou, cara — digo. — Suas ex nunca vão encontrar alguém melhor.

Continuamos conversando e rindo, o ar cheio do vapor e do cheiro forte e metálico de aço quente com algodão lavado. Enquanto nos preparamos para voltar para nossos quartos com nossos sacos de roupa, digo a Alex, e não é piada:

— Ei, cara, sem querer aumentar sua lista, mas será que você pode orar pelo meu avô?

Alex olha para mim e abre um sorriso caloroso. Ele bate em meu ombro e aperta.

— Já está na lista, mano.

50

Passei os últimos dez minutos olhando para meu reflexo fantasma-górico na janela de vidro do Centro de Ciências parecendo levitar na noite de janeiro lá fora. É uma imagem teoricamente poética — você pálido sozinho no escuro, mas ainda assim flutuando. Mas não estou encontrando nenhum ponto de entrada. A página vazia está me desafiando a dar o primeiro golpe. Minha mão de escrever está se encolhendo diante do desafio.

Quando nada mais funciona, sempre há a procrastinação.

— Em que você está trabalhando? — pergunto a Delaney.

Ela não responde por um tempo enquanto espia o microscópio.

— Você...

— Sim, escutei — ela murmura. — Observando mudanças em células cancerígenas.

— Você está usando luvas. Não era para usar um jaleco e, tipo, óculos de proteção também?

— Estou bem.

— Porra. Só não deixa isso encostar em você.

— Não é nem um pouco *assim* que funciona — ela diz enquan-to digita no laptop. — Câncer não é contagioso. O que você está fazendo aí? Estou ouvindo engrenagens rangendo.

Solto a caneta e fecho o caderno com ela dentro para marcar a página.

— Um poema para a professora Adkins.

— Aquele sobre como sou incrível?

— Exato, por isso que estou empacado.

Delaney aponta para mim com uma pipeta.

— Cuidado com a boca. Vou colocar células cancerígenas na sua coca. Te dar um maldito câncer. Não estou nem aí. — Ela se curva sobre o microscópio.

— Estou com inveja do que você está fazendo — digo.

— Por quê? — ela pergunta, sem erguer os olhos.

Usa a pipeta para acrescentar algo na placa sob a lente e faz mais uma anotação no laptop.

— Porque a ciência tem respostas claras. Você coloca essa coisa na placa e olha para ela, e ou ela faz o que você quer ou não. É por isso que chama bloqueio criativo e não bloqueio científico.

— Então você é o especialista agora.

— Em bloqueio criativo? Pode apostar que sou.

— Aposto que a ciência e a poesia têm mais em comum do que você pensa.

— Olha quem é a especialista agora.

— O que você faz quando escreve poesia?

Penso um pouco.

— Acho que fico buscando alguma coisa dentro de mim.

— O quê?

— Sei lá. Uma forma de me expressar.

— De entender algo sobre o mundo?

— Isso.

— Pronto, pateta. É exatamente isso que cientistas fazem. Estamos os dois buscando alguma compreensão que não sabemos se existe.

— Buscando pode ser a palavra. Estou totalmente travado com esse poema.

— Está aí outra coisa. Experimentos fracassados. Já começou a escrever um poema que levou você a uma direção completamente diferente?

— Sim.

— É a mesma coisa com a ciência. A poesia tenta fazer você pensar nos processos de uma maneira nova?

— Tipo?

— Amor. Morte. Envelhecer. Processos. — Delaney pontua as palavras com estalos.

— Sim.

— Isso também é ciência.

Olhamos um para o outro.

— Se a poesia e a ciência são tão parecidas, me ajuda a escrever esse poema — digo.

— Pff, de jeito nenhum — Delaney diz imediatamente. — Uma coisa é uma coisa, outra coisa é outra coisa.

Gargalhamos. Eu estava cético a princípio com a comparação que Delaney estava traçando, mas ela me convenceu. Eu realmente gostaria de acreditar que estamos trabalhando em paralelo em coisas igualmente importantes. Me sinto mais próximo dela assim.

Voltamos a nossas tarefas. Acabo com dois versos que gosto, depois de riscar cerca de vinte e sete. Uma proporção normal para mim.

Enquanto Delaney está guardando instrumentos e amostras, pergunto, meio como uma piada:

— Então, você está perto?

— Do quê?

— Da cura do vovô?

Ela apenas sorri com tristeza e desaparece dentro de si, como se não tivesse me ouvido.

308

51

Estou imerso nas águas calmas de um sonho. Um barulho artificial entra na minha mente, mas se encaixa nesse mundo surreal, então continuo dormindo. O som persiste. Desperto. Meu celular está tocando. Tateio para pegá-lo. Vejo a hora: 3h07. Quem está ligando: vovó. Uma onda de adrenalina invade as comportas da minha letargia como uma injeção de cafeína no cérebro.

— Vovó? — Minha fala é seca e sonolenta.

Tripp resmunga com ar teatral. Eu o ignoro.

— Cash? — A voz da vovó é tensa e frágil.

— O que foi? — Sento, esfregando o rosto, mais desperto no mesmo instante.

Com um drama exagerado, Tripp vira para o lado e coloca o travesseiro em cima da orelha.

— Estamos no pronto-socorro. Pep não estava conseguindo respirar e piorou muito. O médico disse que deve ser pneumonia. Acho que...

Tenho uma premonição do que ela está prestes a dizer. Reconheço de onde tento enterrar as coisas que mais quero negar.

Há uma pausa prolongada e carregada do lado da vovó enquanto ela tenta inutilmente encadear as palavras. Finalmente, diz, com a voz vacilante:

— Você deveria vir para casa.

★ ★ ★

Não lembro de quase nada que acontece depois. Enfio algumas roupas na mochila sob a luz do celular enquanto Tripp resmunga. Vou até o fim do corredor e acordo Cameron. Ele me ajuda a comprar minha passagem para minha primeira viagem de avião de volta para casa. Pouco depois, Chris DiSalvo está me levando para o aeroporto bem acima do limite de velocidade.

— Tomara que fique tudo bem com seu vô, amigo — ele diz enquanto me deixa.

Nunca viajei de avião. Um funcionário generoso do aeroporto vê como estou obviamente perdido e aterrorizado, e me leva para meu portão. Quase não chego a tempo do voo. Às seis e meia da manhã, enquanto meu avião decola, estou apertando os braços com a mesma força com que seguro o remo. Que ironia cruel que essa seja a primeira vez que voo.

Tia Betsy e Mitzi me buscam no aeroporto de Knoxville na Buick velha de tia Betsy. Ela finge uma expressão valente, tentando me animar enquanto me pergunta se gostei da viagem. Mas nós dois sabemos a verdade, e então o caminho segue em um silêncio quase sepulcral cercado pelos ruídos mortais das várias peças debilitadas do carro dela.

— Foram ver como ele está? — pergunto.

— Ainda não — tia Betsy responde.

Meu peito aperta ao redor dos meus pulmões.

— Parece que ele está mal.

Ela continua olhando fixo para a estrada à frente.

— Pep é um guerreiro. Quando o pai voltava para casa depois de tomar umas, Pep ficava entre nós dois e apanhava por mim, e sempre levantava depois. — Tia Betsy para por um momento. — Nunca o agradeci o suficiente por isso — ela sussurra, mais para si mesma.

52

Sawyer está parada e sem vida, corroendo a manhã de fevereiro. Galhos despidos em árvores estéreis, fachadas abandonadas, gramados cor de suspiro, com carros moribundos se decompondo sobre eles. Uma cidade rastejando para sobreviver mais um inverno.

Finalmente passa pela minha cabeça mandar mensagem para Delaney e dizer o que está acontecendo. Eu tinha esquecido completamente disso na confusão da madrugada. Peço para ela avisar Vi e Alex. Não tenho forças para isso.

Quando tia Betsy para o carro, saio correndo para a entrada do hospital sem esperar por ela e Mitzi. Não é minha primeira vez no Hospital Sawyer. Vovô já esteve aqui algumas vezes, e minha mãe antes dele. O cheiro distante e estéril que me atinge quando a porta de vidro corrediça se abre ressuscita todas as piores memórias. Não é o cheiro asséptico de limpeza, mas de um lugar desolado, onde é difícil para qualquer ser vivo, até os micróbios, sobreviverem.

Assino meu nome na recepção. Falam para mim onde vovô está, e vou correndo para seu quarto. Vovó está sentada ao lado dele e segura sua mão enquanto ele assiste a um game show com os olhos turvos e apáticos. Ele está com uma máscara de oxigênio. Está pálido — a pele manchada, amarelo-cinzento — e desgrenhado. Parece meio devorado de dentro para fora, um casco.

Vovó levanta e me abraça com força antes que eu chegue ao lado do vovô. Posso ver que ela está tentando se manter firme.

— Que bom que você chegou bem — ela diz com um sussurro trêmulo.

Vou até o leito e abraço vovô.

— Como você está? — pergunto, embora a resposta deva ser "Ótimo".

Ele arfa.

— Já estive melhor, Mickey Mouse — ele consegue dizer, a voz abafada sob a máscara.

Mas seu rosto se ilumina ao me ver.

Vovó parece completamente esgotada.

— Você conseguiu dormir um pouco? — pergunto.

— Nem preguei o olho. E eu trabalho hoje.

— Tem alguém que possa ajudar?

— Não. Dois funcionários acabaram de se demitir.

— Quer ir para casa e cochilar antes do trabalho? Vou ficar aqui. Tia Betsy e Mitzi também. — Elas estão na porta do quarto.

Vovó olha para vovô, que ergue a mão fracamente e dá um aceno gentil de despedida.

— Pode ir, Donna Bird.

Ela dá um beijo nele e diz que o ama. Me puxa num canto e fala em um tom baixo e urgente:

— Pode me ligar se ele piorar. Eu me demito na hora e venho. — Ela sai.

Volto a sentar ao lado do vovô. Coloco a mão sobre a dele, que começa a falar.

— Guarda a energia para melhorar — digo com delicadeza.

Ele acena de leve e fecha os olhos. Minutos depois, apaga.

Eu o vejo dormir, cercado por máquinas como um círculo de oração.

Tenho o pensamento súbito e bobo de que talvez esse não seja o começo do fim, mas o difícil começo de um novo despertar para ele.

Talvez ele acorde à noite, tossindo violentamente, como se fosse enfim morrer. Vai ser aterrorizante ficar olhando, de mãos atadas. Mas, nesse acesso de tosse, uma estranha força nova o preenche. Ele senta na cama. Puxa a máscara de oxigênio. Sua tosse se intensifica, mas seu vigor cresce paralelamente.

Ele levanta, se erguendo em toda a sua altura. Depois se curva, com as mãos nos joelhos, como fazia para recuperar o fôlego quando fazíamos trilha, e tem um último turbilhão de tosse. Com um barulho engasgado, ele expele um grande tumor gosmento cor de gordura congelada para o chão com um *plop* úmido.

Aquela é a doença dele. Ela se contorce em seus espasmos finais, arrancada do corpo hospedeiro do qual se alimentava.

Vovô se endireita, limpa a boca com o dorso da mão e enche, pela primeira vez em anos, os dois pulmões de ar. A cor retorna no mesmo instante a seu rosto e seus lábios. O azul se esvai de suas unhas.

Ele solta uma gargalhada triunfante, não mais refém. Começa a arrancar os tubos e fios colados nele e joga para o lado.

Esta camisola de hospital não está ajudando nadinha, exibindo minha bunda assim para quem quiser ver, ele diz, e damos risada entre soluços extasiados.

Desculpa a bagunça, pessoal, ele diz para os médicos e enfermeiros que se reuniram para testemunhar. *Vamos comprar um balde de frango. Estou faminto*, ele fala para nós. E vamos. E ele está bem. Está tudo bem.

Talvez aconteça isso em vez do que temo.

Talvez.

53

Vovó volta depois do trabalho. Nenhum de nós sai do lado do vovô a noite toda. Ele só piora.

No começo da tarde, vovó sai para tomar banho e resolver algumas coisas antes da hora do trabalho, fechando de novo aquela noite. Sob o barulho de fundo dos programas diurnos de TV, troco mensagens com Delaney, Vi e Alex. A professora Adkins me manda uma mensagem desejando tudo de bom. Acho que a escola a avisou que eu não estaria na aula.

Vovô desperta.

— Mickey Mouse — ele murmura.

Pego a mão dele.

— Quer alguma coisa? Está com sede?

Ele arfa sob a máscara e balança a cabeça devagar.

— Pulmões novos?

— Fica com um dos meus. — Não é piada.

— Não precisa.

— Quer ver TV?

Ele balança a cabeça de novo.

— Tem poemas novos?

— Tipo, meus?

Ele faz que sim, fechando os olhos.

Não sei como, mas, no meu frenesi atordoado de enfiar as coisas na mochila, peguei por instinto meu caderno de poesia. Deve ter se tornado um objeto reconfortante mais do que eu imaginava. Eu o abro e leio baixinho, porque estou com vergonha de ouvir as palavras em voz alta saírem da minha boca.

Mas uma expressão feliz toma conta do vovô e, depois de cada poema, ele dá um tapinha na minha mão.

— Que bonitos — murmura uma vez.

Bem quando estou ficando sem poemas para ler, sua respiração fica mais devagar e ele pega no sono.

Com o passar das horas, fico sentado ao lado dele, ouvindo-o respirar, tentando criar um estoque da presença dele — como um animal guardando comida para uma longa temporada de fome.

54

Escuto uma comoção no corredor. Primeiro, os passos de tênis úmidos batendo no chão. Depois alguém gritando:

— Moça? Moça! Com licença. Você não pode... alguém segura ela? Preciso ficar na recepção. Ela não pode entrar aí assim.

Levanto para investigar. Assim que chego à porta, uma pessoa correndo quase me atropela. Não a reconheço a princípio; ela está usando um gorro e não me cumprimenta.

Os lábios de Delaney têm um leve tom de cinza-violeta que combina com suas olheiras, seu rosto na mesma cor branca antis-séptica do chão do hospital. Suas roupas estão encharcadas, e ela fede a lama fria e jeans molhados da grama. Seus tênis deixam um rastro de água atrás dela.

Delaney corre até vovô. Fico olhando em estupor enquanto ela tira a mochila das costas e pega um pote com uma substância pre-to-esverdeada dentro. Ela olha ao redor e pega um chumaço de al-godão de um frasco no balcão. Desenrosca a tampa do pote e passa o algodão lá dentro.

Seu polegar direito está sangrando. Uma gota caiu no lençol do vovô com um barulhinho, que me tira do torpor.

— *Ruiva?* O que você...

Então lembro. *A promessa dela ao vovô. Ela disse que encontraria uma cura.* Por um segundo elétrico, uma esperança desvairada toma conta

316

de mim. *Ela tem a cura. Ela vai salvá-lo como prometeu.* Mas esse otimismo logo se evapora. Nunca a vi assim antes, tão ferina, atormentada e desesperada.

Delaney continua sem olhar para mim e começa a mexer no saco de intravenosa do vovô com as mãos tremulas, sujando-o de sangue e água.

— Como faz essa merda funcionar? Me ajuda, caramba.

— Não sei se devemos...

Vovô murmura algo em seu delírio.

Delaney se abaixa na direção dele.

— Sou eu, a Tess. Estou aqui para cumprir minha promessa — ela sussurra com a voz rouca, rodeada de lágrimas.

Vou até ela. Quando faço isso, duas mulheres uniformizadas de meia-idade surgem no batente.

— Moça! Você não pode entrar aqui. Não assinou na recepção. Vem, vamos embora — uma das mulheres (uma enfermeira?) diz a Delaney, fazendo sinal para ela voltar. — Não tem opioides aqui. Fica tudo trancado e sob vigilância.

— Não sou viciada — Delaney retruca.

— Você está suja. Vai expor esse paciente a riscos — a outra enfermeira (?) diz. — E está *sangrando*? Não, mocinha. Você não pode ficar aqui. Vem.

— Tess — vovô diz com a voz rouca e estende a mão.

Delaney pega a mão dele.

As duas enfermeiras entram e passam rapidamente por mim. Delaney vira para elas, os olhos como os de um animal encurralado.

— Vou ajudá-lo. Fiquem longe de mim.

A Enfermeira Um manda a Enfermeira Dois buscar o segurança. A Enfermeira Dois sai às pressas.

— Delaney — digo.

Mas ela me ignora e se volta para o saco de intravenosa do vovô. A Enfermeira Um a segura pelo braço.

317

— Não começa a causar confusão.

— *Para*. Você vai me fazer derrubar isso, e vou...

A enfermeira, duas vezes maior que Delaney, começa a puxá-la para fora do quarto.

— Espera — digo para a enfermeira. — Não encosta nela.

A enfermeira ergue as mãos, recua para a porta, e sai para o corredor. Delaney olha feio para ela. Depois volta a correr para a intravenosa do vovô. Ele murmura alguma coisa. Delaney dá um beijo na bochecha dele.

Um segurança baixo de bigode em um falso uniforme de policial mal ajustado entra, seguido pela Enfermeira Dois e pela médica do vovô. Esqueci seu nome, embora tenhamos conversado algumas vezes.

— Vamos — o guarda diz bruscamente. — Fora.

— Não — Delaney diz. — Tenho um remédio para ele.

Ele a segura pelos dois braços e começa a puxá-la.

— Vamos.

Ela finca os calcanhares e se solta.

— Tira a mão de mim, porra — diz, entre dentes.

— Você não pode ficar falando palavrão aqui dentro — o segurança diz, indignado.

— Moço, deixa ela em paz — digo.

— Quer que eu bote os dois para fora? Vou buscar o xerife aqui.

Recuo, com medo que ele cumpra a ameaça.

A médica fala.

— Billy? Pode esperar? Moça, vamos conversar no corredor, tá?

— Ele precisa do meu remédio — Delaney diz.

— Entendi. Vamos conversar. — O tom da médica é calmo e firme, e ela estende a mão para Delaney, que cede e sai atrás dela.

Vou para um lugar onde consiga ver.

— O que aconteceu com seu polegar? — a médica pergunta.

— Nada. Eu roí — Delaney diz.

— Brenda, pode me trazer um band-aid e peróxido de hidrogênio? — a médica pede à Enfermeira Um. A Enfermeira Um sai às pressas. — Sou Khrystal Goins — a médica diz. — A médica de plantão responsável pelo sr. Pruitt. Você é?

— Delaney Doyle.

— Qual sua relação com o sr. Pruitt?

— Sou da família. E ele se chama Pep se você o conhece de verdade.

— Certo. Me disseram que você estava tentando administrar algo a ele. Posso perguntar o quê?

— *Penicillium delanum*. Mata MRSA. Tuberculose resistente a antibióticos. Tudo. É batizada em minha homenagem. Eu descobri. Me deram uma bolsa no melhor programa de ciências dos Estados Unidos e deram uma para meu amigo também, de tanto que me queriam. E ainda tenho que aturar um guardinha de merda me impedindo de salvar a vida dele.

— Você fala muito palavrão — Bill diz.

— Olha quem fala — Delaney diz.

— Billy — a dra. Goins diz —, eu cuido disso.

Bill balança a cabeça e se afasta alguns passos, vermelho e furioso.

A dra. Goins se volta para Delaney.

— Li sobre você no jornal e li sobre o *Penicillium delanum* no *New England Journal of Medicine*.

— Então você sabe o que faz.

— Também sei que não passou por testes em humanos nem recebeu aprovação da FDA e que aparece naturalmente em cavernas, que pelo visto foi onde você pegou isso recentemente. — Ela aponta para o pote de Delaney.

Ela deve ter pegado. E caiu no rio. É por isso que está encharcada. Nessa temperatura, poderia ter sido seu fim.

— Não é da sua conta — Delaney encara a dra. Goins com olhar desafiador.

— É da minha conta sim como médica do sr. Pruitt. É minha responsabilidade impedir que as pessoas introduzam contaminantes potencialmente prejudiciais na intravenosa dele. Estamos usando intervenções medicinais testadas e aprovadas pela FDA. E estamos torcendo pelo melhor.

— Fentanil é uma merda medicinal aprovada pela FDA também. Já viu alguém morrer disso? — Delaney diz.

— Muitas vezes — a dra. Goins diz suavemente.

A Enfermeira Um volta com alguns curativos e peróxido de hidrogênio e os entrega para a dra. Goins.

— Ele vai morrer se não me deixar dar isso para ele — Delaney diz.

— Não se eu puder evitar. E sei que você é inteligente o bastante para entender que não pode tirar uma coisa da parede de uma caverna e injetá-la crua no sistema de alguém e esperar um bom resultado.

— Você não sabe o quanto sou inteligente. Eu sou uma *gênia*.

A dra. Goins absorve a fúria de Delaney com calma.

— Não duvido. Mas tenho bastante certeza do que estou dizendo.

— *Khrystal Goins*. Posso ver pelo seu nome que você é uma caipira daqui. Pep precisa de um médico de verdade.

— Eu sou daqui — a dra. Goins diz baixo. — Trabalhei como caixa de um posto de gasolina para pagar meu curso na Walters State Community College. Depois fui para a East Tennessee State University, onde trabalhava à noite em uma Waffle House. Depois fui para a Emory Medical School, que é onde aprendi, com todo o respeito, mais sobre medicina do que você sabe agora.

— Você devia ser péssima se veio parar aqui de novo.

Os olhos da dra. Goins deixaram transparecer que Delaney finalmente conseguiu atingi-la.

— Ou sou, *sim*, boa e voltei para melhorar um lugar que amo e que está sofrendo e precisa da minha ajuda. Talvez você considere fazer isso algum dia.

Delaney bufa.

— Ah, viver o sonho de trabalhar nesse hospital de merda, sentindo o bafo de peixe do Guarda Merdoso todo dia. — Ela aponta para Billy, que fecha a cara em resposta.

— Você pode visitar o sr. Pruitt sem ofender minha equipe nem interferir no tratamento dele depois que tiver colocado roupas secas e tratado seu polegar. — A dra. Goins ergue os curativos e o frasco de peróxido de hidrogênio.

— Pergunte a Pep o que ele quer — Delaney diz. — Prometi que o curaria.

— Já deixei bem claro.

— Ele pode assinar alguma coisa. Uma permissão ou sei lá. Vamos perguntar para Cash. O neto dele.

Entro no corredor.

— Ruiva... Não acho que...

Delaney me lança um olhar que é ao mesmo tempo repreensivo, furioso e suplicante.

— Talvez seja melhor deixar a médica fazer o trabalho dela — continuo.

Delaney solta um som abafado — algo entre um soluço e um grito de fúria. Seus olhos cortam os meus, dizendo: *Traidor*. Ela tenta outra vez. Me empurra como se pesasse trinta quilos a mais do que eu, e não o contrário. Ela entra no quarto do vovô, escorregando na água que escorreu por toda parte.

Billy passa por mim, seguido pelas enfermeiras e pela dra. Goins. Agarra Delaney por trás, prendendo os braços dela ao lado do corpo, e a ergue do chão. Ela se debate, principalmente os pés.

— Para. Não encosta em mim, porra... Eu te odeio, seu bosta. Tira as mãos de mim! Para! *Não não não não não!*

Ele chega para trás, e ela chuta a ponta da cama do vovô em seu frenesi. Vovô está apagado demais para notar.

— Solta ela, cara — digo a Billy. — Poxa, só... — Mas ele não me dá atenção.

Vou para o corredor atrás deles.

Billy vira e começa a arrastar Delaney para a porta do hospital, inclinado para trás para manter os pés dela fora do chão.

— *Nãããão! Pep, eu te amo* — ela grita, se debatendo. — *Eu tentei cumprir o que prometi. Eu te amo. Eu tentei.* — Sua voz embarga.

As pessoas cercam o corredor para esticar o pescoço e cochichar.

Delaney finalmente acerta o calcanhar na canela de Billy e dá uma cabeçada no nariz dele, que a solta, xingando fervorosamente (pelo visto, *ele* pode falar palavrões no hospital) e segurando o nariz. Ela corre alguns passos à frente enquanto ele manca atrás dela. Ela vira e mostra dois dedos do meio ensanguentados para ele. Lágrimas escorrem.

— Delaney. — Passo correndo por Billy, que está mancando e com a cabeça para trás, as narinas fechadas.

Ela foge de mim.

— Ruiva! — grito, correndo.

Eu a alcanço bem na frente das portas corrediças do hospital.

Ela me encara.

— Ele vai *morrer*. Você não vê isso? Essa é a única chance dele e você não vai me *apoiar, porra*?

— Ela é *médica*. Ela fez faculdade de medicina. Tem experiência. Você não pode achar que é uma ideia boa enfiar gosma de caverna na intravenosa dele. Aí que ele vai morrer.

Delaney está quase chorando de soluçar.

— Você parece aquela médica caipira falando. Toma. — Ela fica na ponta dos pés, ergue o pote e o joga na minha direção.

Dou um pulo para trás, cacos de vidro e gosma se espalhando em volta das minhas canelas.

Ela vira e sai andando rápido.

— *Covarde* — diz, furiosa.

Fico olhando, entorpecido, enquanto ela sai andando, as mãos no rosto. Estou exausto demais para sentir qualquer coisa.

Me ajoelho e pego os cacos de vidro manchados de gosma preto-esverdeada. Jogo tudo no lixo. Chego ao último pedaço, a parte de baixo do jarro. Ainda tem uma boa porção da gosma. *O que você tem a perder? Delaney tem razão — ele vai morrer sem um milagre. Vai ver esse milagre foi que sua mãe se viciou em oxicodona e fentanil, o que levou você a Narateen, onde você conheceu Delaney Doyle, o que levou à amizade de vocês e você mostrar a ela tudo que ama — incluindo canoagem e explorar cavernas. O que resultou na descoberta dela que salvaria vovô quando este dia chegasse, e essa descoberta está na sua mão.*

Fico parado ali por vários minutos, tremendo e olhando para o caco de vidro sob a luz fraca.

Jogo fora e volto para dentro.

Quando volto ao lado da cama do vovô, ele sussurra que sonhou que Tess tinha vindo visitá-lo.

Fico com vovô até vovó voltar do trabalho. Conto para ela o que aconteceu com Delaney e que preciso procurar por ela.

Ligo e mando mensagem para ela algumas vez. Não que eu ache que ela vá atender, mesmo se ainda estiver com o celular funcionando, apesar de seu estado encharcado. Saio, buscando em todos os lugares aonde ela pode ter ido. Minha casa. A casa dos meios-irmãos. O velho trailer e sua mãe. Nossa antiga escola. Finalmente a encontro no parque degradado no centro de Sawyer — pálida; encolhida; abraçando os joelhos; e quase catatônica — nos degraus do coreto. Ela estreita os olhos vermelhos e inchados diante dos faróis da picape. Parece cansada demais até para ter um calafrio.

Saio. Delaney levanta e vem em rendição silenciosa até a picape. Entra. Ligo o aquecedor, e ela esquenta as mãos. Os polegares estão destruídos.

Não começo a dirigir imediatamente. Mesmo assim, ela se recusa a falar.

— É melhor você colocar uma roupa seca — digo depois de um tempo, tocando no seu ombro úmido.

Ela se encolhe para longe de mim.

— Só tenho essa.

— Vamos colocar essa na máquina, e você pode usar minhas roupas. — Faço uma pausa. — A menos que prefira as da vovó.

Delaney não sorri.

— Vamos arranjar um bom moletom com gansos estampados.

Mas não consigo fazer piada no meu estado atual, e Delaney continua sem sorrir.

— Gansos segurando cestos. De chapéus.

Ainda nenhum sorriso.

— Você deveria ter me apoiado — Delaney murmura.

— Você acha que teria funcionado? — pergunto depois de um momento.

Mas ela não diz nada e fica olhando para a escuridão densa do inverno.

55

Depois de aquecida e limpa, ela pega no sono quase na mesma hora. Eu a deixo na minha cama embaixo de duas cobertas, o cabelo ainda molhado pelo banho quente, vestindo uma calça jeans velha minha e uma camisa de flanela. Punkin deita ao lado dela. Coloco as roupas dela na máquina de lavar.

Volto ao hospital para fazer vigília ao lado do vovô. Vovó me pergunta se posso ficar com ele um pouco enquanto ela vai para casa para se trocar e tomar banho e pegar algumas coisas. Digo que sim.

Fico sentado, trabalhando em um poema em vão, ouvindo a respiração difícil do vovô, os bipes abafados de seus monitores, a fala mecânica ambiente do sistema de intercomunicação do hospital.

Ele se mexe.

Pego a mão dele.

— Ei. Estou aqui.

Ele lambe os lábios. Dou um gole d'água para ele. Ele tosse.

— Não estou muito bem, Mickey Mouse — ele sussurra com a voz rouca.

— Você vai ficar novinho em folha daqui a alguns dias — digo, torcendo para que não fique na cara que não acredito.

Ele me chama para perto e acaricia meu cabelo. Me aninho perto dele desajeitadamente nos poucos centímetros de espaço na beira de sua cama. Ele cheira a agentes químicos antimicrobianos e remédios. Por baixo disso há um cheiro pungente e animalesco de decadência. Tudo estranho a ele.

A dignidade morre com o corpo.

Ele tira a máscara de oxigênio, que solta um chiado, como o sopro do vento antes de uma tempestade.

— Vou te contar uma história — vovô diz em seu sussurro fraco, quase inaudível com o barulho de sua máscara, enquanto ele visivelmente se esforça para sair de seu crepúsculo. — Você tinha acabado de nascer. O trailer de sua mãe não era feito para um bebê, então levamos vocês dois do hospital para nossa casa. Sua mãe dormiu no antigo quarto dela. Seu quarto. — Ele pausa para juntar forças e continuar. — A vovó estava exausta também. Era primavera, então levei você para o alpendre e sentei, apenas eu e você, na cadeira de balanço. Você estava tão encapotado que era só uma cabecinha saindo de uma coberta. — Ele para e se recupera. — Vi você sentir a brisa no rosto pela primeira vez. Vi você abrir os olhinhos acinzentados e contemplar as árvores balançando ao vento. E disse a você: "Isso que você sente em seu rosto se chama vento. As árvores que vê se chamam árvores". A coisa mais sagrada que já presenciei: você sentindo o vento em seu rosto pela primeira vez. Vendo uma árvore pela primeira vez. Eu nomeando eles para você. Vi o rosto de Deus em você naquele dia. Toda vez que contamos uma história a alguém, ela fica um pouco mais banal. Então jurei que só contaria isso uma vez. — Ele pausa e, com o que resta de si, diz: — Houve uma última vez que tive você nos braços e eu nem percebi.

Ele termina, exausto por esse esforço. Murmura algo mais, mas não consigo identificar. Algo como *Mickey Mouse*.

Me ajeito para mais perto dele e puxo seu braço ao meu redor. *Que esta seja a última vez que você me tem em seus braços.*

Volto a colocar a máscara de oxigênio nele, que cai no sono, seguro sua mão até ela ficar fraca e pesada.

— Eu te amo. Sempre vou te amar — sussurro de novo e de novo em seu ouvido inconsciente, torcendo para que ele absorva de algum modo.

Torcendo para que leve isso consigo a qualquer terra não mapeada para onde está viajando.

Torcendo para ele voltar.

Ao menos mais uma vez.

56

Enquanto durmo, ele entra na noite das noites, dando seu último suspiro sem mais cerimônia do que uma folha que cai.

Meu coração uiva.

Não sei como viver sob o sol de um Deus cuja colheita são todas as pessoas que mais amo.

Não.

57

Primeiro não há nada. Um vácuo. Uma grande desolação de som e pensamento.

Meus olhos se recusam a passar a informação para meu cérebro porque isso tornaria tudo real.

Então a mensagem atravessou por conta própria, mas meu cérebro se recusou a aceitar e, assim, continuei sentado ali, aturdido e paralisado.

Então a verdade atravessou meu estupor e lá estava a agonia abrasadora e recente de uma nova fratura dolorosa.

Chorei até me esvaziar — não de sentimento, mas de lágrimas.

Não aguento mais ficar no hospital e saio, cambaleante, como se talvez isso tudo se revelasse uma enorme piada cruel e vovô estivesse lá fora esperando por mim.

O céu é da cor de cinzas de madeira, a palidez clara. O ar matinal cheira a diesel e pedra congelada. O vento nas minhas bochechas é cortante. Fico lá fora por um tempo quando vejo um pequeno vulto se aproximando com pressa. É Delaney. Quando ela chega perto, seu ritmo diminui enquanto seus olhos buscam os meus, suplicantes. Só consigo balançar a cabeça quando lágrimas novas turvam minha visão. Ela para, baixando as mãos, e franze o rosto em silêncio — feito uma criança magoada antes de começar a chorar.

Ela dá mais alguns passos e cai na calçada, pressionando as têmporas como se tentasse manter o crânio no lugar. Então se entrega e chora alto, soluçando e se balançando para a frente e para trás.

Vou até ela, nos abraçamos e choramos juntos. As pessoas passam por nós no estacionamento, desviando os olhos, envergonhadas pela nudez de nosso luto.

Continuamos assim por um tempo. Cada vez que achamos que conseguimos nos recompor, perdemos o controle de novo, como se tentássemos escalar uma colina íngreme de gelo.

Finalmente chegamos ao pé de algum abismo e olhamos, com os olhos embaçados e atônitos, enquanto os carros passam na rua adjacente ao hospital.

— Ele ouviu quando eu disse que o amava? — Delaney pergunta.

— Sim — digo, embora eu não saiba.

Delaney fica em silêncio por um tempão e diz:

— Nunca existiu ninguém melhor.

Não falamos muito mais. Não há nada a ser dito.

58

Cremamos o corpo e ficamos com as cinzas em uma urna simples.

Ele não queria funeral. Tia Betsy tem uma ideia do que fazer em vez disso. Algo chamado Dia da Despedida. Passamos um dia todo fazendo todas as coisas favoritas do vovô. As coisas que teríamos feito com ele se ele estivesse saudável o bastante para fazê-las em seu último dia.

Eu, vovó, Delaney, tia Betsy e Mitzi tomamos café da manhã em Cracker Barrel, no lugar favorito dele perto da lareira, e trocamos lembranças dele. Rimos e choramos.

Passeamos na floresta. Fico para trás do grupo, e tia Betsy espera por mim.

— Às vezes Deus desmonta uma vida antes de poder remontá-la — ela diz.

E penso que Deus vem trabalhando arduamente em desmontar minha vida desde que nasci. Ainda estou esperando pela remontagem.

Voltamos para casa e assistimos a um episódio de *Longmire*. Ouvimos seu álbum favorito de Steve Earle, *Copperhead Road*.

— Tentar esculpir alguma coisa em um tronco com uma serra elétrica é demais para mim — tia Betsy diz, e damos risada.

Exposta assim, a existência do vovô foi discreta e pequena, mas foi uma vida definida pelo amor que ele deu e recebeu.

Foi a vida que ele queria.

★ ★ ★

A tarde é fria e nublada e enevoada. Nas últimas horas antes do pôr do sol, vamos ao rio. Tia Betsy e Mitzi dão um beijo de despedida na urna antes de a colocarmos na canoa. Vovó tem medo de ir junto, com a água tão fria, mas vem. Delaney vem também. Remamos até onde prometi que sepultaria vovô.

Nós o entregamos à água escura como se estivéssemos soltando uma revoada de pombos ao crepúsculo. Sem elegia além de nossas lágrimas.

Queria que nosso amor bastasse para manter as pessoas que amamos bem.

59

Essa lembrança é como um fantasma.

Eu tinha doze anos. Era fim de novembro. Uma chuva forte tinha caído dois dias antes e trazido o frio cortante, um céu baixo em tons de estanho, e um forte vento insistente que assobiava pelos galhos nus e fazia as folhas farfalharem pelo chão, chacoalhando sacos plásticos empalados em cercas de arame. O ar cheirava a fumaça de madeira, terra úmida e a putrefação doce de maçãs caídas. Fomos de carro para longe da cidade e caçamos o dia todo, falando menos e desfrutando mais da companhia um do outro em silêncio.

A luz foi se esvaindo com o passar do dia, e o céu foi da cor de uma moeda nova para a cor de uma moeda manchada. Os corvos gritaram com o cair da noite. Minhas pernas ardiam e os dedos dos meus pés e mãos tinham ficado rígidos e dormentes de frio havia tempo, mas era delicioso estar naquele lugar puro e limpo, libertado temporariamente do caos e da sujeira de casa e da doença da minha mãe. Enquanto esperávamos, um cervo entrou na clareira, sem nos notar, parando para pastar no chão.

Senti os dedos do vovô no meu antebraço, fazendo sinal para eu ficar parado. Eu era bom nisso. Os namorados mais cruéis da minha mãe haviam me ensinado essa arte da invisibilidade.

— É seu — vovô disse mais baixo que um sussurro.

Ergui o rifle — era grande demais para mim — desajeitadamente sobre o ombro e mirei como ele havia me ensinado. Apontei a mira no peito do cervo. Lembrei de não apertar o gatilho com força, mas até que cedesse. Esperei o intervalo entre minhas respirações. Apertei até ceder. A bala saltou do cano com um estalo, e o coice jogou a coronha no ombro. Nos filmes, quando as pessoas levam tiros, saem voando para trás. O cervo apenas se crispou, como se picado por uma vespa, agachou e, então, tentou saltar para longe. Mas seu corpo fraquejou. Ele atravessou a vegetação rasteira desajeitadamente, prendendo a coroa de galhada em um galho baixo. Só conseguiu andar uma distância curta antes de parar e cair no chão, tentar levantar e desmoronar sobre as pernas inúteis.

Ele ainda estava respirando com dificuldade quando o alcançamos. Observei enquanto ele dava suas últimas respirações, um pequeno jorro de sangue no chão na frente de sua boca, os fios prateados de suas últimas expirações subindo em espirais. Então ele morreu, a vida em seus olhos se apagando até virar uma brasa e expirar.

Vovô me deu um tapinha nas costas.

— Belo tiro.

Esse elogio deveria ter feito meu coração se alegrar. Mas eu estava tomado por um silêncio cinza e sombrio em todos os cantos de mim. O tipo que se assemelha à última folha em um galho despido pelo outono enquanto tremula ao vento, esperando cair. Para mim, não havia nada de bom em tirar a vida de outra criatura.

Arrastamos o cervo abatido de volta à picape e o colocamos no leito.

Voltamos para casa em silêncio, passando pelos morros e vales escuros; o rádio um burburinho baixo. Uma ou outra casa se iluminava como uma pequena cidade. Eu me sentia como o céu manchado de tinta e sem estrelas do crepúsculo.

No meio do caminho de volta para casa, vovô colocou o braço ao redor de mim e me puxou na direção dele, entortando meu boné laranja de caçador. Ele cheirava a cigarro, flanela limpa com o calor do corpo e a memória de ar fresco beirando a neve. Ele me abraçou com força até chegarmos em casa. Ligou para minha mãe e disse que eu estava exausto e que dormiria na casa deles.

Na hora de dormir, ele veio me dar boa-noite. Quando estava saindo, parou por um longo tempo no batente, a lenha estalando no fogão da sala atrás dele. Senti que buscava as palavras certas. Finalmente: *Gosto de ficar com você, Mickey Mouse. Não me importa fazendo o quê.* Ele falou isso como uma oração, deu umas duas batidinhas no umbral e saiu.

Algumas pessoas conseguem trazer seu coração à luz, lendo a verdade que está estampada nele.

Eu estava com medo de que ser homem significasse travar uma guerra contra o que existe de belo.

Eu queria amar o mundo sem tirar nada dele.

Ele entendeu tudo. É do que você lembra das pessoas que ama quando elas se vão — como elas conheciam você como mais ninguém, nem você mesmo. Nesse sentido, o falecimento delas é a morte de um pedaço seu.

60

Eu e vovó sentamos no alpendre. A cadeira de balanço ao nosso lado vazia — um buraco negro puxando toda luz e alegria para dentro.

— Não tenho que voltar amanhã — digo. — Posso ficar aqui com você.

— Não é o que ele iria querer — vovó diz.

— O que *você* quer?

— O mesmo que ele.

— Você vai ficar sozinha.

— Betsy e Mitzi vão passar aqui.

— Mesmo assim.

Balançamos por um tempo.

— Ele estava muito orgulhoso do que você está se tornando — vovó diz.

— Não sinto que mudei.

— Mudou. Você se comporta diferente. Está se tornando o homem que ele queria que você fosse. Volta. Eu estou bem aqui.

— Tem certeza?

— Tenho.

61

Enquanto embarco no ônibus atrás de Delaney, depois que dou um último abraço em vovó, ela me entrega duas cartas.

— Pep escreveu essas duas no hospital antes do Dia de Ação de Graças. Falou para dar para você e para Delaney.

— Eu te amo, vovó.

— Eu te amo, Cash.

— Volto para casa para ficar, se precisar.

— Vou ficar bem. Só com falta dele. Você se concentre em seus estudos.

Entro no ônibus e entrego a Delaney a carta dela. Nenhum de nós abre. Delaney olha pela janela. Uma hora se passa mais ou menos.

— Preciso saber. Como você conseguiu aquele pote de mofo? — pergunto.

Ela continua olhando pela janela.

— Entrei no primeiro ônibus. Peguei um táxi até a área aberta. Paguei uns duzentos paus para um cara me levar para dentro da caverna. Assim que a gente estava entrando, caí na água. A quantidade de roupas que eu usava me fez afundar. Quase me afoguei. Tossi água do rio e tudo.

— Você quase *morreu*?

— Quase. O cara me puxou para fora.

— Que bom que não perdi você *e* vovô nas mesmas vinte e quatro horas. Você deve ter gastado uma fortuna.

— Tudo que eu tinha economizado no DQ.

Alguns minutos se passam.

— Você vai me abandonar e voltar para casa, não vai? — Delaney pergunta, ainda olhando pela janela.

Faço que não.

— Vou ficar. — Nunca soei menos convincente.

E ela nota. Apoia a cabeça na janela. Funga algumas vezes e lágrimas começam a cair.

— Mesmo se eu fosse embora, você ainda teria Vi e Alex — digo.

— Não é a mesma coisa. — Ela chora por muito tempo e, quando para, diz baixinho: — Um dia, vão me deixar salvar alguém.

Seguimos em silêncio durante quase todo o resto da viagem.

A bola de demolição de ferro fundido frio que destroçou minha vida agora pende em meu peito, apertando meu coração, tirando meu fôlego.

Querido Cash, também conhecido como Mickey Mouse,

Nunca tive seu dom para as palavras. Mas às vezes as palavras são tudo que podemos deixar, então vamos lá.

Eu queria que você soubesse o quanto eu amava nossas conversas e todo o tempo que passamos juntos. Eu amava navegar pelo Pigeon e caminhar na floresta com você. Você iluminou minha vida todos os dias. Mandar você para a escola foi a coisa mais difícil que já fiz. Tenho todo o orgulho do mundo pela sua coragem de ir. Sei que você queria ficar com a gente, mas fico feliz que tenha saído para ver o mundo.

Queria poder ter certeza do que acontece com a gente depois que partimos. Mas, se temos uma alma que continua viva, minha alma vai continuar amando você, mesmo que eu tenha fumado e falado palavrões demais para ir para o céu.

Espero que você cresça e se torne o homem bom que sei que você vai ser. Vou estar ao seu lado cuidando de você o máximo que eu puder. Às vezes, quando você não estava olhando, eu admirava você e agradecia a Deus em meu coração por poder ser seu vovô. Aqueles foram os melhores anos da minha vida. Queria poder ter tido mais.

Com amor,
Philip E. Pruitt

P.S. Cuide bem da vovó e lembre de entregar a carta que escrevi para Tess. Ela é uma menina especial. Sempre a trate bem.

62

Alex e Vi nos esperam na rodoviária, como a guarda de honra recebendo os soldados mortos em casa.

Alex me abraça por um bom tempo e diz:

— Estou aqui, cara. Para o que precisar. Estou aqui. Rezando por você.

Vi vem em seguida, sussurrando no meu ouvido:

— Sinto muito, Cash. A gente te ama. — Quando nos separamos, há lágrimas em seus olhos.

Chris se aproxima e aperta minha mão.

— É difícil, rapaz. Eu sei. Perdi meu pai quando tinha vinte anos. Mas melhora com o tempo. Eu prometo.

Mas já sei por ter perdido minha mãe que não vai melhorar muito. Delaney me disse certa vez que, quando você morre queimado, chega um ponto em que não sente mais nada porque seus nervos morrem. Não sei quem contou isso a alguém. Mas acho que talvez seja um sentimento parecido de quando as pessoas dizem que melhora com o tempo — é como morrer para aliviar a dor.

Quando chegamos à escola, o aperto no meu peito se triplicou.

Não sei como vou fazer isso. Mal conseguia quando estava apenas trincado. Agora estou completamente despedaçado.

63

Vejo a professora Adkins me observando durante a aula. Fica se perdendo e parece distraída. Depois que a aula acaba, ficamos frente a frente, baixo a cabeça. Me lembro da primeira vez que conversamos a sós.

— Fiquei sabendo sobre o vovô. Meus pêsames, de verdade — ela diz. — Tem alguma coisa que eu possa fazer?

— Não — murmuro, tentando manter a compostura. — Eu, hum. Sinto falta dele. Muita.

— Sei o que ele significava para você.

Aceno rápido com a cabeça e meus olhos se enchem d'água. Tento rir, mas começo a chorar. Seco os olhos e viro.

— Não tem problema se permitir sentir o que você sente — diz ela atrás de mim. — De onde viemos, homens e meninos aprendem que é para esconder qualquer sinal de fraqueza, e sentir coisas às vezes é visto como fraqueza. Mas juro que não é.

Aceno de novo, ainda engasgado demais para falar.

— Agora, mais do que nunca, é hora de recorrer à poesia. Ela não exige que você resolva nada nem chegue a nenhuma conclusão. Apenas pede que observe e encare o que sente. E, com o luto, não há soluções. Nem conclusões. Tudo que podemos fazer é encará-lo de frente.

— Sinto que nunca vou ser feliz de novo — digo, virando para ela.

— Vai, sim. Enquanto se recupera, além de escrever poesia, converse com alguém. A escola oferece profissionais de saúde mental. Aproveite. É uma daquelas coisas que os homens de onde viemos foram criados para ver como um sinal de fraqueza, mas não é. E converse com seus amigos. Eles amam você. — Ela coloca a mão cheia de anéis em meu ombro. Está usando uma loção que cheira a feno limpo e rosas. — Ok?

— Ok.

— Tem mais uma coisa de que você precisa para se recuperar. — Ela volta atrás da mesa, pega um saco pardo e entrega para mim. — Comida boa.

Olho dentro. É uma broa de milho de um marrom-dourado perfeito.

— A Desiree fez. Ela mandou pêsames também.

— Agradeça a Desiree por mim.

— Claro.

Aceno com a cabeça, viro rápido e saio sem dizer mais nada. Me sinto grosseiro, mas torço para que a professa Adkins veja que é porque não quero mais chorar na frente dela.

PRIMAVERA

64

Em vez de melhorar, só vou encontrando tons novos e sutis de sentir a perda. A verdade é que as pessoas que você ama estão do outro lado de uma gangorra. E, quando elas se vão, você despenca e tem dificuldade para voltar a subir. Você nunca chega à altura com que estava acostumado antes.

Essa é uma experiência completamente diferente de quando minha mãe morreu. Acho que não dá para ser experiente em luto. Não há músculos de sofrimento que possamos fortalecer. Você começa do zero toda vez.

Sinto falta dele em momentos óbvios, como nas ligações para a vovó. Sinto falta dele nos momentos em que poderíamos estar conversando. Também sinto falta de saber que ele estava lá, existindo, mesmo nos momentos em que não estaríamos conversando.

E sinto falta dele nos momentos não óbvios, como quando Vi ou Alex mencionam seus pais. Sinto falta dele toda vez que Delaney pega sorvete para mim usando seus talentos de Dairy Queen. Sinto falta dele em toda ocasião que me olho no espelho e lembro que cortávamos o cabelo juntos.

Estou chegando à conclusão de que cada conquista, seja grande ou pequena, que eu tenha de agora em diante, até o dia da minha morte, será reduzida, ao menos um pouco, pela incapacidade de compartilhá-la com ele.

Agora que penso muito em palavras, percebo como elas representam mal a ausência. Deveríamos ter uma linguagem da perda que guardássemos em uma caixa forrada por veludo preto e só tirássemos quando fosse necessária. Em vez disso, temos:

Acabado
Defunto
Desaparecido
Expirado
Falecido
Finado
Morto
Perecido
Partido
Perdido
Passado
Terminado

Nenhuma dessas palavras pode expressar a completude da ideia que representa, como *maçã* representa a completude de uma maçã e *rio* representa a completude de um rio. Todas deixam algo não dito. Todas têm um quê fantasmagórico que deixa clara a falta.

Elas não sabem o quanto eu o amava?

65

— Não vai comer a batata? — pergunto.

Delaney a empurra para mim. Ela está quieta hoje.

— Esses jantares de quinta à noite não adiantam muito se a gente não conversar — digo.

— Estou pensando. Você também não está muito falante.

— Não. Você tem razão. Em que está pensando?

— Pep.

— Eu também. Viu? Podíamos ter passado todo esse tempo conversando.

Rimos um pouco.

— Me conta alguma coisa que não sei — digo pelos velhos tempos e para quebrar o silêncio.

Era sempre uma boa forma de puxar conversa pensar em algo maior do que os problemas do dia a dia.

— Sinto falta de Pep falando isso — Delaney diz, sorrindo. Então seu sorriso se fecha e seu rosto fica contemplativo. — Tá. No verão passado, um pouco depois que saiu a grande notícia, eu estava tendo um dia muito bosta. Tipo, *muito*. Estava estressada com todas as entrevistas. Middleford tinha entrado em contato comigo. Eu queria ir embora, mas não queria ir sem você. Minha mãe estava muito mal. Você estava aparando grama, e eu precisava de alguém,

347

então liguei para Pep. Podíamos ter simplesmente conversado pelo telefone. Mas ele veio e me buscou e me levou para almoçar no McDonald's. Estava na cara que ele não estava se sentindo bem naquele dia. Mas ficamos lá por três horas conversando. Eu sabia lidar com muita coisa bosta acontecendo, mas não sabia lidar com coisas boas acontecendo ao mesmo tempo. Isso era novo, e a maioria das pessoas não está muito a fim de ouvir sobre esse tipo de problema. Conversamos como se fôssemos vovô e neta. Foi muito bom. Provavelmente o tipo de coisa que você teve desde pequeno.

"Decidi fingir que também tive isso o tempo todo. Durante aquelas três horas, eu me senti completamente normal. Talvez tenham sido as três melhores horas da minha vida."

— Ele nunca falou disso.

— Pedi para ele não falar. Eu queria aquela lembrança só para mim, como seria se ele fosse meu avô.

— Ele dizia que, quanto mais vezes se conta uma história, mais banal ela se torna.

Delaney estende a mão e pega uma batata. Ergue e olha para ela.

— Talvez sim. Talvez não.

— Seja como for, fico contente que tenha me contado.

— Eu também.

— Sinto falta dele.

— Eu também.

Fico contente por ao menos ter Delaney com quem passar pelo luto. Se eu não a tivesse, não sei o que faria.

66

— O que você acha que acontece depois que morremos? — pergunto a Alex em meio ao barulho de nossas máquinas de lavar.

Imagino que, se ele tem planos de ser um pastor um dia, não vai achar ruim em se adiantar nos conselhos espirituais.

Ele olha para mim por um momento, os olhos suaves.

— Acredito que continuamos a viver de alguma forma.

— Paraíso?

— Tomara.

— Não é o que a Bíblia diz?

— Sim. Mas não levo a Bíblia ao pé da letra como a maioria das pessoas. Tipo, não acredito no inferno, na verdade.

— Você não acha que vovô está no inferno já que ele não era lá muito fã de igreja?

— Quê? Inferno? Não. Percebeu o que eu falei? Mano. Você percebeu?

Entreabro um sorriso.

— Não. Pode me explicar?

— Bom, dei um jeito de responder "que inferno" disfarçadamente. Não gosto de blasfemar, mas com uma pergunta dessa...

Nós rimos. Não dou muita risada hoje em dia, mas Alex sempre consegue isso de mim.

— Você acredita que o espírito do vovô ainda está vivo em algum lugar?

— Com todo o meu coração, mano.

— Então por que não consigo sentir a presença dele?

— Não sei — Alex murmura.

— Acha que Deus só está me fazendo sofrer por algum motivo?

— Não sei.

— É melhor você firmar essas respostas antes de ter sua própria congregação.

— Tudo que posso dizer é que para Deus tudo tem seu momento. Pelo menos acredito nisso.

— Um momento para me sentir mal o tempo todo, pelo visto.

— Então, estou tentando psicologia reversa com Deus, eu rezo para você se sentir mal e torço para minha oração não ser atendida, como quase sempre acontece comigo, pelo visto.

67

Eu e Delaney voltamos andando devagar da academia para os dormitórios. Não que eu precise de mais treinos para ficar em forma, com o remo durante a semana, mas exercício é uma das únicas coisas que me distrai do luto por alguns minutos.

É sábado e está congelando, o cheiro de neve iminente no vento. O ar parece absorver o som. O céu nublado da noite é quase carvão. Frio. Silencioso. Escuro. São as coisas que o inverno da Nova Inglaterra sabe fazer bem. Sorte a minha estar vivenciando o pior luto e depressão da minha vida aqui.

— O elíptico sempre parece fácil demais — Delaney diz.

— Você precisa colocar numa intensidade maior.

— Mas aí fica muito difícil. Nunca consegui acertar o ponto perfeito.

— Tenta outra máquina.

— Eu gosto do elíptico.

— Porque é fácil.

— Sim.

Abrimos sorrisos discretos um para o outro.

— As águas-vivas são biologicamente imortais — Delaney diz depois de um tempo.

— No sentido que...

— Que elas nunca morrem de idade avançada. Doença, sim. Predadores, sim. Mas não idade avançada. Acham que lagostas também podem ser.

— Então quando comemos sanduíche de lagosta em New Canaan, estamos comendo uma criatura imortal?

— Não exatamente. Elas acabam morrendo durante a troca de casca.

— Se inventassem um comprimido amanhã que tornaria as pessoas imortais, você tomaria? — pergunto.

— Está brincando? Seria horrível.

— Tá, então digamos que você viveria até os duzentos anos.

Delaney pensa por um segundo.

— Também não.

— Por quê?

— Porque não sei se o cérebro humano é feito para existir por duzentos anos. A expectativa de vida era trinta ou quarenta anos. Já mais do que duplicamos isso. Não sei se nossas mentes já conseguem alcançar.

— Tipo Alzheimer e tal?

— Nem isso. Você pode viver uma vida muito longa e ter um cérebro saudável. Estou falando sobre se cansar. Ver as pessoas que ama morrerem. Ver as pessoas serem terríveis umas com as outras. O mundo deixando você para trás. As coisas morrendo. Sei lá.

— É.

Andamos mais devagar quando nos aproximamos do dormitório de Delaney.

— Mas queria que o vovô vivesse mais uns bons trinta anos — digo.

— Eu também — Delaney murmura.

— Dia desses liguei para ele sem querer. E tive uma ideia maluca de que talvez ele atendesse. Preciso deletar o número dele do meu celular. Mas não consigo.

352

— Eu entendo — Delaney diz.

Chegamos ao alojamento, e começo a dizer tchau. Mas, em vez disso, o que sai é:

— Não fui feliz de verdade em nenhum momento desde que ele morreu.

Delaney olha para mim com tristeza.

— Nenhum momento?

— Não.

— Nem andando com a gente? Eu e Vi e Alex?

— Assim, vocês são ótimos, mas.

— Sinto muito, Cash. — Ela dá um passo à frente e me abraça. É gostoso, mas a sensação nunca dura depois que o abraço termina. — É pior do que quando sua mãe morreu, né?

— Muito.

— Alguma coisa funcionou na época?

Encolho os ombros.

— Acho que só o tempo.

— O tempo vai funcionar agora também.

— Talvez.

— Com que frequência estou errada sobre as coisas? — Delaney parece prestes a dizer mais alguma coisa.

Ela cobre a boca com a mão como se estivesse tentando impedir que algo saia. Ronca como se estivesse segurando o riso numa igreja. Depois desiste e começa a rir.

— Quê? — Sorrio involuntariamente.

Vê-la rir me deixa contente.

— Nada. — Delaney tenta se recompor. — Não é tão engraçado assim.

— Conta.

Depois de um momento, ela diz:

— Então, foi um pouco depois do funeral da sua mãe, e a gente estava na loja de um e noventa e nove. Um cara veio e disse: "Ei, você

é filho da Cassie Pruitt?". E você: "Sim", e ele: "como ela está?".
E você disse: "Ela morreu". E ele ficou, tipo, "Hummmmmm",
todo constrangido, tentando pensar em algo para dizer e, finalmente, disse: "Ah, ela era gostosa". E aí você: "É, não mais porque está
morta". E daí ele te deu um cartão para uma aula grátis no estúdio
de caratê dele e falou para você ficar na escola. E, quando ele estava
saindo, virou e falou que ensinaria você a fazer um par de nunchaku
com coisas da loja de ferragens. Você se lembra disso?

Rio um pouco com ela.

— Essa época toda é um borrão, mas sim, meio que lembro.

— Ficamos sentados lá por um tempo, você segurando aquele
cartão de uma aula grátis de caratê. E, finalmente, falou: "Contra:
minha mãe morreu. Pró: ganhei uma aula de caratê por isso". E
lembro de pensar que você era muito forte.

— Eu estava fingindo para impressionar você.

— Qual é a diferença entre fingir ser forte e ser forte?

Não tenho resposta.

— Você chegou a fazer a aula de caratê? — Delaney perguntou.

— Não.

— Pois deveria.

— Não estava no clima, depois perdi o cartão.

Nos olhamos por um momento. Um floco de neve cai serpen-
teando e se ilumina no cabelo de Delaney. Depois outro. E mais outro. O céu deixa de se segurar, e eles caem mais grossos e mais rápidos, rodopiando ao nosso redor. Um cai nas pálpebras dela e derrete.

Ela está aos poucos me deixando para trás no meu luto. Não é
intencional, mas mesmo assim está. Não sei dizer como exatamente sei disso — só sinto. Fizemos a jornada juntos pelo deserto por
um tempo e foi um pequeno consolo, mas não tinha como durar.

Nada dura, na verdade.

E não sei como vou conseguir ficar assim sozinho.

68

Certa noite, sou dominado pela tristeza e pela solidão, como se olhasse através de um vidro preto.

Sei que ela está trabalhando, mas ligo para vovó mesmo assim.

— Little Caesars — a voz de uma jovem entediada atende depois de alguns toques.

— Hum. Oi. A... posso falar com a gerente?

— Alguma coisa errada?

— Não. Só precisava falar uma coisa para ela.

— *Sra. Donna* — a voz grita. — Telefone. Alguém quer falar com a senhora. Não disse o quê.

Depois de um instante, vovó atende.

— Boa noite, Little Caesars. Como posso ajudar?

— Vovó? Sou eu. Não quero arranjar problemas para você por atender ligações pessoais no trabalho, então só finja que estou falando de pizza. Precisava ouvir sua voz.

— Ah, são para a festa de aniversário do seu neto? Ele parece um rapazinho incrível.

— Vovó, vão saber que não tenho neto. Não quero te causar problemas.

— Tenho um neto também. Ele é meu maior orgulho. Adora pizza.

— Estou sentindo muito a falta do vovô hoje.

— Estava pensando nele agora há pouco.

— Vovó, não...

— Meu bem, eu sou a gerente. Todos os meus funcionários estão mandando mensagens no celular agora. Tudo bem.

— Tá. Eu te amo.

— Também te amo, Cash.

— Você está bem?

— Não. Você?

— Não muito.

— Na outra noite, quando voltei para casa, queria muito contar uma coisa para ele. Alguém que veio aqui me lembrou uma pessoa que eu e ele conhecemos, e ele era a única pessoa que entenderia. Mas ele se foi e não tive ninguém para contar.

— Percebi no outro dia que ele nunca vai conhecer ninguém da minha equipe. Quer dizer, não que tivesse muitos deles para conhecer. Mas pensei que poderia conhecer um pelo menos.

— Ele queria muito. Sempre falava em ir aí te visitar. Nós dois sabíamos que era papo-furado, mas era divertido. Ele tinha muito orgulho de você. Sempre comentava daquele poema que você deixou ele ler. Do nada. "E aquele poema do Mickey Mouse?", ele dizia, enquanto estávamos jantando ou coisa assim.

Contenho as lágrimas, mas minha voz embarga mesmo assim.

— Estou cansado de perder as pessoas que amo.

— Eu também, meu amor.

— Vou ser seu parceiro de quebra-cabeça quando voltar para casa.

— Não consigo completar aquele em que eu e ele estávamos trabalhando quando ele faleceu. Você pode me ajudar.

Começo a dizer o quanto quero voltar para casa, mas já sei o que ela vai responder.

356

— É melhor eu deixar você voltar ao trabalho. Estou contente por ouvir sua voz. Te amo. Estou com saudade. — Quero tanto vê-la que isso quase me derruba.

— Te amo e também estou com saudade, Cash.

Mas não desligamos imediatamente. Ficamos em silêncio por um tempo, ouvindo a respiração um do outro. Há um alívio em escutar alguém que você ama ainda respirando.

69

Guardo a memória dele como um fósforo que deixo queimar até o fim, chamuscando meus dedos até doer.

Tento escrever para passar por isso, como a professora Adkins sugeriu. Sento à beira do lago, os dentes tiritando, esperando alguma inspiração. Nada. Ela faz o que pode para me ajudar a criar algo com meus esforços escassos, mas não existe beleza nenhuma dentro de mim.

Delaney está praticamente de volta ao normal, parece. Fico contente que ela não esteja sofrendo também, mas agora estou realmente sozinho no luto.

Então, numa sexta à noite no meio de março, às 17h32, decido que estou cansado dessa história toda de Middleford. É hora de minimizar as perdas. Sei porque olho a hora — de tão tangível que é a conclusão de que estou cansado: 17h32.

Estou sentado com Delaney, Vi e Alex, e estamos jantando, e simplesmente decido que não consigo mais ser sozinho aqui. Não consigo mais ser forte. E não tenho que ser. Bilhões de pessoas vivem e morrem sem estudar aqui, muito menos terminar o ensino médio. Posso ser uma delas.

Não tem nenhum evento catalisador em particular que provoca essa decisão. Nenhuma conversa em especial. Há apenas o fio lento de luto que vai me erodindo devagar até não restar nada. Às 17h32 dessa sexta, o resto de mim desmorona.

Observo cada um deles falar. Examino seus rostos para gravá--los na memória. Talvez nos vejamos de novo depois que eu voltar para casa. Talvez não. Não duvido que eu sinta tanta falta deles que, quando me visitarem na memória, vou me curvar de dor, perdendo o fôlego.

Mas estou cansado. Não vou sentir menos falta do vovô quando voltar para casa. Só preciso admitir que me rendi, que perdi a coragem. O luto venceu. Se for para sofrer o tempo todo, vou fazer isso perto do rio e da vovó. Vou me retirar dentro de mim mesmo.

Não vou à aula na manhã de segunda. Em vez disso, vou ao prédio da secretaria para pedir para encontrar o sr. Archampong. Depois vou dizer obrigado por tudo, mas que é demais para mim.

Não vou contar para Alex nem Vi, muito menos para Delaney. Não consigo olhar nos olhos deles e admitir a derrota contra a tristeza. Não quero ser dissuadido de minha decisão. Eles vão jantar na segunda, e eu simplesmente não vou estar lá. Eles vão ficar bravos e magoados quando descobrirem, mas...

Não vou contar para a professora Adkins. Talvez eu mande um último poema para ela — um que dediquei a ela. Vou mandar um bilhete também, dizendo como a poesia foi um consolo para mim, que trouxe certo alívio ao vovô nas últimas horas dele e que sempre vai ser parte da minha vidinha insignificante. Não é preciso estar em Middleford para escrever poesia.

Não vou contar para vovó. Ela vai tentar me persuadir a ficar. Não, ela vai voltar para casa do trabalho, e vou estar sentado no alpendre, fazendo carinho atrás da orelha de Punkin, pronto para ajudá-la a terminar aquele quebra-cabeça. Ela vai tentar me convencer a voltar, mas minha tristeza basta para destruir nossas duas forças de vontade.

Talvez eu complete o ano letivo na Escola Sawyer. Talvez não. Na verdade, talvez eu nem volte para a escola. Ninguém que me contratou para aparar grama me perguntou se cheguei a me formar no ensino médio. Eu poderia trabalhar às noites no Little Caesars ajudando a vovó. Se eu trabalhar o suficiente, não vou ter tempo nem energia para sentir nada além de exaustão. E posso afogar isso no sono. Fazer tudo de novo no dia seguinte. Repetir até a morte.

Terminamos de jantar e voltamos devagar ao dormitório de Delaney e Vi, onde elas vão fazer uma maratona de *Stranger Things*.

Fico um pouco para trás do grupo.

Vi me faz companhia.

— Você está taciturno, Bucky Barnes.

Sorrio.

— Parabéns por se lembrar de *taciturno*.

— Gosto de usar palavras novas o máximo possível para memorizar.

— Estou taciturno ou você só está usando a palavra para não esquecer?

— Taciturno de verdade.

— Só estou pensando umas coisas.

— Sobre vovô?

— Também. — Pelo menos minha paixão por Vi se aliviou aos poucos com o tempo e foi deixada de lado pela enormidade de meu luto.

Estou estranhamente grato por ela ter me rejeitado e tornado minha decisão mais fácil.

Vejo Delaney e Alex logo à nossa frente, conversando alegremente sobre algo que Delaney acabou de dizer. Sem vovô e diante da traição de minha promessa de ficar, é provável que eu nunca mais veja Delaney de novo. Mas isso aconteceria mais cedo ou mais tarde. Ela não me arranjaria também uma bolsa para Yale ou para o

360

Instituto de Tecnologia de Massachusetts ou aonde quer que a vida a leve. Nossos caminhos acabariam por divergir. Era melhor arrancar logo o band-aid.

Olho para eles e, por um breve instante de desvario, as nuvens se abrem e o sol volta a brilhar e penso que eu poderia ficar, sim. Poderia escolher essa vida. Acho que talvez meu amor por meus amigos e pela professora Adkins baste, com a ajuda da poesia, para me reerguer e me levar a uma costa temperada, para aplacar a dor insistente e abrasiva, e permitir que eu continue aqui.

Então as nuvens voltam a tapar o sol.

70

Quando volto a meu andar, cerca de meia hora antes do toque de recolher, há um grupo barulhento de jogadores de lacrosse congestionando o corredor. Não vou sentir falta dessa parte da experiência de Middleford.

Passo por Atul. Ele vê a cara que estou fazendo.

— Derrotaram Phillips Exeter.

— Ah.

— Acho que eram grandes rivais?

— Uau, quem liga?

— Pois é.

Vou sentir falta de Atul. Ele é legal.

Passo pelo monte de jogadores de lacrosse e seus respectivos séquitos para entrar no quarto.

— Com licença — digo, mas eles me ignoram.

Tenho que passar à força.

Abro a porta. Tripp, de cueca, está na cama em cima de uma menina só de sutiã e com a saia tão erguida que dá para ver a calcinha. Viro o rosto, constrangido.

— Hum, com licença?

Tripp dá um salto e vem até mim.

— Sai. — Ele tenta me virar e me empurrar de volta pela porta.

Mas resisto. Cansei. Não vou mais receber ordens dele.

Tiro as mãos dele de mim.

— Não. Vão vocês para outro lugar. Este quarto também é meu, e estou cansado. — *E também não ligo mais para manter a paz.*

— Cara, a gente está aqui. Cai fora.

Então noto duas coisas.

Primeiro, reconheço a menina da aula de biologia marinha. Conversamos só algumas vezes sobre coisas da aula. O nome dela é Siobhan Byrne. Ela é bonita e de família irlandesa obviamente rica.

A segunda coisa que noto é que ela parece completamente inconsciente. Os olhos dela estão fechados e ela não está se mexendo, não está reagindo ao que acontece a poucos metros de distância.

— Ela está bem?

Tripp tenta bloquear meu campo de visão.

— Por quê? Quer assistir, seu tarado?

Ignoro Tripp e impeço mais uma vez que ele me empurre.

— Siobhan? Você está bem?

— Ela está ótima. Só não quer um pervertido que nem você nos assistindo para bater uma. *Vaza.*

— Siobhan? — Nada. Olho nos olhos de Tripp. — Isso não está certo.

— Sai.

— Ah, vou sair, sim. — Dou meia-volta.

Minha próxima parada é o quarto de Cameron e Raheel. Vou até a porta.

Mas Tripp entende meu tom. Ele me pega pelo ombro e coloca o rosto perto do meu.

— Cara, é melhor você não ser um dedo-duro cuzão e espalhar que estou com uma menina aqui dentro.

— Não é só isso que está acontecendo aqui, e você sabe. — Dou meia-volta e começo a abrir a porta.

Tripp a fecha com o pé.

— Quinhentos dólares para você ficar de boca fechada.

— Não estou à venda. — Começo a abrir a porta de novo, e Tripp me puxa para trás.

— Mil dólares.

— Vai se foder.

Tripp me agarra de novo. Eu o empurro, com força, e ele cambaleia alguns passos para trás.

Abro a porta e quando vou sair Tripp me derruba por trás e me prende no chão com uma chave de braço. A multidão em frente à porta se dispersa para nos deixar cair no corredor.

Tripp está em cima de mim, apertando minha testa no chão. Ele fede a um misto de desodorante, maconha, álcool e o perfume de Siobhan. Eu me debato, mas minha posição não me dá nenhuma vantagem.

— *Palmer! Vance!* — Tripp grita para seus dois capangas onipresentes enquanto me contorço em seu braço.

Ouço dois pares de passos correndo.

— Tirem ela — Tripp diz baixo para Palmer e Vance.

Do meu ângulo torto, eu os vejo pelo canto do olho correndo para dentro do meu quarto. Consigo sair da chave de braço e levanto.

— Briga! — alguém grita.

Tripp tenta me derrubar de novo, mas dou um soco que o acerta no maxilar. Ele sai cambaleando e perde o fôlego por um momento. Ouço um burburinho de desaprovação dos colegas de equipe de lacrosse de Tripp cercando para olhar.

Palmer e Vance saem do quarto carregando Siobhan — com a blusa colocada às pressas — entre os dois, como se a estivessem ajudando a andar, mas os pés descalços dela não estão tocando o chão. Eles seguem para a escada.

Vou atrás.

— Siobhan! — Mal termino de gritar o nome dela antes de Tripp me atingir por trás e de lado, tirando meu fôlego.

Tropeço no carpete e caio de lado. Bato a testa na parede, e uma luz forte dispara no meu crânio, minha boca se enchendo de um gosto ensaboado e metálico. Pontos vermelhos e pretos explodem no meu campo de visão, se espalhando como respingos de sangue em um lenço. A multidão grita — *eita, porra.* Tento levantar, mas minhas pernas não funcionam e caio para trás, rastejando.

— Cameron! — grito.

— Ei, cara — alguém diz. — Não tenta levantar.

— *Cameron! Raheel!* — Minha voz está enfraquecendo.

Sinto o gosto de sangue. Está escorrendo de meu nariz. Estou zonzo e nauseado.

— Sai! Me deixa passar! — Escuto uma voz conhecida gritando. Cameron passa empurrando os jogadores de lacrosse que me cercam e ajoelha a meu lado. Vejo quatro dele. — O que aconteceu? — ele pergunta.

Tripp, com a mão na maçã do rosto inchada, responde:

— Eu estava curtindo com meus amigos quando ele entrou gritando pra gente sair do quarto. E, quando não saímos, ele me atacou.

Cameron olha para mim.

— Ele estava com Siobhan Byrne na cama. Ela estava desmaiada ou dormindo ou sei lá — digo, atordoado, a língua grossa e pesada. — Ele estava fazendo coisas com ela.

— Que mentira — Tripp grita.

— Bati a cabeça com muita força — murmuro.

— Cara, seu nariz está sangrando — Cameron diz. — Alguém vá buscar o sr. Karpowitz e dizer que a gente precisa da enfermeira e alguém da secretaria. Cash deve precisar ir ao hospital.

Meu campo de visão está se estreitando.

— Ei, mantenha o cara acordado. Com lesão de cabeça tem que manter acordado — um dos jogadores de lacrosse diz.

— Alguém tem uma bolsa de gelo para meu olho? — Tripp pergunta. — Não acredito que ele me atacou desse jeito. Ele é doido.

Cameron me chacoalha de leve.

— Ei, Cash. Não vai dormir, hein, cara?

— Tá — murmuro. Está tudo turvo ao meu redor, mas vejo que Palmer e Vance voltaram. — Aonde vocês levaram a menina? — pergunto com a voz pastosa.

— Que menina? — Vance retruca. — Você não está falando coisa com coisa.

— Você bateu a cabeça *feio* — Palmer comenta.

— Esses caras são testemunhas — Tripp diz. — Cash não me atacou?

— Sim — Vance responde.

— Eles levaram Siobhan carregada — digo para Cameron. — Ela não conseguia andar. Precisa mandar alguém ver como ela está.

— Cara, que mentira do caralho — Tripp diz. — Siobhan estava aqui antes, mas saiu faz tempo. Não sei para onde foi.

— Relaxa, cara — Cameron diz para mim.

Ele me ajuda a me recostar na parede. Alguém entrega uma toalha de papel para ele limpar o sangue do meu nariz e da boca. Sinto minha cabeça estilhaçada.

— Ele me socou sem motivo nenhum — Tripp insiste.

— Pode contar seu lado depois — Cameron diz.

— Meus pais vão processar esse moleque — Tripp diz. — Por me agredir e tentar destruir minha reputação.

— Não ataquei, não — murmuro. — Ele estava com Siobhan.

— Alguém conhece Siobhan Byrne? Alguém pode tentar localizar essa menina? — Cameron grita para a aglomeração.

Um tempo se passa, mas é uma névoa. O sr. Karpowitz chega e fala comigo.

Escuto Tripp dizer:

— Alguém chama a polícia. Ele me atacou e agora está me acusando de fazer coisas com Siobhan.

— Mano, sai da minha frente agora — uma voz familiar diz. — Não tem a mínima chance de isso ser verdade.

Tripp murmura algo, e a voz responde:

— Agora, cara. *Sai*. Não estou de brincadeira.

Então Alex surge ao meu lado.

— Ei, mano, como você está? — ele pergunta, ajoelhando diante de mim com um ar protetor.

— Como você ficou sabendo?

— As notícias voam.

— Rachei a cabeça na parede. Estou enjoado. — Respiro para controlar outra onda de náusea.

— Um péssimo amigo diria que você tem sorte de ter sido a cabeça e não algo que você use. Mas não sou um péssimo amigo.

Solto uma risada fraca.

Os paramédicos chegam e me colocam numa maca.

— Eu vou junto — Alex diz.

— Você é da família? — a paramédica pergunta.

— Sou o irmão gêmeo dele — Alex diz.

— Vamos — a paramédica diz.

No caminho para o hospital, tento contar a Alex o que aconteceu. Não sei se estou falando coisa com coisa.

Pouco antes foi minha primeira viagem de avião, para ver vovô morrer. Agora estou em minha primeira viagem de ambulância, indo para o hospital com o crânio rachado.

Que ano.

Mais tempo se passa no hospital. Uma médica vem me ver. Ela acha que sofri uma concussão. Como estou demonstrando sinais de desorientação e confusão (fico fazendo as mesmas perguntas várias vezes), ela vai me manter em observação pelas próximas vinte e quatro horas.

Faço uma tomografia, outra primeira vez nefasta. É para descartar hematoma epidural, então posso dormir, o que quero fazer mais do que qualquer coisa.

Mas, antes, Alex me ajuda a fazer uma videochamada com vovó. Ela já está acordada — a escola ligou para ela. Como é de esperar, fica abalada ao ver o neto no hospital, falando asneiras depois de uma lesão na cabeça, seis semanas depois de perder o marido. Alex manda mensagem para Delaney, mas ela deve estar dormindo porque não responde.

Middleford manda uma assistente da reitoria para ficar no hospital comigo enquanto sou examinado. Não lembro o nome dela. Ela me diz que vai voltar pela manhã. Trazem uma caminha para Alex passar a noite.

Enquanto mergulho no abismo do sono sem sonhos, murmuro para Alex:

— Pelo menos acertei um nele.

Alex sorri.

— Eu notei. Eu odiaria levar aquele gancho de direita. Ele sentiu.

— Fiz a coisa certa?

Alex estende a mão e dá alguns tapinhas em meu antebraço, depois aperta.

— Pode crer que sim, mano.

71

Sinto a presença de pessoas. Abro os olhos, atordoado, e vejo Vi, Delaney e Alex.

— Acho que ele acordou — Vi diz a Delaney e Alex. — Cash?

— Uhum — digo.

— Como você está?

— Hum. — Paro, fazendo um balanço. — Ótimo.

— Mentiroso — Delaney diz, e eles riem.

— Alex nos contou o que você fez — Vi murmura, e se debruça sobre mim, o cabelo caindo no meu rosto, e me dá um beijo demorado na bochecha.

Embora meu crush em Vi tenha passado, ainda é uma sensação incrível.

Enquanto ela recua para deixar os outros terem um momento comigo, digo, com uma voz de bêbado:

— Vocês todos, façam fila para o beijo.

Eles riem de novo.

Delaney dá um passo à frente. Não consigo interpretar direito sua expressão — orgulho, afeto, medo, tudo de uma vez. E então há algo nela que eu nunca tinha visto.

— Você está com uma cara péssima — ela diz.

— Gentil como sempre — digo.

— Você está com os dois olhos roxos por causa do sangue que escoou para o tecido ao redor.

— Obrigado, doutora. Agora cala a boca e vem aqui — digo, estendendo os braços.

Delaney me envolve em um abraço tão apertado que machuca meu pescoço. Então dá um beijo na minha testa.

— Pep estaria orgulhoso de você — ela sussurra.

Mais preocupado com minha integridade física, eu não estava conseguindo sentir muita coisa em termos de emoção, mas ouvir isso me deixa radiante por dentro.

— Certo, cara — digo a Alex. — Cadê meu amor?

Sem hesitar, ele vem, pega meu rosto e me dá um sonoro beijo em cada bochecha. Desatamos a rir.

Todos ficam ali parados por um segundo sem falar, me lançando olhares de tanto carinho e amor que é quase insuportável.

É então que percebo que não estou sozinho.

É então que percebo que não tenho que deixá-los. Não tenho que me afastar de uma das maiores riquezas que já tive na vida.

Posso escolher ficar com eles. Posso escolher ficar.

Então outra coisa acontece dentro de mim. Ficar pode não ser mais uma escolha minha. Se a escola acreditar que ataquei Tripp — e eles vão acreditar —, serei expulso. Middleford tem uma política de tolerância zero com violência. Vou estar de volta aonde estava na noite de sexta, com a mão na maçaneta do quarto.

Você sempre quer aquilo que não pode ter, não é mesmo?

Não é engraçado na verdade, mas começo a rir mesmo assim. Cheguei ao ponto de achar graça de não conseguir ter nenhum maldito minuto de paz.

Delaney, Vi e Alex me encaram com uma preocupação compreensível. Ver seu amigo que acabou de sofrer um traumatismo craniano começar a gargalhar do nada deve ser preocupante.

Provavelmente a única coisa mais perturbadora seria se essa risada se transformasse em choro, e é exatamente o que acontece.

72

Eles passam o dia todo comigo. Assistimos à TV e conversamos. A médica diz que pareço estar me recuperando bem, então vão me dar alta às oito da noite, pouco antes das vinte e quatro horas de observação.

Por volta das quatro, eles vão buscar hambúrgueres. Prometem que vão me trazer um. E me pergunto se essa vai ser a última vez que jantamos juntos.

Poucos minutos depois que eles saíram, uma enfermeira entra.

— Cash? Você tem visita.

— Está bem. — Eu me empertigo um pouco.

Parte de mim torce para que seja a professora Adkins, embora ela tenha me mandado mensagem e contado que está em New Hampshire, ajudando Desiree a servir um evento.

O sr. Archampong entra. Acho que nunca estivemos na mesma sala tirando a palestra matinal. Ele é mais alto e mais imponente em pessoa.

— Senhor. — Eu me empertigo um pouco mais ainda.

— Sr. Pruitt — ele diz, puxando uma cadeira. — Espero que estejam tratando você bem.

— Sim, senhor. Muito bem. — Minha respiração entala no peito.

— Como está se sentindo? Soube que você sofreu uma concussão grave.

— Sim, senhor. — Meu coração palpita na cabeça ainda dolorida. — Estou um pouco melhor.

— Bom saber. Tenho algumas notícias que eu precisava dar pessoalmente.

— Tá — digo com a voz fraca.

Eu queria sair de Middleford, sim. Mas nos meus próprios termos. Não sendo expulso para que Tripp e seus capangas escrotos possam rir de mim aparando gramados na minha cidade enquanto continuam se aproveitando de pessoas.

— Tenho certeza que você sabe que o Instituto Middleford tem política de tolerância zero em relação à violência — o sr. Archampong diz.

— Eu sei. — Minha voz embarga.

— No entanto, há uma exceção a essa regra para atos de legítima defesa...

E Tripp estava apenas se defendendo de você. E por isso você está sendo expulso e ele não. Perco o fôlego.

— E em defesa de outra pessoa — o sr. Archampong continua. — Fizemos uma reunião de emergência do Conselho Disciplinar e concluímos que sua briga com Patrick McGrath foi tanto um ato de legítima defesa como um ato em defesa de uma colega.

— Não sei se...

— Quero dizer que o sr. McGrath foi expulso de Middleford, assim como Palmer de Vries e Vance Barr.

Queria acreditar no que estou ouvindo e no meu próprio raciocínio mental. Mas, em meu estado atual, não consigo.

— Senhor, eu não vou ser expulso?

O sr. Archampong balança a cabeça.

— Não. Testemunhas no local confirmaram a versão dos eventos que você relatou. Ouvimos as versões do sr. McGrath, do sr. De Vries e do sr. Barr. Mas vários membros da equipe de lacrosse se apresentaram para relatar terem visto sr. De Vries e o sr. Barr carregando a srta. Byrne do quarto que você dividia com o sr. McGrath, o que está de acordo com sua declaração. Vimos o vídeo de segurança das câmeras internas e externas da moradia estudantil, e vimos o sr. De Vries e o sr. Barr carregando a srta. Byrne para fora, onde a encontramos deitada em um banco, vestida de uma forma que não condizia com as condições climáticas e que sugeria que ela não tinha chegado lá por conta própria. A srta. Byrne, infelizmente, não tem nenhuma memória do incidente. Mas, quando confrontados com essa prova, o sr. De Vries e o sr. Barr confessaram que o sr. McGrath havia pedido para eles tirarem a srta. Byrne do quarto.

"Portanto, não, sr. Pruitt. Você não está sendo expulso de Middleford nem está sujeito a nenhuma medida disciplinar. Você demonstrou coragem e heroísmo intervindo em nome de sua colega. Você é um orgulho para nossa escola. Estamos honrados em te ter entre nós."

Fico sem palavras.

— Eu só estava tentando fazer o que era certo — digo, finalmente.

— Não sei se sabe disso, mas, antes de ser admitido a Middleford, Delaney Doyle nos escreveu uma carta em seu nome. Ela recomendou você como uma pessoa corajosa e consistente, que lutaria pelas pessoas que precisavam ser defendidas. Ela disse que você tinha superado muitas dificuldades e sobrevivido a elas com a integridade intacta. Então, o fato de estar disposto a fazer a coisa certa mesmo com um grande sacrifício pessoal não é nenhuma surpresa. Nossa escola precisa de pessoas como você, sr. Pruitt. Se há algo que precisamos ensinar aos estudantes é a fazer a coisa certa, mesmo quando isso for difícil e arriscado. — O sr. Archampong dá um tapinha paternal em meu joelho e levanta. — Agora, se me der licença. Há muitas questões que exigem minha atenção. Minha assistente vai entrar em contato para marcar uma reunião na segunda. Temos alguns assuntos a tratar. Mas, por enquanto, foque na sua recuperação. — Ele se encaminha para a porta.

— Senhor? Uma coisa rápida. — É humilhante, mas preciso mencionar isso enquanto ele está aqui. Meu rosto arde, e tropeço nas palavras. — Não sei se... o hospital? Minha família não tem muito dinheiro. E a conta. Não sei se... Meu avô acabou de morrer e tivemos que pagar muitas coisas e não sei se...

Ele ergue a mão com delicadeza para me interromper.

— Middleford tem um fundo para imprevistos como este. Vamos resolver tudo. Descanse e não pense nisso.

Ele sai e fico sentado no silêncio. Penso no que vai ser preciso para ficar em Middleford. As coisas não vão ficar boas em um passe de mágica. Ainda vou viver com a angústia persistente do luto. Ainda vou ter momentos de solidão, em que sinto não me encaixar aqui.

Ainda vou ter buracos na vida.

Mas estou pronto para tentar remendar esses buracos com coragem.

73

Estou deitado na cama, vendo TV, quando a tarde cai. Mas não estou prestando muita atenção, pensando na última vez em que estive num hospital.

Delaney entra no meu quarto com um saco da Wendy's na mão. Sinto o cheiro dela se aproximando. A fragrância de óleo quente fresco me faz lembrar de quando eu a buscava na Dairy Queen, esperando em uma das mesas até ela terminar o turno.

— Você voltou — digo.

Ela coloca o saco no meu colo. Está quentinho e dá uma sensação gostosa. Ela senta na lateral da cama.

— Espero que goste. Era o único lugar aonde dava para ir andando.

— Qualquer coisa é melhor do que a comida de hospital. Obrigado.

Eu e Delaney nos olhamos e sorrimos.

— Cadê Alex e Vi? — pergunto.

Delaney hesita.

— Eles tinham que resolver uma coisa. Sou só eu. Tudo bem?

— Claro. O sr. Archampong passou aqui agora há pouco, aliás.

A cabeça de Delaney claramente vai aonde a minha estava, porque ela empalidece.

— E?

— E... vou ficar em Middleford. Tripp foi expulso, assim como Palmer e Vance.

Delaney desaba internamente, tremendo. Ela expira das profundezas de seus pulmões.

— Fiquei com medo de você ser expulso. Puta merda, estou feliz que isso não aconteceu.

Talvez seja melhor eu não dizer como cheguei perto de me expulsar por livre e espontânea vontade antes de isso tudo acontecer.

Abro o saco e como algumas batatas fritas.

— Caramba. São quase tão boas quanto as do DQ.

— Porque pedi para fritarem duas vezes, como eu sempre fazia para você.

— Não é assim que as fritas do DQ são feitas normalmente?

— Não. Sempre fiz especiais para você. Dá para ter uma reação de Maillard mais forte. É uma reação química que foi nomeada em homenagem a Louis-Camille Maillard. Acontece entre a glicose e os aminoácidos e é causada pelo calor e que provoca o douramento. Eu sabia que você curtia reação de Maillard nas batatas.

— Sou um grande fã — murmuro. — Acho que também tenho um cientista favorito agora.

— Pensei que eu fosse sua cientista favorita.

— Sim, você primeiro e depois Maillard. — Ofereço um pouco de batata para ela.

— Não precisa. — Ela sorri, mas uma nuvem de melancolia paira.

Ficamos em silêncio por um tempo. Finalmente, digo:

— Você está bem?

Ela respira fundo e começa a fazer que sim, mas se contém. Vira o rosto para a janela por alguns segundos. Depois se volta para mim.

— Sim, estou. Eu estava... — Ela para. Sua voz está embargada. Ela tenta falar de novo, mas se dissolve e começa a chorar com as mãos no rosto.

— Ei. Ei, Ruiva. Ei. — Eu a puxo junto ao peito e a abraço e sussurro em seu cabelo.

Ela chora por um tempo e, então, toma um fôlego trêmulo e seca os olhos com os anelares.

— Uau. Estou ótima.

— O que foi?

— Eu não estava pronta para ver você num leito de hospital, todo machucado. E depois de tudo com Pep. Me fez me dar conta... — Ela para de novo.

Sei como é quando Delaney está criando coragem.

Ela inspira fundo e suas palavras saem às pressas.

— Preciso dizer uma coisa porque nunca dá para saber se vai ser tarde demais. Tipo, e se você tivesse sofrido uma hemorragia intracraniana e morresse? Eu teria que carregar isso comigo. Então é um saco ter que falar, ainda mais agora. E não espero nada nem, tipo, *quero* nada de você. Mas preciso que saiba que eu amo você basicamente desde que o conheço. Pensei que passaria. Mas não passou. Nunca passou.

— Ruiva...

— Não me interrompa. Tenho que dizer isto. É por isso que tinha que trazer você para cá comigo. Eu não conseguia ficar sem você. E não quero algo como aconteceu com Pep, em que não sei se ele me ouviu dizer que o amo. Eu te amo mais do que amei qualquer pessoa em toda minha vida. Muitos dias, essa foi a única coisa que me fazia sair da cama, a única coisa que eu tinha para me manter em pé. Aquela vez em que nos beijamos e meio que decidimos que talvez fosse melhor não repetir? Sei que concordei, mas não queria. Eu te amava. Eu te *amo*. E queria mais do que tudo poder amar você só como o combinado. Mas...

— Espera, pensei que *você*...

Delaney coloca a mão na minha boca, a aspereza de seu polegar arranha meu lábio.

— Estou falando. *Psiu.* Já está sendo muito difícil. Penso em você *o tempo todo.* E é um puta saco porque tenho que ver você se apaixonar por Vi e fingir que não tenho problema com isso, então eu...

Como não tenho nada a dizer, como ela não me deixaria dizer nem se eu tentasse, eu a puxo e a beijo — é demorado, profundo, voraz, delirante e, de algum modo, ao mesmo tempo pesado e leve por todas as horas que passamos juntos olhando as estrelas ou as luzes da nossa cidade, todos os momentos que passamos flutuando juntos em silêncio no rio, todas as vezes que fomos dormir sabendo que o outro estava lá em algum lugar para apoiar. É muito mais do que a primeira vez que nos beijamos. Somos muito mais.

Existem chamas secretas das quais você se protege por medo de que queimem se você as libertar. Porque escolhe a cautela em vez da possibilidade. Mas, na primeira rachadura na parede, você sente o calor e decide que vai aceitar o risco de se queimar.

Depois que nos beijamos para compensar todos os anos que ficamos sem nos beijar — em determinado momento, penso ouvir uma enfermeira entrar e sair lentamente —, ficamos abraçados em silêncio enquanto a noite cai suavemente lá fora. O burburinho do hospital ao nosso redor se perde no som de nossa respiração.

Exploramos terras novas. Traço o polegar ao longo da sobrancelha dela até a curva atrás de sua orelha.

Ela acaricia meus lábios delicadamente com a ponta dos dedos.

— Sempre quis fazer isso — ela murmura.

— Já tínhamos nos beijado antes. — Tiro uma mecha de cabelo de seus olhos.

— Não dá para fazer *isso* só porque você beijou uma pessoa — ela disse, e damos risada. — Então, dizer tudo aquilo para você saiu melhor do que eu imaginava.

— Parece que estamos nos divertindo mais do que na última vez em que estávamos juntos num hospital.

— Verdade.

— Que bom que Vi e Alex não voltaram com você.

— Meio que não dei escolha para eles — Delaney diz. Rimos de novo. — Quase contei para você no Natal, quando a gente estava no rio, mas amarelei.

Alguns instantes se passam em silêncio. Ela repousa a cabeça em meu peito. Deve conseguir ouvir meu coração batendo forte enquanto invoco minha coragem mais uma vez. Com dois dedos embaixo do queixo dela, ergo seu rosto com delicadeza na direção do meu, para que ela encare meus olhos roxos.

— Eu te amo, Delaney Doyle.

Ela hesita, mas apenas como se quisesse habitar mais o momento.

— Também te amo, Cash Pruitt. Mas não estou dizendo nada que você já não saiba.

Pele

Queria que não fosse verdade
que todas as células de nossa pele
se regeneram de tantas em tantas semanas,
como você me disse certa vez.

Não quero uma pele nova.
Quero uma pele com a memória
mais longa que a do pó,
que você disse também esquecer,
mas demorar mais.

Quero viver numa pele que lembre
você, uma pele que você marcou.

74

Descanso no domingo, basicamente aproveitando a solidão de meu novo quarto sem Tripp enquanto Delaney estuda e trabalha no laboratório. Quando estou acordado, passo quase o tempo todo escrevendo algo que preciso escrever há muito tempo. Vamos chamar de exorcismo.

Delaney vem me buscar para o almoço e depois de novo para o jantar. Caminhamos, de mãos dadas, até o refeitório.

— Isso só vai alimentar o boato de que somos casados — digo, erguendo nossas mãos.

— Não mesmo.

— Para falar a verdade, não dou a mínima — digo. — Nunca dei.

Delaney ri baixinho.

— Nem eu.

Mas parece que o burburinho não é mais sobre sermos ou não casados. Tanto no almoço como no jantar, algumas pessoas que nem conheço vêm apertar minha mão e me dar um high five. Middleford é um ovo e as notícias correm rápido.

Em certo momento do jantar, Alex e Delaney levantam para levar as bandejas, deixando Vi e eu sozinhos.

— Eu *sabia* — Vi diz com um sorriso maroto, e sei exatamente a que ela está se referindo.

— Você tinha razão. Nem eu sabia na época.

— Era óbvio. Mulher sabe essas coisas.

— Pelo visto sabe mesmo.

— Eu também percebia o que ela sentia por você. Estou feliz por vocês dois.

— Obrigado, Vi.

— Delaney é uma menina de sorte.

Sorrio e coro. Não sei o que responder, mas não tem problema, porque, antes que eu tenha que responder, outra pessoa vem me cumprimentar.

Segunda-feira de manhã tenho uma reunião com o sr. Archampong. O advogado da escola está presente, assim como investigadores do Departamento de Polícia de New Canaan. Eles recolhem meu depoimento para uma investigação criminal sobre Tripp.

Finalizamos, e estou prestes a ir para a aula de poesia quando o sr. Archampong diz:

— Sr. Pruitt, tem mais uma coisa. Sobre a moradia. Você tem duas opções. Primeiro, pode terminar o ano com o quarto só para você. Normalmente preferimos que os quartos sejam divididos, para que os alunos aprendam conciliação e resolução de conflitos e para incentivá-los a criar laços para a vida toda. Mas você com certeza conquistou o direito de um quarto só seu.

Parece uma ótima.

— Qual é a outra opção?

— Um de seus colegas, que atualmente também está sozinho no quarto, se apresentou e pediu para ser transferido para o seu, se você quiser. Você deve conhecê-lo. Alex Pak. Um rapaz excepcional, pelo que eu soube.

Um vigor extasiado se espalha por mim.

— Sim, conheço Alex. Ele é *mesmo* excepcional. Prefiro assim então.

75

A aula de poesia está rolando há cerca de quinze minutos quando entro o mais discretamente possível. Não bastasse a vergonha que sinto com meus dois olhos roxos de panda.

A professora Adkins lê uma estrofe de um poema, de costas para a porta. Ela para e olha para trás. Ao me ver, baixa o livro, levanta, vira para mim e começa a aplaudir. Todos na sala fazem o mesmo.

Coro e baixo o rosto. Quero dizer alguma coisa engraçada, como *Isso porque vocês não viram como o outro cara ficou*, mas tenho medo de desabar se tentar falar. Abro um sorriso constrangido, aceno e sento. Mas a turma continua em pé e bate palmas.

Quando os aplausos finalmente passam, arrisco uma frase:

— Cara, eu deveria me atrasar mais vezes. — Todos dão risada.

A professora Adkins espera todo mundo sair para conversar comigo.

— Como está a cabeça? — pergunta.

— Ainda bem dolorida. Isso porque você não viu como o outro cara ficou.

— Você estava se segurando para não mandar essa.

— Sim.

Nós dois sorrimos.

— Estou muito orgulhosa de você — ela diz.

— Só fiz a coisa certa.

— O mundo precisa de mais homens que façam a coisa certa.

— Por falar em fazer a coisa certa, consegui até terminar a tarefa. — Entrego para ela o poema que passei o domingo escrevendo e revisando.

— Você estava totalmente liberado. Pensei que tinha deixado isso claro.

— Tudo bem. Pareceu... necessário. Você vai ver por que quando ler. — Me encaminho para a porta.

— Cash? — Ela me chama.

Dou meia-volta.

— Ser um poeta exige coragem. Sim, a bravura de sangrar em uma página. Mas também de sangrar pelo mundo sobre o qual escrevemos. Isso você tem e sempre vi em você.

Peso

É um sonho que tenho.
Fico tentando abrir
uma porta fechada
pelo peso
do corpo de minha mãe.

Alguns sonhos são ficção,
mas não esse.
Quando eu era pequeno,
minha mãe usou
demais o que usava
para se entorpecer
e morreu no banheiro de nosso trailer
com uma televisão
passando episódios repetidos de uma série como seu último
   crepúsculo.

Por que sentir é tão aterrorizante
que tentamos impedir?
Sentir é algo apenas nosso,
algo que não podemos emprestar.

Em meu sonho, desejo
algo que tire
esse peso da porta,

Que o torne tão incorpóreo
quanto fumaça ou luz,
para que eu não fique mais empurrando contra a gravidade
de meu próprio sangue.

Em sua última hora, o corpo de que saí
tornou-se o corpo que
não mais me deixaria entrar.

76

Depois do treino de remo, eu e Alex estamos exaustos, mas leva-mos as coisas dele pro meu quarto. Nenhum de nós quer esperar.

Estudamos lado a lado esta noite. Às vezes, um de nós quebra o silêncio com uma piada ou um comentário. Alex pega no meu pé por causa de Delaney. Eu implico com ele por sofrer por uma mensagem ambígua de Alara.

Isso me lembra de como era ficar no alpendre com vovô, ou fazer uma videochamada. Não é a mesma coisa. Mas é conversa e silêncio confortável com alguém que amo.

Quando chega a hora de apagar as luzes, Alex se ajoelha ao lado da cama para fazer suas orações.

Antes que ele comece, digo:

— Ei, cara. Rapidão.

Ele olha para mim.

— Obrigado por orar por mim. Acho que ajudou.

77

— Olha. Eles têm a *National Geographic*. Você ama a *National Geographic*. Sempre lia no colégio em Sawyer — digo, apontando para a mesa da sala de espera.

— Estou nervosa demais — Delaney diz, balançando a perna. — Não estou a fim de ler.

— A sra. Hannan é terapeuta. O trabalho dela é literalmente ajudar você a ficar menos ansiosa — digo.

— Estou com medo do que ela vai encontrar na minha cabeça.

— Tipo quando a gente vai pescar e acaba pegando uma bota velha?

— Exatamente.

— Não acho que terapia seja assim.

— E não é. Eu pesquisei. Mesmo assim. Você não está nervoso?

— Estou mais preocupado que ela não encontre nada na minha.

— Um medo válido.

— Poxa. Não era para concordar.

Delaney suspira.

— Acho que somos duas pessoas que buscam ajuda quando precisam. Foi assim que nos conhecemos. — Ela leva o polegar à boca.

Baixo a mão dela para a perna.

— Tenho uma ideia de como você deveria começar quando for sua vez.

Ela senta em cima da mão.

— Uma das meninas com quem eu trabalhava me mandou uma mensagem dizendo que o Cagão Fantasma atacou o DQ de novo hoje.

— Que… incrível?

— Pois é, não sei dizer. Mas é alguma coisa.

— É estranhamente reconfortante saber que o mundo continua mesmo quando você não está. — Estendo a mão e tiro um cílio da bochecha dela.

— Adivinha com quem falei dia desses.

— Quem?

— Dra. Goins.

Balanço a cabeça.

— Dra. Goins… a médica que você insultou várias vezes e que te botou para fora do hospital?

— Não foi ela. Quem fez isso foi o Guarda Merdoso. Ele foi demitido, aliás. Ela reclamou de como ele me tratou.

— Como…

— Liguei para pedir desculpas. Fiquei me sentindo mal por ter sido tão rude.

— E?

— Foi legal. A gente teve uma conversa boa. — Ela começa a mexer na ponta do cabelo. — Sabia que existiam papagaios no leste do Tennessee? — ela pergunta, olhando para o nada.

— Tipo, nos tempos dos dinossauros?

— Não. Nos anos 1800. O periquito-da-carolina. Visto pela última vez na natureza em 1910. O último em cativeiro morreu em 1918. Foi declarado extinto em 1939. — Ela abre no celular um desenho da Audubon de um papagaio verde com o pescoço amarelo e a cabeça vermelha.

— Sério? — murmuro, admirado. — Dava para olhar pela janela em Sawyer, Tennessee, e ver papagaios?

— Pois é — Delaney diz. — Não são lindos? *Eram* lindos, digo.

— Sim. Eram.

Ficamos em silêncio por um tempão.

— Adoraria se ainda existissem — digo depois de um tempo.

Penso em como queria que a trajetória do mundo fosse em direção à prosperidade, e não à ruína.

Mas, quando Delaney começa a erguer o polegar de novo, pego sua mão e, desta vez, aperto com firmeza, entrelaçando os dedos nos dela.

Acho que às vezes o mundo vai sim da desolação ao florescer.

78

Ainda existem muitos dias longos e atormentados pela perda. Momentos em que quero desistir. Em que o luto ataca tão repentinamente, como uma cascavel escondida na grama alta.

Vejo seu rosto todos os dias. A ausência é tão tangível que parece um corpo.

Mas o mundo se enche de um verde novo que me faz lembrar que ainda existem coisas belas.

Eu e Delaney mantemos nossas consultas com a sra. Hannan. Os polegares de Delaney começam a cicatrizar, e minhas feridas também.

Continuo escrevendo durante as tempestades de dor. Também ajuda.

79

E outra coisa que ajuda: estar na água. Agora, porém, não estou processando muita coisa.

Minha pulsação está intensa onde minha espinha encontra meu crânio.

Meu coração está à beira de explodir.

Não consigo respirar.

Estou completamente na reserva de energia, todos os meus alarmes apitando.

Mergulhar puxar soltar recuperar mergulhar puxar soltar recuperar. O barulho da água. As boias marcando as faixas que passam em alta velocidade. O estalo sincronizado dos toletes enquanto giramos os remos, oito lâminas cortando o ar em uníssono. Minhas mãos fortes seguram. Mergulhar. Puxar. Recuperar. Mergulhar. Puxar. Recuperar.

Do que parece uma grande distância, o timoneiro grita.

— Bom e controlado, muito bom. Isso aí, isso aí. Mergulhem! Força! Força! Continuem firme! Bombordo, bela finalização! Bela finalização! Estibordo, deem mais um pouco. Estamos chegando perto de La Salle. Passamos a temporada toda atrás deles. Vocês estão bem, garotos! A gente consegue! A gente consegue!

Ouço Alex, logo atrás de mim, bufando que nem uma locomotiva.

— Puxem! Puxem! Continuem na frente deles! Preciso de um potente em dois. Um! Dois! Pisem no acelerador! Vão! Isso aí! Isso aí! Muito bem, rapazes, boa! Em frente, todos juntos. Passamos dois barcos, é isso! Estamos no final! Sete! Seis! Vamos lá, Middleford! Continuem remando! Reta final!

Meus pulmões estão queimando, meus músculos ardendo e gritando. Mas não diminuo o ritmo. Estou pronto para morrer assim. Para meu coração começar a bombear sangue fumegante pelos meus poros. Por minha equipe. Não vou desapontá-los.

Passamos pela linha de chegada e paramos devagar, desabando, cansados demais até para nos manter na água. Nosso timoneiro nos diz que chegamos em primeiro lugar. Vamos para a Filadélfia. Vamos para a Copa Stotesbury.

Delaney e Vi estão esperando por mim e Alex. Meu corpo todo estremece; não tenho energia nenhuma.

Delaney corre em minha direção.

— Estou suado — aviso.

Ela pula em cima de mim, sem se deter, enrolando as pernas na minha cintura e me abraçando feito um coala. Ela é minúscula, mas não consigo sustentar os pesos de nós dois de tão exausto que estou, e caímos no chão, rindo.

Quando você passa por muitas derrotas, parece que nunca vai sentir a doçura da vitória. Mas então sente de alguma forma e, nesse momento, não consegue lembrar de um tempo em que ela não esteve em seus lábios.

80

Meu telefone vibra. Dou uma olhada.

— Puuuuuta merda, Delaney — murmuro.

Alex não tira os olhos do livro de física.

— O quê?

— Ela mandou muito bem no exame nacional do ensino médio.

Alex coloca o livro aberto sobre o travesseiro, marcando a página.

— Mano, não creio. — Vem ver a mensagem também. — Ela está brincando?

— Ela não brincaria com uma coisa dessas. — Dou um pulo da cama e calço os sapatos. — Vem.

Saio correndo do quarto com Alex. Só paramos quando chegamos à porta de Delaney. Esmurro a porta.

Vi abre, com um coque bagunçado, calça de moletom e regata. Ela abre um sorriso quando nos vê. Dá um passo para o lado.

— Delaney?

Delaney está recostada na cama de short e regata de pijama. Ela tira os olhos do celular e me encara. Parece feliz, como deveria estar.

— Vem aqui — digo.

— Estou ocupada — ela diz com um sorriso maroto.

— Você sabe por que estamos aqui.

— Vai me fazer passar vergonha?

— Pode apostar.

Ela dá um suspiro teatral, levanta e vai até a porta. Alex e eu ajoelhamos, e ela fica entre nós. Todos ouvimos falar dessa tradição de Middleford.

— No três — digo a Alex. — Um, dois, três.

Erguemos Delaney sobre nossos ombros. Ela grita, ri e balança. Alex a equilibra.

— Não vamos deixar você cair. — Ele dá um tapinha na perna dela. — Não podemos deixar esse seu cérebro genial se esparramar no chão.

Olho para Alex.

— Pronto?

— Bora, mano.

Corremos juntos porta afora, aos gritos, com Delaney erguida sobre nossos ombros, se esgoelando de tanto rir. Vi corre atrás de nós, batendo palmas e assobiando. Meninas abrem a porta para olhar, e logo começam a aplaudir e parabenizar Delaney. Vamos até o fim do corredor e voltamos correndo. Depois repetimos. Até os inspetores mandarem parar.

Quando deixamos Delaney na porta do quarto, suas bochechas estão rosadas de tanto rir.

— Eu te amo — sussurro em seu ouvido. — Estou muito orgulhoso de você.

81

— Mano, corta.

— Quê?

— Errei.

— Cara, você está indo bem. Não vamos terminar nunca se você ficar cortando.

— Mais uma vez.

— Pense nas moças da *Sessão da meia-noite*. Elas aparecem na TV toda semana e não veem problema em fazer besteira.

— Estamos mirando mais alto do que a qualidade de *Sessão da meia-noite* aqui. Cadê sua honra de Menino da Lavanderia?

— Honra de Menino da Lavanderia? Isso existe?

— Com certeza. Vamos. Em cinco, quatro, três, dois, um... Ei, pessoal, bem-vindos aos Leninos da Lavanderia. Tá, corta.

— Cara.

— Eu disse *Leninos da Lavanderia*. A gente tem que acertar o nome do negócio pelo menos.

— O nome tosco a gente *tem* que acertar.

— Por que você disse isso? O nome é bom, cara. É bom. Filmando em cinco, quatro, três, dois, um... Ei, pessoal, bem-vindos ao *Meninos da Lavanderia*. Meu nome é Alex, e esse é...

— Cash.

— E estamos aqui para ensinar algumas dicas...

— E truques...

— Para você lavar roupas ainda melhor.

— A primeira coisa que você precisa saber sobre lavanderia é...

— Hum, mano.

— Quê? Essa foi nossa melhor tomada até agora.

— Sim, então, eu esqueci de apertar "gravar".

Meninos da lavanderia

Você me ajudou a acreditar
que não existem
manchas permanentes;

Não existem
rugas
que não possam ser alisadas;

Nada que não possa ser tornado
novo de novo.

82

No penúltimo sábado antes das férias, eu e Vi vamos à praia. Alex e Delaney estão ocupados com outras coisas.

Vi quer cumprir sua promessa de me mostrar o mar pela primeira vez. Aquela que ela fez na noite em que nos conhecemos. Quando a van se aproxima, ela me venda com um de seus cachecóis.

— Sem olhar — ela diz.

Sinto a van parar.

— Divirtam-se — Chris diz no banco de motorista. — Volto às cinco para buscar vocês.

Ouço todos saindo cheios de entusiasmo, suas vozes animadas se afastando.

— Cuidado — Vi diz, segurando meu cotovelo e me ajudando a sair.

— Você não perde por esperar, Paul Bunyan — Chris diz. — O mar é algo que você precisa ver antes de morrer.

Vi me guia por um caminho curto e paramos. Então diz:

— Escute.

Ao longe, escuto o movimento da água.

Meu coração acelera. Caminhamos um pouco mais.

Sinto o concreto dar lugar à areia macia. Tiro os chinelos e os levo na mão.

— Posso olhar?

— Ainda não — Vi diz. — Daqui a pouco.

Caminho cambaleante pela areia. O som das ondas se quebrando na praia fica mais alto. Sinto o cheiro de sal, alga e água agitada.

— Certo... agora — Vi diz, e tira minha venda.

Estou olhando para o mar pela primeira vez. Ele se estende por uma vastidão infinita diante de nós, verde-acinzentado no horizonte. A luz deslumbrante brilha na superfície das ondas enquanto elas passam, uma a uma, como respirações de uma imensa criatura adormecida.

— Uau — murmuro, arrebatado. — *Uau.*

Vi sorri.

— Você gostou?

Mal consigo respirar de tanto fascínio.

— Eu amei. Amei.

Gaivotas grasnam ao nosso redor.

— Não para nunca — digo.

— Nunca.

— Bilhões de anos. Ondas na praia. Marés subindo e descendo. Delaney diz que toda vida vem do oceano.

— Me sinto muito viva perto dele.

Chegamos mais perto, e a água fria sobe e envolve meus pés, dissolvendo a areia sob eles, efervescendo em espuma branca antes de recuar.

— Você precisa escrever um poema sobre o mar — Vi diz. — E me deixar ler.

Olho para ela e sorrio.

— Talvez.

— *Talvez* — ela bufa. — Sempre talvez.

Como as ondas batendo nos meus pés, uma outra onda de tristeza sobe e quebra sobre mim.

— Estou sentindo *saudade* do vovô agora — digo. — Falei certo?

— Perfeito.

— Queria que ele pudesse me ver aqui.

— Talvez ele possa.

Penso que deixamos as cinzas do vovô no rio, e que todos os rios acabam por encontrar o mar e que todos os mares estão interligados, então talvez ele esteja aqui comigo.

Estendemos nossas toalhas e sentamos ao lado um do outro, nos banhando na luz morna de maio, conversando e ouvindo a rebentação. Nossos silêncios são tranquilos e nossa risada também. Chegamos a um bom lugar na nossa amizade.

Então conto a ela sobre minha mãe. Sobre minha vida disfuncional. Porque esse lugar sagrado e sem memória parece um bom local para desabafar.

Ela escuta sem julgar. Quando acabo, não está brava comigo por deixá-la acreditar por tanto tempo que eu tinha tanta coisa que na verdade não tinha. Ela me abraça com força e intensidade — o tipo de abraço em que se tenta passar pelos músculos e ossos para chegar à alma da pessoa.

Estou contente por Vi fazer parte da minha vida.

83

Eu e a professora Adkins ficamos nos encarando depois de nossa última aula.

— Foi um ano e tanto — ela diz. — Você achou, quando começou introdução à poesia, que, no último dia do curso de poesia intermediária, estaria lendo um poema que escreveu?

— Jamais. — Tento encontrar as palavras perfeitas, mas, como acontece com tanta frequência, elas me escapam. — A poesia tornou minha vida melhor. Obrigado.

— Ela faz isso. E não tem por que agradecer.

— Mal posso esperar para fazer seu curso no ano que vem.

O rosto da professora Adkins se obscurece e ela baixa os olhos.

— Tudo bem? — pergunto. Algo parece estranho nela.

O ar fica mais devagar.

— Cash? Pode… — Ela faz sinal para eu sentar.

Eu sento.

Ela inspira fundo, expira com um suspiro e mexe em um de seus anéis, cruzando e descruzando as pernas.

— Tenho uma notícia ruim e talvez boa, e estou tentando pensar na melhor forma de contar para você, mas meu tempo está acabando, então vou dizer logo de uma vez. Não vou estar aqui no ano que vem. Arrumei outro emprego.

Senti como um pássaro baleado deve se sentir quando bate as asas pela última vez e cai no chão. Eu sabia que a trajetória ascendente da minha vida não poderia durar para sempre.

— Ah — digo, baixo, olhando para o chão. — Caramba.

— Mas — ela diz, fazendo questão de olhar nos meus olhos antes de continuar — a boa notícia é que a Universidade do Tennessee acabou de conseguir financiamento para um programa de mestrado, e uma das minhas antigas professoras está coordenando. Ela me convidou para participar do corpo docente.

A ficha cai.

— Então você vai estar em...

— Knoxville.

— Fica a quarenta e cinco minutos da minha cidade. — Uma onda de euforia me perpassa.

— Eu sei. — Ela sorri.

— Então ainda vou poder ver você.

— Você e a vovó estão convidados para o Dia de Ação de Graças na nossa casa. Você vai voltar neste verão?

— Alguém tem que aparar os gramados de Sawyer.

— Uma vez por mês, neste verão, vamos nos encontrar para tomar café, e pretendo ler textos novos. Você não está liberado só porque não controlo mais sua nota.

— Combinado. — Olhamos um para o outro e rimos espontaneamente por um tempo — digo baixo depois que nossa risada passa. — Eu estava pensando na ETSU, mas a UT também serve. Vou poder continuar estudando com você.

— Tomara que sim.

Levantamos.

Ainda não sei o que dizer.

— Enfim. Vou sentir falta de você no ano que vem. Tipo, muita.

Seus olhos acinzentados — agora sei que são da cor do oceano às vésperas do verão — me veem.

— Vou te contar a coisa mais verdadeira que sei: você não é uma criatura do luto. Você não é uma congregação de feridas. Não é a soma de suas perdas. Você não é suas cicatrizes. Sua vida é sua, e pode ser nova e maravilhosa. Lembre-se disso.

— Sempre.

— Adeus por ora, Cash.

— Adeus por ora, professora Adkins.

— Meus amigos me chamam de Bree.

— Bree?

Ela olha para mim.

— Você me disse algo no Dia de Ação de Graças em que fiquei pensando: que você não herdou o dom de cura da sua avó. Mas herdou, sim — digo.

Seus olhos se enchem de lágrimas.

— Obrigada. Isso significa tudo para mim.

— Tenho uma coisa para você. — Tiro um papel da bolsa, desdobro, faço uma correção rápida e o entrego para ela. Depois mais uma coisa me passa pela cabeça. — Além disso, preciso pedir um favor imenso. Na verdade, é para mim e para Delaney.

Gênesis ~~(para professora Adkins)~~ (para Bree)

No começo pensei que
minha poesia favorita
era a história de Deus movendo-se
pelo vácuo e pelo mundo disforme,
invocando fôlego em pedra.

Mas agora sei que não era
a história a poesia,
mas sim a invocação
de fôlego em pedra.

84

Nova York está muito mais quente do que na última vez em que estive aqui — tanto em termos emocionais como de temperatura. A brisa leve da noite de primavera cheira a asfalto, gasolina e o forte aroma herbal da vegetação que nos rodeia no High Line. O céu brilha com estrelas e a lua. Eu e Delaney caminhamos devagar, as mãos dadas, as pernas exaustas de tanto andar.

Aponto para a lua e a estrela mais brilhante embaixo dela.

— Aquela na verdade é Vênus.

— Fui literalmente eu quem falou isso para você.

— Hum, tenho quase certeza que você acabou de descobrir isso comigo.

— Eu... — Delaney começa a responder, mas a interrompo com um beijo.

— Desculpa, quê? — digo, colocando a mão atrás da orelha.

Ela começa a falar de novo, mas a interrompo com outro beijo.

— Sem resposta? Acho que é verdade que você aprendeu comigo.

Delaney apenas sorri. Toma fôlego como se fosse dizer alguma coisa. E então diz:

— Blá-blá-blá — e aproveito a deixa e a beijo de novo. — Que horas combinamos de encontrar Bree e Desiree? — Delaney pergunta quando finalmente deixo ela terminar uma frase.

— Oito e meia. Mas elas falaram que tudo bem se a gente se atrasar alguns minutos.

— Hora da confissão.

— Tá.

— Não entendo nadinha de arte moderna.

— Eu também não.

Nós dois rimos.

— Que bom que passamos duas horas em um museu de arte moderna hoje — Delaney diz.

— Foi ideia sua — digo.

— Não estava culpando você. Espera... quero sentar um pouco. Minhas pernas estão doendo.

Sentamos em um banco. Dou uma confirmada rápida de memória para garantir que não é o mesmo banco em que sentei com Vi. Daria azar.

Delaney coloca os pés em cima do banco e apoia a cabeça em meu ombro. Olhamos a cidade que vibra e pulsa, cheia de luzes. Gosto muito mais da vista desta vez.

— Lembra nosso mirante — Delaney murmura, se aninhando ao meu lado.

Eu tinha me permitido esquecer que estava prestes a ficar longe de Delaney por mais tempo do que nunca. Coloco os braços ao redor dela e apoio a bochecha na sua cabeça.

— Vou sentir sua falta neste verão, Ruiva. Muito mesmo — digo, baixinho.

— Hora da confissão de novo — Delaney murmura.

— Não diga que não vai sentir minha falta.

— Não. Tenho que admitir que estava guardando um segredo.

— Certo — digo, hesitante, o pulso acelerando e uma sensação de enjoo se espalhando por meu estômago.

Depois de minha última experiência no High Line, estou muito apreensivo com o rumo que isso está tomando.

— Você só vai sentir minha falta por uma parte do verão.

— O que isso quer dizer?

— Quer dizer que você vai sentir minha falta por uma parte. Na outra parte vou estar por perto.

Viro para ela.

— Espera, espera. *Quê?* — Meu coração ainda está acelerando, mas por um motivo diferente agora.

— Vou fazer o estágio nos CDC na primeira metade do verão. Na segunda metade vou trabalhar no Hospital Sawyer. Tecnicamente vou ser assistente de enfermagem, mas vou ficar na cola da dra. Goins e ajudar no laboratório.

— Espera... O quê?

— Lembra quando contei que liguei e pedi desculpas por ter sido mal-educada? Ficamos conversando por um tempo. Temos muitas coisas em comum. Mantivemos contato. Ela disse que poderia me arranjar um emprego.

Dou um pulo do banco, comemorando e rindo, e abraço Delaney, erguendo-a e girando-a, sem me importar com as pessoas que passam.

— Acho que vou dormir numa barraca no quintal... Duvido que vovó nos deixe dormir na mesma casa com nossa... situação atual.

— Não precisa. A dra. Goins tem um quarto de hóspedes. Vou ficar lá de graça. Pode ficar com a sua cama.

Delaney fica olhando por um tempo para o horizonte cintilante com o olhar distante.

— Não sei se ainda quero ser epidemiologista.

— Sério?

— Estou pensando em ir para medicina do vício. Talvez encontrar nosso botão de autodestruição e desligá-lo. Minha mãe. Sua mãe. Até Pep, de certa forma. — Ela não precisa completar o raciocínio.

Ficamos em silêncio por alguns segundos, e ela sorri consigo mesma ao dizer:

— Isso vai fazer você rir.

— Diga.

— Depois de tudo, depois da faculdade, de estudar medicina, acho que talvez eu volte para Sawyer.

Mas não dou risada.

— Ver Pep naquele hospital deprimente — ela continua. — Pessoas como ele merecem coisa melhor. — Ela aponta para o horizonte. — Além do mais, tudo isso é ótimo, mas penso melhor quando está tudo calmo. Fico sobrecarregada aqui.

— Quer saber? — murmuro. — Acho que vou voltar a Sawyer depois da faculdade também. Quero dar aula de poesia como Bree.

— Onde?

— Na Escola Sawyer.

— Na Escola Sawyer não tem aula de poesia.

— Exatamente.

— Você está me dizendo que, daqui a vinte anos, podemos estar sentados na traseira de sua picape, olhando para o céu de Sawyer, e conversando sobre seus alunos e meus pacientes? — Delaney pergunta.

— Acho que é exatamente o que estou dizendo.

Começamos a rir. Quando nossa gargalhada passa, nos beijamos de novo.

— Lembra que contei sobre a vez em que eu e Pep fomos juntos ao McDonald's? — ela diz. — Eu falei para ele naquele dia que amava você.

— É?

— Ele mandou ter paciência. Disse que você também me amava e que só precisava descobrir isso. Ele disse isso de novo na carta que escreveu antes de morrer.

— Ele tinha razão.

Um véu de luar prateado cobre o rosto de Delaney na brisa suave da noite no fim de primavera. Lembro da primeira vez que a vi do outro lado da sala na reunião do Narateen. Agora estamos aqui, olhando para as luzes de Nova York juntos.

Me pergunto onde eu estaria nesse momento, a vida menor que teria levado se nunca tivéssemos nos falado.

Você consegue sentir quando está construindo um palácio para uma memória. Um lugar em que ela habite, brilhando e dançando nos salões de mármore. Um lugar que você possa visitar quando precisar sentir menos a gravidade do mundo.

Sinto minha mente construindo um palácio desses para mim e Delaney.

Às vezes imagino nós dois em uma lanchonete vinte e quatro horas, desenhando rostos em panquecas com ketchup, embriagados pela companhia um do outro, e rindo como se nada de belo nunca morresse.

Sempre vou amá-la.

Todas as feridas, todas as dores que nos uniram — não há nada que eu lamente.

O poema que prometi a você

Você deveria escrever um poema
sobre como sou incrível,
você disse certa vez.

Prometi que escreveria. Então aqui está.
O poema sobre como
você é incrível.

Como todos os quilômetros entre nós são
um deserto seco.
Como meus lábios se lembram de você
como a água retém o calor do sol.

Como meu coração mede
os segundos até estarmos juntos de novo.

Como me deito na cama,
buscando a memória de você
no colchão.

Como te amo.
Como te amo.
Como te amo.

Fale de mistérios para mim.

Diga-me os nomes dos ventos.
Como os pássaros se orientam.
Por que as tempestades vão
do oeste para o leste.

Diga-me que a morte das estrelas
não é a morte da luz.

Diga-me as maravilhas deste mundo dos outros.

Quando for minha vez,
É seu nome que vou dizer.

VERÃO

EPÍLOGO

Faz apenas algumas semanas que Vi, Delaney, Alex e eu nos separamos, mas sinto falta deles. Passo metade do dia trocando mensagens com Delaney. Vou fazer uma videochamada com ela mais tarde, depois que vovó for dormir. Também troco mensagens com Alex e Vi. Vou encontrar Bree para tomar café em Knoxville na semana que vem e ajudar na mudança dela e de Desiree para a casa nova.

Estou trabalhando muito para juntar dinheiro para o ano que vem em Middleford. Aparo gramados alguns dias da semana. Passo o resto do tempo trabalhando como guarda-florestal no Panther Creek State Park. Guio trilheiros e faço passeios de canoa. Eles até me deixaram conduzir uma programação especial que inventei, chamada "Poesia na Trilha", que começa com uma trilha ao luar e acaba com uma fogueira, marshmallows e todos lendo um poema favorito.

Voltei do parque para casa há pouco tempo. Saio para o alpendre, o cabelo ainda molhado do banho. Sem vovô para me levar para cortar, deixei que crescesse mais desgrenhado do que o normal. Insetos vibram no crepúsculo abafado de junho. Vaga-lumes começaram sua conversa iluminada por tochas. O ar tem o cheiro forte de cravo e madressilva, o aroma de terra e grama lembrando o calor do sol, a fumaça de um churrasco.

Vovó está sentada em uma das cadeiras de balanço, tricotando. Ela sorri.

— Pega uma cadeira.

Sento ao lado dela. Punkin se espreguiça entre nós.

— O que está fazendo?

— Um gorro de bebê.

— Para quem?

— Mitzi começou a se voluntariar numa casa para mães em recuperação de dependência química chamada Casa Gileade. É para os bebês de lá.

— *Gileade*?

— Acho que é por causa do Bálsamo de Gileade. Um unguento para curar cortes, hematomas e dores, feito de brotos de álamo. Mamãe e vovó faziam. Lembra daquele hino antigo? "Há bálsamo em Gileade"?

— Não.

Vovó larga o tricô no colo. Seus olhos ficam sonhadores e distantes.

— Ah, deixa eu ver se consigo lembrar. Já faz um tempo. — Ela pensa por um momento e começa a cantar. — *Há bálsamo em Gileade... Para curar os feridos...*

— Faz muito tempo que não escuto você cantar — digo quando ela termina.

— Era o hino favorito de Pep. Ele dizia que queria que eu cantasse no funeral dele antes de mudar de ideia e desistir de ter um funeral.

— Ele me falava que adorava sua voz cantando.

— Talvez a gente possa musicar seus poemas e eu canto. Arranjar um emprego em Dollywood.

Rimos.

— Sua mãe te ensinou a fazer bálsamo de Gileade? — pergunto.

Vovó retoma o tricô.

— Sim.

— Podemos fazer juntos algum dia? Parece uma coisa boa para dores musculares depois dos treinos de remo. Também quero levar um pouco para Bree. Acho que ela ia gostar.

Vovó sorri para mim.

— Olha, acho que faz um tempo que aprendi a fazer, então eu teria que pensar, mas vou me esforçar.

— Quando escurecer, quer entrar e montar aquele quebra--cabeça novo que comprei para você?

— Claro. Tenho que fazer um bolo para o aniversário da Betsy antes.

— Eu ajudo.

Ouvimos em silêncio o dia ir embora, o rangido de nossas cadeiras, o estalo das agulhas de tricô da vovó e o chiado suave de insetos cantando ao pôr do sol.

A cadeira de balanço ao meu outro lado — a favorita do vovô — está parada e em silêncio. Um vazio vasto e solitário. Que vai doer enquanto eu sentir.

Mas estou cicatrizando.

Antes eu pensava na memória como uma corrente. Ainda penso, de certa forma. Mas agora também vejo a memória como as raízes que nos permitem crescer na direção do sol.

Ainda sonho com portas fechadas, mas com menos frequência agora.

Fico sentado com meu caderno e minha caneta na luz selvagem do fim do dia.

No lugar onde aprendi os nomes das árvores e do vento, escrevo.

Na luz selvagem
(Elegia para Phillip Earl Pruitt)

Você estava lá quando
eu sentia que minha vida era como tentar deter
um golpe de machado com as próprias mãos,
toda vez que eu sonhava com fileiras de portas
como dentes numa mandíbula mortal

Você falou "árvore" e "vento"
para mim pela primeira vez,
como se sussurrasse o nome secreto
de Deus em meu ouvido

Este mundo são facas e lobos
mas também cisnes e estrelas;
isso você me ensinou

Certa vez, em agosto,
antes de você ter que pedir por
ar para respirar,
observei um falcão descer
sobre um campo e voar de volta
ao vasto
azul com as garras vazias

Fiquei maravilhado por uma criatura
que podia cair
sem se deixar cair

e ainda assim subir
agarrando tamanho vazio e fome

Aprender sobre a perda é só conhecê-la
um pouco e não se tornar blindado
contra seu gume temível

O sol está se pondo agora
enquanto escrevo isto na primeira estação
de sua ausência

E vejo você
na luz selvagem;
escuto você sussurrar
"árvore" e "vento" para mim
na luz selvagem

AGRADECIMENTOS

Toda seção de agradecimentos tem que começar por meus agentes incríveis, Charlie Olsen, Lyndsey Blessing e Philippa Milnes-Smith, e minha equipe editorial talentosa composta por Emily Easton, Lynne Missen e Claire Nist. Claro, *eles* não teriam como fazer sua magia se não fosse pelo trabalho intenso e pela dedicação de Phoebe Yeh e todos na Crown Books for Young Readers, Barbara Marcus, Judith Haut, John Adamo, Dominique Cimina, Mary McCue, Melinda Ackell, Natalia Dextre, Ana Deboo, Ray Shappell, Alison Impey, Kelly McGauley, Adrienne Waintraub, Kristin Schulz, Emily DuVal, Erica Stone, Caitlin Whalen, Kate Keating, Elizabeth Ward, Jena DeBois e Jenn Inzetta.

Kerry Kletter: nunca conheci uma pessoa com percepções tão aguçadas sobre a humanidade. Sua escrita me faz lembrar das possibilidades da língua precisa e bela, e da clareza de visão. Não sei como eu conseguia escrever sem sua amizade, seu talento, sua sabedoria e seu olhar crítico. Sim, copiei e colei essa última parte de minhas duas últimas seções de agradecimento, mas o que é verdade é verdade. Um brinde a pretzels imensos, chorar de rir e resolver mistérios idiotas.

Brittany Cavallaro: obrigado por sua paciência com minha poesia amadora. É fácil ver por que você é uma professora tão adorada além de uma autora e poeta tão amada.

Emily Henry: obrigado por sua alegria constante e por me inspirar com sua energia criativa sem limites. É um prazer enorme ver o mundo descobrir o que sei.

David Arnold: não tem ninguém com quem eu gostaria mais de ver filmes do Wes Anderson na frente de uma lareira crepitante. Estou esperando para descobrir que fomos separados na maternidade.

Rich Pak: espero que os leitores consigam descobrir qual personagem é inspirado em você. Algumas pessoas são tão legais que uma versão delas precisa estar num livro.

Dr. Jeremy Voros: um salvador e um herói em todos os sentidos das palavras, incluindo me ajudar com o remédio deste livro. Qualquer coisa que seja irrealista e idiota é erro meu, não seu.

Meus primeiros leitores: Brendan Kiely, Adriana Mather e Janet McNally. Vocês são incríveis.

Grace Gordon: o melhor consultor do mundo sobre Connecticut.

Vi Maurey: a melhor consultora do mundo sobre o Rio de Janeiro.

Cam Napier: eu não poderia ter escrito este livro sem seu conhecimento inestimável sobre escolas particulares.

Sean Davies: por seu conhecimento científico inestimável.

Leslie Cartier: por seu conhecimento inestimável sobre remo.

Meus chefes, Michael Driver, Jenny Howard e Emily Urban. Sempre me perguntam como consigo escrever com um trabalho em tempo integral. O motivo são vocês. Obrigado.

Ocean Vuong: por me mostrar a possibilidade da linguagem.

Jason Reynolds: por seu trabalho, que permite aos jovens uma salvação nos livros.

Sabaa Tahir: pela música que você traz ao mundo em suas palavras, e pela música literal que você me traz.

Silas House: um dos meus maiores triunfos como escritor é que isso permitiu que eu conhecesse meus ídolos.

Os leitores, bibliotecários, educadores, livreiros, apresentadores de podcasts, membros de clubes de livro, influenciadores do Instagram e blogueiros (e todas as outras categorias de pessoas da literatura) que promoveram meus livros: vejo vocês e o trabalho que fazem, e sou profundamente grato. Vocês tornam nosso país um lugar melhor quando são tantas as forças tentando fazer o contrário.

Mãe e pai, Brooke, Adam e Steve: amo todos vocês.

Vovó Z, sinto sua falta. Você é parte deste livro.

O amor da minha vida, minha melhor amiga e minha primeira leitora, Sara. Não existe ninguém com quem eu teria preferido passar a quarentena. Não existe ninguém com quem eu teria preferido passar a vida. Eu não poderia ter escrito nem este nem nenhum outro livro sem seu amor, seu apoio e a felicidade que você me proporciona.

Meu garoto precioso, Tennessee. Ser seu pai é a maior honra que vou conhecer. Obrigado por ser meu filho. Amo você mais do que palavras podem expressar.

ESTA OBRA FOI COMPOSTA POR OSMANE GARCIA FILHO EM BEMBO
E IMPRESSA PELA GRÁFICA BARTIRA EM OFSETE SOBRE PAPEL PÓLEN NATURAL
DA SUZANO S.A. PARA A EDITORA SCHWARCZ EM SETEMBRO DE 2024

A marca FSC® é a garantia de que a madeira utilizada na fabricação do papel deste livro provém de florestas que foram gerenciadas de maneira ambientalmente correta, socialmente justa e economicamente viável, além de outras fontes de origem controlada.